EL MANTO DEL DIOS

UNA NOVELA

LUIS ROUSSET

authorHOUSE®

AuthorHouse™
1663 Liberty Drive
Bloomington, IN 47403
www.authorhouse.com
Teléfono: 833-262-8899

Publicada por AuthorHouse 09/07/2021

ISBN: 978-1-6655-3287-7 (tapa blanda)
ISBN: 978-1-6655-3286-0 (tapa dura)
ISBN: 978-1-6655-3288-4 (libro electrónico)

Número de Control de la Biblioteca del Congreso: 2021914966

ÍNDICE

Part 3: Conclusión

PRÓLOGO

Y, sin embargo, nunca es la muerte
un huésped bien recibido.
Una vez libre de él, que suceda lo que sea.
Poco me importa que en la vida futura
se ame o se odie, ni que tengan esas esferas
encima ni abajo.
Fausto, Parte I

El amanecer llega tarde en los valles profundos. En lo alto de los Andes peruanos, los primeros rayos de sol apenas aclaran los picos nevados que se ciernen sobre el desfiladero del afluente del valle del Colca. En la tenue luminosidad de la madrugada, apenas podía ver el contorno de las tiendas de campaña, con el fuego de la noche ya extinguido hacía muchas horas. Primero tendría que sortear en silencio al único centinela apostado para evitar alertar a los demás.

Unos años atrás, antes de que Sendero Luminoso hubiera sido derrotado y el terrorismo fuera prácticamente erradicado del Perú, un campamento desprotegido como este habría sido imposible. Sin embargo, la paz había regresado a la zona y la gente se había vuelto descuidada. Se movió en silencio, arrastrándose por un terreno cubierto de musgo y hierba corta, deteniéndose con frecuencia para escuchar y comprobar que nadie lo había detectado, acercándose lentamente al vigilante desprevenido ocultándose tras los peñascos y las depresiones naturales. Finalmente, llegó por detrás a unos metros de su objetivo, que seguía desprevenido. Desde allí, en una rápida carrera final, podría caer sobre su presa.

El hombre estaba fumando. Pudo ver el breve chisporrotear del cigarrillo a medida que inhalaba el humo del tabaco. Se levantó y saltó, cubriendo la distancia restante en unos segundos, y agarró a su víctima con una mano a la vez que le tapaba la boca y tiraba de su cabeza hacia atrás, contra su pecho. Antes de permitirle reaccionar, blandió el cuchillo con la otra mano y, con un solo movimiento rápido de izquierda a derecha, abrió un tajo profundo en la garganta del hombre. Se aferró a la cabeza del centinela, inclinándose ligeramente hacia adelante en un gesto casi tierno, como si sostuviera a alguien que no se sentía bien, mientras esperaba a que cesaran los gorgoteos finales y dejara de manar el chorro de sangre inicial. Depositó el cuerpo suavemente sobre el suelo, colocándolo de costado y sin dejarlo caer para impedir que se produjera el más mínimo ruido. A continuación tendría que ocuparse del visitante del campamento, un pastor local que había llegado el día anterior con su rebaño de llamas y había pedido acampar con ellos para pasar la noche. Les daría buen uso a sus llamas. El visitante había dejado sus escasas pertenencias al otro lado del campamento. Comenzó a recorrer las tiendas hasta que vio al visitante acostado en su cama improvisada. Caminó despacio, con cuidado de mantenerse a la espalda del indio dormido. Cuando ya estaba a solo unos metros de distancia, los agudos sentidos y el sueño ligero del hombre le advirtieron del peligro. Empezó a levantarse, todavía aturdido por el abrupto despertar, y se volvió en dirección al ruido. El asesino saltó sobre él, derribándolo con su peso mucho mayor, sin tiempo ni oportunidad para lanzar un ataque más sutil o técnico. Lo apuñaló justo debajo de las costillas mientras presionaba la boca de su víctima con una mano para sofocar cualquier grito. El indio luchó durante unos segundos y luego se quedó quieto.

Se levantó y miró lentamente a su alrededor para ver si alguien se había despertado con el ruido del forcejeo. Satisfecho de que todo siguiera en calma, se quitó la escopeta que llevaba al hombro y se dirigió a la tienda ocupada por el geólogo de la empresa y el conductor. La necesidad de guardar silencio había terminado, así que entró en la tienda y los disparó en la cabeza. Nunca llegaron a despertar. Salió de nuevo. En ese momento, el arqueólogo peruano y su asistente salían de su tienda, alarmados por el ruido. También los disparó. Volvió a cargar la escopeta y, con mucha calma, los remató con un tiro en la nuca.

Arrastró los dos cuerpos al interior de sus tiendas y fue a buscar el cuerpo del pastor, que colocó en la tercera tienda. Cambió su ropa por la del pastor y se guardó la billetera y el pasaporte en el bolsillo. Se detuvo un momento para respirar profundamente, y se agachó para aumentar el riego sanguíneo que le llegaba a la cabeza y aclararla. Fue a buscar las garrafas de combustible para los Land Rover y roció los cuerpos y las tiendas con el diésel. Prendió fuego a todas las tiendas y observó con atención el resultado de su trabajo, asegurándose de que las llamas lo consumieran todo. En el aire enrarecido de los Andes, el fuego ardía ferozmente, pero sin producir mucho humo. Solo entonces fue plenamente consciente de sus actos. Se sintió enfermo y empezó a vomitar, mareado por el esfuerzo a esa altitud y por las emociones que sentía ante la matanza que acababa de perpetrar.

Al fin amaneció y había llegado el momento de irse. Tenía un largo camino por delante. Su plan era cruzar las montañas para llegar a Cusco, alquilar o robar un automóvil para viajar hacia el este y, finalmente, cruzar a Brasil y conducir hasta la ciudad de Porto Velho, a orillas del río Madeira. Desde allí, podría comprar un pasaje en un barco que se dirigiera a Manaos o Belem y comenzar por fin una nueva vida. Primero tuvo que reunir los mapas y documentos del arqueólogo peruano. Los necesitaría para llegar al antiguo cementerio inca y su tesoro escondido. Ató su mochila, la manta y un bulto extra a lomos de las dos llamas más robustas y, después de una última mirada a las tiendas en llamas, comenzó a caminar hacia la pared del desfiladero para emprender la empinada subida que lo sacaría del valle.

PARTE 1

UNA AVENTURA PERUANA

CAPÍTULO 1

MANHATTAN, JUNIO DE 2012

Me desperté y poco a poco comencé a notar cosas, todavía un poco mareado por el sueño. Escuché a las mujeres hablando en la otra habitación del apartamento; eran mi esposa Olivia y Claudia, la niñera de mi hija. Era lunes, recordé con sorpresa. Tenía que levantarme y arreglarme para ir a trabajar. Después de nuestra boda y posterior traslado a Nueva York, mi esposa brasileña había decidido matricularse en la universidad y estudiar Economía. Contratamos los servicios de una niñera para que se ocupara de Larissa mientras Olivia asistía a clase. Claudia también era brasileña. Mi esposa quería asegurarse de que Larissa aprendiera a hablar portugués a una edad temprana. Claudia vivía en algún lugar de Queens, pero durante la semana se quedaba a dormir en uno de los tres dormitorios de nuestro apartamento del Upper East Side. Los fines de semana regresaba a su casa para estar con su hermana y su familia.

Había dormido demasiado. La vida de casado me estaba volviendo perezoso, supongo. Era demasiado de algo muy bueno. Este era mi segundo matrimonio. El primero había sido un desastre, y casi había arruinado esta segunda oportunidad debido a mi falta de sentido común. Conocí a Olivia durante un trabajo en Brasil. La compañía de detectives que tenía con Tony, mi socio, había sido contratada para investigar el asesinato de un ejecutivo petrolero estadounidense en Brasil. Me enamoré de Olivia la primera vez que la vi. Una locura, lo sé, pero es la verdad. Trabajaba en esa misma compañía petrolera, en un pequeño pueblo al noreste de Río donde se concentra la exploración petrolera oceánica brasileña. Olivia provenía de una familia rural adinerada de ese rincón remoto del país.

1

Era mucho más joven, un hecho que yo había utilizado como excusa para evitar un compromiso firme. Un gran error del que fui consciente nada más regresar a Nueva York. No podía vivir sin ella. Casi la perdí y, sinceramente, no sé qué habría hecho si hubiera sido así. Al final, Olivia me volvió a aceptar. Todavía no sé por qué. ¡Era tan hermosa, inteligente, bien educada y rica! No alcanzo a comprender qué vio en mí. Pero no me quejo. Soy estúpidamente feliz.

–Buenos días, señoras. —Abracé y besé a Olivia. Nuestra hija Larissa estaba sentada en una silla alta mientras la niñera le daba el desayuno. Me sonrió y extendió los bracitos para que la levantara. Olivia me detuvo.

–Alan, por favor, deja que Claudia termine de alimentar a Larissa. Si empiezas a jugar con ella ahora, dejará de desayunar. Necesita comer. Puedes jugar con ella todo lo que quieras después. Espera, por favor.

–Ah, bueno, está bien. Puedo esperar un poco para ir a trabajar. ¿Y tú?

–Me voy ya. Llego tarde a la primera clase. Me llevaré el auto, ¿de acuerdo?

–Claro, no lo necesito. Tomaré el metro para ir al trabajo.

—No vuelvas tarde, amor. Recuerda que esta noche cenamos con tu hermana Jessica.

—No creo que vaya a llegar tarde. Hoy no hay nada importante en el trabajo, solo voy conocer a un posible nuevo cliente. Debería volver temprano.

—Estupendo. Debo irme. Puedes quedarte y divertirte con nuestra hija. —Olivia nos besó a Larissa y a mí y se fue. Me quedé unos minutos más, hablando con Claudia y haciendo boberías con Larissa.

Mi socio Anthony Galliazzi me recibió cuando llegué a nuestra firma de detectives, Leary & Galliazzi, en la Tercera Avenida. La empresa se había expandido desde nuestro trabajo en Brasil. Ahora teníamos contratados a dos detectives más jóvenes, ambos graduados en John Jay College of Criminal Justice, pero nuestra carga de trabajo seguía creciendo. Probablemente pronto nos veríamos obligados a contratar más personal.

–Buenos días, Alan. ¿Qué tal el fin de semana?

—Fue grandioso. Llevamos a Larissa al zoológico de Central Park y... ¿Qué? ¿Por qué sonríes?

—No, nada. Estaba comparando al Alan Leary de antes y el de ahora. Está claro que no te das cuenta de la diferencia entre el tipo triste que acababa de regresar de Brasil y el nuevo Alan, siempre contento con la vida. Con toda certeza, tu esposa te hace muchísimo bien. Además, es divertido ver la transformación: de mujeriego envidiado a papá casero.

–Dios, ¿realmente es tan malo?

–¿Malo? No, definitivamente no, muy al contrario. Ahora la gente te envidia por una razón totalmente diferente. Es obvio que eres muy feliz y estás satisfecho con la vida, pero cambiemos de tema. Como sabes, tenemos una reunión muy importante con este abogado, el señor Anton Deville. Su cliente, un hombre muy rico e importante, desapareció en Perú en abril de este año, algo muy extraño y trágico. Tienes que haber leído algo sobre el caso. Fue noticia de primera plana en casi todos los medios.

—Claro. Algo he leído. John Engelhard es un importante accionista y director ejecutivo de un conglomerado de empresas de minería que posee minas en América del Norte y del Sur, así como en otras partes del mundo. Desapareció durante una visita a uno de los campamentos de exploración de su empresa en el Perú.

–Exacto. Durante el trabajo de exploración, su geólogo se topó con un antiguo asentamiento inca. Era un yacimiento arqueológico importante, con numerosas piezas incas de oro. John Engelhard decidió viajar para visitar el yacimiento de primera mano. Durante la noche, una o varias personas desconocidas irrumpieron en su campamento, asesinándolos a todos. Encontraron un cuerpo con la billetera y los documentos de John. Durante un tiempo, pensaron que a él también lo habían matado. Sin embargo, el análisis de ADN reveló que el cuerpo pertenecía a otra persona. Era el cuerpo de un lugareño que se había detenido a pasar la noche en el campamento.

—Eso es, Tony. Ahora recuerdo los detalles. Un caso muy misterioso. El tesoro desapareció. Se sospechaba que Engelhard planeaba robar el yacimiento, pero está claro que no necesitaba el dinero, y a su empresa le iba muy bien. El valor del oro, aunque muy elevado, carecía de importancia comparado con la fortuna personal de Engelhard. ¿Por qué pondría en peligro sus negocios y su posición para robar ese oro?

–Esa es la opinión del señor Anton Deville. En cualquier caso, desea discutir la posibilidad de contratarnos para investigar el caso. Está dispuesto a no escatimar en gastos para descubrir lo que sucedió de verdad. Y obviamente, tiene mucho dinero. Para él, el dinero no es problema. Este caso podría ser muy importante para nuestra empresa. Si tenemos éxito, nos hará famosos.

–Sí, me doy cuenta. Veamos qué tiene que decir el señor Deville esta tarde.

El señor Anton Deville era un hombre peculiar. De baja estatura, con cabello oscuro y rizado y un cuerpo grueso que transmitía fuerza y músculo en lugar de grasa. Llevaba un traje oscuro y chaleco, que no era el atuendo más cómodo para el verano de Nueva York. Se aferraba a un elegante bastón con el pomo de marfil tallado, probablemente antiguo y caro, que no creí que necesitara como apoyo. Era un accesorio que completaba su extraña apariencia. Deville no parecía estadounidense, ni tampoco europeo. A pesar de su apariencia, hablaba inglés a la perfección con un sutil acento sureño. Su nariz ligeramente aguileña le confería un aire de Oriente Medio, tal vez Palestina. Hablaba con una voz profunda, aunque no desagradable, pronunciando claramente cada palabra y cada frase, y evitando todos los coloquialismos.

Después de las habituales presentaciones formales, nos sentamos alrededor de la mesa de la sala de reuniones para discutir el caso Engelhard. Deville dirigió sus palabras de presentación a mi socio Tony, con quien había hablado previamente por teléfono.

–Señor Galliazzi, ¿sabe por qué solicité esta reunión hoy?

–Por supuesto, señor Deville, y estamos dispuestos a hacer todo lo que esté a nuestro alcance para ayudarlo.

–Gracias. Pero primero, me gustaría decir unas palabras sobre mi cliente y amigo, el señor John Engelhard. Deben comprender que John es una persona muy rica y de gran éxito. Su fortuna personal asciende a miles de millones de dólares. Cuando desapareció en el Perú, no se encontraba bajo ningún estrés económico o emocional. Su empresa es solvente, pertenece a un mercado estable y no tiene deudas destacables.

—Entiendo, señor Deville –respondió Tony.

—Pensar que John mató a esas personas para robar el oro es totalmente absurdo. No tenía nada que ganar y estaba mentalmente equilibrado antes de desaparecer.

—Permítame interrumpirlo un momento, señor Deville. Se ha estado refiriendo a John Engelhard en tiempo presente. ¿Tiene alguna prueba de que aún siga vivo? –pregunté.

—No tengo nada concreto, señor Leary, pero estoy seguro de que está vivo.

—¿Cómo puede estar tan seguro?

—Es difícil de explicar, señor Leary. Tengo un presentimiento. Hemos sido muy buenos amigos, John y yo, durante mucho tiempo, y lo conozco muy bien. Creo que desarrollé lo que se puede llamar un sexto sentido sobre él. Créame cuando le digo que está vivo.

—Está bien, supongamos que tiene razón. Han transcurrido dos meses desde que desapareció. Si está vivo, ¿por qué no ha habido ningún contacto con él ni con sus secuestradores?

—No tengo respuesta para eso —respondió Deville.

—Si aceptamos que los responsables de esos asesinatos son otra persona o personas, ¿por qué iban a perdonar solo a John?

—Una posibilidad: para salvarse, John les reveló a los criminales que era rico, o ya lo sabían —respondió Deville—. Así se volvió más importante para ellos vivo que muerto.

—Bien, pero ¿por qué no se han puesto en contacto para exigir un rescate desde entonces?

—Las piezas del tesoro inca tienen un valor varias veces superior a su valor intrínseco en oro. Sin embargo, deshacerse de ellas es un proceso complejo. He oído que hay algunos compradores en Europa y Oriente Medio especializados en objetos arqueológicos robados. Puede imaginar lo difícil que debe ser cerrar este tipo de negocios. Primero, las piezas deben trasladarse del Perú a Europa, una empresa muy complicada. Con todos los controles que hay actualmente en los aeropuertos, debe ser imposible transportar las piezas por vía aérea. Tendrían que pasarlas de contrabando por mar.

—¿Entonces? —pregunté—. ¿Cómo justifica eso la falta de comunicación?

—Tal vez los ladrones quieran deshacerse de las piezas antes de pedir un rescate. Es posible que no quieran correr el riesgo de llamar la atención antes de concluir el negocio con el tesoro arqueológico.

—Sí —concedí—. Es una posibilidad.

—¿Qué quiere que hagamos? —preguntó Tony.

—Me gustaría que enviaran un detective al Perú para examinar la zona y la escena del crimen. Que hable con las autoridades de ese país. Y reúna pistas sobre los criminales. En resumen, que haga todo lo posible para resolver el crimen y encontrar a John.

–Comprende que lo que está pidiendo puede resultar un proceso muy largo y sin garantía de éxito, ¿no es así?

—Lo comprendo, pero no me importa. Como dije antes, estoy dispuesto a no escatimar en gastos. Les pagaré una generosa bonificación si encuentran a John. Y, si lo encuentran vivo, duplicaré la suma.

–Muy bien, señor Deville, aceptamos el caso –dijo Tony–. Le pediré a mi secretaria que redacte el contrato para que pueda dar su aprobación. Si está de acuerdo con los términos, podemos comenzar de inmediato.

–Creo que el rastro ya habrá desaparecido –dije–, pero lo que propone podría ayudarnos a descubrir lo que sucedió y aclarar este caso.

—Se ganó una gran reputación, señor Leary, cuando resolvió el asesinato del magnate del petróleo estadounidense en Brasil. Confío en que también lo logre en este caso –afirmó Deville.

–Gracias. Lo intentaré por todos los medios.

–Sé que lo hará, señor Leary.

–Voy a necesitar información sobre John Engelhard, una copia de su pasaporte y una foto reciente.

–Aquí tiene. –Deville garabateó una nota en su tarjeta de visita–. Este es el nombre y el número de teléfono de Helen, la secretaria de John. Le daré instrucciones para que les proporcione toda la información que necesiten y copias de los documentos necesarios. Pueden llamarla en mi nombre y concertar una cita para verla. Por cierto, la oficina de John no está lejos de aquí. Pueden ir caminando.

–Entonces ya está todo dicho –resumió Tony–. Le pediré a alguien que le lleve nuestro contrato hoy mismo, dentro de un rato.

–Gracias por recibirme y aceptar el caso. Me siento mucho mejor ahora que sé que el asunto está en buenas manos. —Deville se despidió y Tony lo acompañó hasta los ascensores.

–¿Qué opinas, Alan? Es una oportunidad muy buena para nosotros, ¿no crees?

–Francamente, Tony, encuentro toda la historia muy extraña y un poco sospechosa. No estoy en absoluto convencido de que Engelhard todavía se encuentre entre los vivos. No me trago la teoría de Deville. Al final, todo esto puede convertirse en una búsqueda inútil. Pero bueno, es un cheque, y está claro que Deville tiene mucho dinero. Por cierto, es un tipo de aspecto muy peculiar.

—Sí, no hay duda —coincidió Tony.

—¿Te fijaste en sus ojos?

—No, ¿por qué?

—Parece que te taladran. Muy inteligentes y no se pierden detalle. Siempre está mirando a su alrededor y no se le escapan ni las cosas más nimias. Tiene una mirada muy intensa.

—Tienes razón. Pero tenemos un buen contrato entre manos. Intentemos aprovecharlo al máximo. ¿Cuándo puedes viajar al Perú?

—En un par de días. Primero tengo que hablar con Olivia.

Tony sonrió.

—¡Asombroso!

—¿Qué?

—Antes te habrías puesto en marcha al día siguiente y no necesitabas permiso de nadie. Ahora…

Sacudí la cabeza avergonzado.

—Eh, no te burles de mí. Estoy bastante contento con mi nueva situación.

—Sé que lo estás, Alan. Solo te estoy tomando el pelo. De todos modos, tenemos que comprobar la información sobre John Engelhard antes que te vayas. Voy a llamar a esa Helen y enviaré a Patrick a recoger el material.

—Bien, Tony. Te comunicaré mis planes de viaje después de hablar con mi esposa y examinar el material que traiga Patrick.

CAPÍTULO 2

Una cena familiar

Mi hermana Jessica y yo siempre habíamos estado muy unidos. Ella era mi confidente, la persona con quien hablaba de mis éxitos y fracasos, la voz de la razón que descubría mis problemas y me daba sabios consejos. Había adquirido la costumbre de cenar con ella prácticamente todas las semanas. Teníamos nuestros restaurantes y locales preferidos donde nos reuníamos para hablar y ponernos al día. Esto cambió después de casarme con Olivia. Para mi asombro, Jessica y mi esposa se gustaron instantáneamente. Las dos se convirtieron en las mejores amigas y me relegaron al siguiente círculo inmediato de amistad. No me quejo. De hecho, me alegraba que mi esposa y mi hermana se llevaran tan bien.

Jessica estaba encantada con nuestra hija, Larissa. Su esposo Nicholas y ella no habían sido bendecidos con hijos y estaba claro que una sobrina satisfacía una necesidad importante para ella. Además, Larissa era en verdad una niñita preciosa de dos años. ¿Soy un padre engreído? Por favor, sé compasivo conmigo. No puedo evitar amar profundamente a mi preciosa hijita. De todos modos, la relación especial que se desarrolló entre mi esposa y mi hermana obligó a cambiar nuestras antiguas costumbres. Jessica y yo no nos veíamos fuera de la casa, como lo hacíamos antes. Ahora nos invitaba a cenar a su casa una vez casi todas las semanas, *avec* Larissa, por supuesto.

«Me pregunto qué pasaría si mi hija no pudiera venir. ¿Nos seguiría invitando? Estoy de broma, por supuesto».

El único problema de este arreglo era que no me llevaba muy bien con mi cuñado. No era una persona mala ni desagradable. Nicholas era un abogado corporativo de mucho éxito, y lo sabía. Simplemente mantenía una compostura que era un poco excesiva, ya me entiendes. Pero hay que hacer concesiones, y me esforzaba al máximo por ser sociable y tratar a mi cuñado con cortesía y fingida calidez.

Jessica vivía cerca; podíamos ir a su apartamento de Park Avenue en un corto trayecto en taxi o dando un saludable paseo. En ese hermoso día de verano, cuando la tarde se convirtió en noche, nos decidimos por esta última opción. A Larissa le encantaba salir. Hacía buen tiempo y me sentí muy bien paseando con mi hija y mi esposa. Larissa caminó un poco, pero la mayor parte del paseo la cargué en brazos. Mientras la sostenía, mantuvimos la típica conversación entre padres y bebés, maravillosamente tontas y largas. También llevamos su sillita de paseo para cuando los dos nos cansáramos, y para llevar todos los artículos que mi hija requería cuando salíamos. Larissa era mi primera y única hija. Al no tener experiencia previa, me asombraba la cantidad y diversidad de cosas que exigía una personita tan pequeña.

Saludé al portero cuando llegamos al edificio de mi hermana. Jorge era de Puerto Rico y generalmente hacía el turno de día.

–Hola, Jorge. ¿Cómo van las cosas?

–Bien, gracias, señor Leary.

–¿Ha llegado ya el señor Nicholas?

–Creo que todavía no. No lo he visto esta tarde.

—Por favor, llame para informar a mi hermana que hemos llegado y que vamos a subir.

Jorge avisó al apartamento de mi hermana y nos dirigimos al ascensor.

Cuando la puerta del ascensor se abrió en la planta de mi hermana, ella ya nos estaba esperando en la entrada del apartamento.

—Hola, familia. Adelante. —Vio a Larissa–. Oh, mira lo linda que está. Creo que se ve muy bonita con este vestidito rosa. Ven, deja que te levante.

—Eh, Jess...

–¿Sí, Alan?

–¿Crees que podrías ofrecerme algo de beber cuando termines de jugar con Larissa?

–¿Qué deseas, Alan?

–Una cerveza estaría bien.

–Están en esa neverita de la cocina. Ya sabes dónde están los vasos. Sírvete tú mismo.

¿Ven lo que quiero decir? Tal vez ni siquiera pertenecía ya al siguiente círculo inmediato de amistad. Más bien estaba en el tercero o el cuarto.

–Deben tener hambre. La cena se servirá en breve. Nicholas ha llamado por teléfono para decirme que llegará en diez minutos.

Nicholas llegó en el tiempo previsto y se sirvió la cena. Como es habitual en tales ocasiones, conversamos sobre temas familiares sin importancia, omitiendo los temas serios o la política.

Con el pretexto de iniciar una conversación, Nicholas me preguntó:

–¿Cómo va el negocio de la investigación estos días, Alan?

–Bueno, no puedo quejarme, Nick. La oficina está funcionando bien y tenemos bastante trabajo. Ayer conseguimos un caso muy interesante. Tal vez hayas oído hablar de este tipo que desapareció en el Perú en extrañas circunstancias, ¿John Engelhard?

–Claro, ¿quién no? Apareció en todos los periódicos y televisiones. No creo que sepan lo que sucedió en realidad.

—No, no lo saben. Nos han contratado para investigarlo.

–Bueno, Alan, estoy impresionado. ¿Quién te contrató, su empresa? –preguntó mi cuñado.

–En realidad, nos buscó su abogado, que también es su amigo. Tal vez lo conozcas, ¿el señor Anton Deville?

–No, el nombre no me suena, pero debería. No es un nombre muy común. ¿Cómo se pronuncia su apellido, como *de Ville* en francés?

–Algo así. Espera, deja que te muestre su tarjeta.

Nicholas tomó la tarjeta y la examinó.

–Qué extraño.

–¿Qué? –pregunté.

–Primero, estoy seguro de que ese hombre no ejerce la abogacía en Nueva York. Con un nombre así, con toda seguridad lo conocería. En segundo lugar, tiene un sentido del humor peculiar.

–¿Cómo es eso, Nick?

–¿Viste el nombre de su bufete, Light-Bringing Associates?

–Sí, ¿y?

–¿Sabes, Alan? El nombre Lucifer proviene de la contracción latina de *lux*, luz y *ferre*, un sufijo que indica movimiento o transporte. Entonces, otra forma de decir Light-Bringing Associates, o asociados que aportan luz, es Asociados de Lucifer.

–¡Jesús! ¿De verdad? Un sentido del humor un tanto morboso, diría yo. Además, parece un poco... aterrador.

–¿No es una paradoja? Que el Señor de las Tinieblas también sea portador de luz –preguntó mi hermana.

–Debes recordar que al principio fue un ángel que se rebeló contra Dios, y cayó en desgracia. Recibió el nombre Portador de Luz cuando aún era un ángel. El nombre se le siguió aplicando incluso después de su transformación.

–Alan, esto no me gusta –interrumpió Livy–. Creo que deberías mantenerte alejado de esa persona. Qué cosa tan siniestra usar el nombre de ya sabes quién.

—Vamos, cariño, no tengas miedo. Es solo una broma idiota de este tipo, Anton. En cualquier caso, no trataré con él. Solo nos paga para resolver el caso. Además, ni siquiera estaré cerca de él. Tengo que ir al lugar donde ocurrió el crimen.

–¿Vas al Perú? –preguntó mi hermana.

–Tendré que hacerlo.

—Nunca he estado en el Perú –dijo Livy. Me miró y su rostro se iluminó–. Me encantaría ir alguna vez. Parece que es un país muy hermoso e interesante.

–Y también lleno de historia –agregó mi hermana–. Los conquistadores españoles, los incas con todas sus tradiciones.

–Y rico –mencionó Nicholas—. Minerales, metales preciosos, pesca… El país tiene mucho que ofrecer.

–Me encantaría visitarlo. ¿Puedo ir contigo, amor? –preguntó Livy.

–Lo siento, cariño, en otra ocasión. Tengo que trabajar. No podría prestarte atención. Además, están tus estudios, y también Larissa.

–¿Cuándo tienes que irte? Solo tengo un examen pasado mañana, y luego empiezan las vacaciones de verano.

–Me encantaría quedarme con Larissa –intervino Jessica–. Tenemos sitio de sobra en este apartamento. Claudia podría mudarse para ayudarme con la niña.

—Eh, chicas, ya basta, ¿de acuerdo? Esto no es un juego. No sé qué voy a encontrarme en Perú. Podría ser peligroso.

–Una razón más para que vaya contigo. No deberías ir solo.

–Oh, venga, Livy. Me encantaría que vinieras. Sabes que es así, pero no puedo. Te prometo que iremos juntos cuando termine este trabajo.

–Aguafiestas. Ya lo discutiremos más tarde. —Olivia estaba enojada y dejó de hablar.

Genial, ahora mi esposa se había enfadado conmigo. ¿Por qué tuve que sacar a relucir el asunto durante la cena? ¡Estúpido, soy un estúpido!

La cena terminó en un ambiente no muy alegre. Estaba claro que Olivia seguía molesta por mi negativa a permitirle que me acompañara al Perú. Con suerte, cuando llegáramos a casa podría hablar las cosas con calma y hacer que cambiara de opinión.

CAPÍTULO 3

DESCUBRIMIENTOS

A la mañana siguiente, Olivia todavía estaba enojada conmigo. Ningún razonamiento la había convencido de renunciar a la idea de acompañarme al Perú. Era frustrante. No me gusta decirle que no. En realidad, esa era la primera vez. Creo que podría contarse como nuestra primera pelea y lo odiaba.

Entré a la cocina, donde Olivia y Claudia estaban reunidas alrededor de Larissa y me incliné para besar a mi esposa.

—Buenos días, cariño.

—Ah, *bom dia*.

«¡Dios, portugués! Debo haberme metido en un problema muy grande».

—Vaya, no seas así, Livy, por favor.

—¿Por qué tienes que ser tan exasperantemente terco en este caso, Alan? No es propio de ti.

—Livy, voy a traerle un babero limpio a Larissa —dijo Claudia, dando una excusa para alejarse de nuestra discusión.

—Solo estoy tratando de protegerte, nena. No sé qué voy a encontrarme en el Perú. Voy a investigar un asesinato múltiple. Podría volverse... No, será peligroso. Además, ¿qué sentido tiene que vengas? No tendrás la oportunidad de visitar o ver lugares interesantes. Estaré trabajando todo el tiempo.

—Precisamente porque podría volverse peligroso es por lo que debería ir.

—Lo siento, ahí me he perdido, cariño. ¿Te importaría explicármelo?

—Alan, piensa en todo lo que hemos pasado para estar juntos. Todos los problemas y todo el dolor que tuvimos que sufrir tú y yo.

13

—No hace falta que me lo recuerdes. Fui un idiota y me arrepentiré toda la vida de mi estupidez.

—Mira, no estoy hablando de remordimientos ni de culpar a ninguno de los dos. Es simplemente que, después de lo que tuve que pasar, nunca podría sobreponerme a perderte por segunda vez. Si algo te sucediera, Dios no lo quiera, creo que no sobreviviría. No podría seguir viviendo sin ti.

—Eso es una tontería. Muy tierna, sí, pero una tontería al fin y al cabo. Tendrías que seguir viviendo por Larissa. Es lo que yo esperaría que hicieras. Nuestra hija necesita a su madre.

—Estás obviando lo más importante, Alan. También necesita a su padre, y yo la quiero más que a nada en el mundo. —Livy se levantó y me abrazó—. Pero ¿qué haría yo sin ti? Por favor, Alan, por favor...

Había perdido. Todos mis buenos argumentos y razonamientos quedaron olvidados. Entonces recordé la excusa perfecta.

—No hay tiempo para conseguirte un visado. Lorna me ha fijado una entrevista en el consulado esta misma mañana. No podrás solucionar nada antes del fin de semana, que es cuando vuelo al Perú.

Livy sonrió.

—Se te olvida un detalle muy importante. Soy brasileña. No necesito visado para el Perú.

«Mierda. ¿Cómo se me pudo olvidar un detalle tan importante?».

—Te das cuenta que siempre me obligas a hacer cosas en contra de mi buen juicio, ¿verdad? ¡Santo cielo! Esperaba que la cosa mejorara después de casarnos.

Livy apoyó la cara en mi pecho y susurró con una sonrisa en su rostro:

—Eso es porque me amas, tonto.

Tony me saludó cuando llegué a la oficina.

—¿Cómo te fue en el consulado esta mañana?

—Sin problemas. Mañana me devolverán el pasaporte con el visado. ¿Enviaste a Patrick a hablar con la secretaria de Engelhard?

—Hice algo mejor que eso. Invité a Helen a nuestra oficina y aceptó venir esta tarde. Pensé que también querrías hablar tú con ella.

—Estupendo. Por supuesto, tengo muchas preguntas. —Levanté el teléfono y marqué la extensión de Lorna, nuestra asistente—. Hola, Lorna,

¿podrías hacerme un favor? Necesito un pasaje más al Perú. Eso es, a nombre de mi esposa. De acuerdo, muchas gracias.

Tony me miró sorprendido.

—¿Te llevas a tu esposa? ¿No crees que las cosas pueden complicarse un poco ahí abajo?

—Mira, Tony, ¿te importaría explicárselo tú a mi esposa? Como amigo tuyo, debo advertírtelo. Olivia tiene mal genio cuando alguien intenta impedir que haga lo que ella quiere. Pero, como eres un valeroso expolicía del departamento de Nueva York, seguro que tienes agallas para decírselo.

—No, gracias, hombre. Es decisión tuya y de tu esposa.

—Es una tontería, lo sé. Más que eso, es una completa estupidez. Traté de disuadirla, pero se mantuvo firme en su decisión de acompañarme, y al final cedí. No tengo fuerzas suficientes para oponerme a esa mujer.

Helen Crawford resultó ser una dama atractiva y elegantemente vestida de treinta y muchos años. Tenía un aire de eficiencia y profesionalidad. Era educada y agradable, pero directa, clara y minuciosa en sus respuestas.

—Es un placer conocerla, Helen —saludamos Tony y yo—. Le agradecemos que accediera a venir a vernos. Por favor, disculpe las molestias.

—En absoluto. No es ningún problema, caballeros. Mi oficina está muy cerca de aquí. Tengo entendido que tienen alguna pregunta sobre mi antiguo jefe, John Engelhard.

—Correcto. Si puede ayudarnos, nos encantaría que compartiera con nosotros todo lo que sabe sobre el señor Engelhard. ¿Cuantos años tenía? ¿Estaba casado? ¿Tenía hijos u otros herederos? ¿De dónde es? ¿Familia? ¿Amigos? En resumen, todo lo que pueda contarnos sobre él.

—Muy bien. Déjeme que intente resumir lo que sé de él. Primero, hice copias de los documentos más importantes para proporcionárselos: certificado de nacimiento, pasaporte, seguro social, tarjetas de crédito, etc. —Me dio un sobre—. Verá que hay una carpeta donde lo he ordenado todo. Aquí se lo dejo.

—Gracias, Helen. Nos va a ser muy útil.

—John tenía cuarenta y tres años. Era muy joven para la riqueza que había logrado acumular. Según la última evaluación de nuestro jefe de Contabilidad, sus activos netos actuales superan los cuatro mil millones de dólares.

Tony silbó.

–¿Tan rico era?

–En efecto. Nunca se casó ni tuvo hijos. Ha habido bastantes amigas, pero no creo que se haya encariñado seriamente con nadie. Nació en Dixon, Illinois, un pueblecito que está justo en el medio del cinturón del maíz. Me contó que se fue muy joven de allí para probar fortuna en la gran ciudad.

–¿Viven sus padres, hermanos, hermanas u otros parientes?

–Nunca conocí a nadie de su familia. John era una persona muy seria y un poco introvertida. No confiaba en los demás. No sé si tiene parientes, vivos o muertos. Tendrían que ir a Dixon para descubrir más información sobre su familia.

–Lo haremos. Así que era una persona muy reservada.

–Extremadamente reservada. No descortés, eso sí, solo una persona tranquila que no hablaba mucho y no contaba sus asuntos privados a los demás.

–Tenemos entendido que levantó él solo un imperio minero con propiedades e intereses en varios países.

—La capacidad de John para prever los cambios en el mercado de los metales era asombrosa. Era un don. Rara vez o, mejor dicho, nunca se equivocaba al predecir las variaciones de los precios de las materias primas. La gente se quedaba impresionada con su perspicacia.

–¿El grupo empresarial estaba funcionando bien cuando desapareció?

–Sí, sin duda. Horizon Mining es una compañía muy sólida. John ponía en práctica una política de reinversión de los beneficios. Por consiguiente, el grupo tiene un pasivo financiero muy reducido. Prácticamente, el único gran préstamo bancario pendiente es el que se solicitó para el desarrollo de su proyecto de mineral de hierro en Kazajistán.

–Háblenos de eso, por favor.

–Es un proyecto ambicioso que comprende la mina en sí, un nuevo ferrocarril y un puerto de aguas profundas. La construcción está muy avanzada y debería estar terminada en los próximos tres años.

–¿Quién se beneficiará al heredar todo esto?

–No lo sé. Naturalmente, después de que sea declarado oficialmente muerto, podremos ver a quién nombró heredero, si es que lo hizo.

–¿Cree que está muerto?

–¿Qué otra explicación podría haber? Han pasado más de dos meses desde que ocurrió el incidente y no se ha producido ningún contacto para exigir un rescate. No, seguro que está muerto. Es una desgracia enorme. Era un gran hombre.

–Anton Deville no piensa lo mismo. Tiene la firme convicción de que John sigue vivo.

Helen frunció el ceño y sacudió la cabeza.

—Ese hombre…

–Supongo, por su reacción, que no le agrada.

–¿Que no me agrada? No, esa persona me desagrada profundamente.

–¿Por qué?

–Lo conocieron. Vieron el tipo de persona que era. Lo encuentro… bueno, espeluznante. No se me ocurre ningún otro adjetivo.

–Estamos de acuerdo en que carece de empatía. Aun así, es él quien nos ha contratado. ¿Podría explicarme un poco mejor la causa de su desagrado?

–La influencia que tenía sobre John era asombrosa. Creo que a veces John le temía. Por lo menos, se sentía muy incómodo en su presencia. No soy capaz de imaginar el tipo de poder que tenía sobre él para que le nombrara apoderado con plenos poderes para actuar en nombre de John en el caso de impedimento o ausencia. Hoy se ha convertido en el director ejecutivo *de facto* del grupo empresarial.

—Suponemos que Horizon Mining tiene otros directivos, además de John.

–Sí, por supuesto. Tenemos un vicepresidente de Finanzas, Robert Burn, y otro de Minería y Operaciones, Eduardo Peña. Pero John era el eje de toda la estructura de la empresa. Me temo que, sin él, la compañía navegará por aguas muy turbulentas.

–Si nos permite preguntarlo, ¿cuáles son sus planes futuros ahora que su jefe ya no está?

–Tengo que esperar unas semanas más para ver cómo se desarrolla todo esto. Sin embargo, no creo que me quede mucho más tiempo en la empresa.

–Por favor, intente quedarse algo más de tiempo, si puede. Es importante para nuestro trabajo contar con un buen contacto en su empresa. Si nos lo permite, y si así lo desea, podemos pedirle al señor Deville que la mantenga en la compañía.

–Por favor, no haga eso. No me gustaría deberle ningún favor.

–Muy bien. Entonces no lo haremos. Pero permítanos darle las gracias una vez más por venir aquí y por su inestimable ayuda.

—Ni lo mencione, por favor. Fue un placer. Estoy dispuesta a prestar toda la ayuda que pueda si así colaboro para aclarar este triste asunto.

–¿Qué te ha parecido, Alan? –preguntó Tony después de que se marchara Helen.

—Me ha gustado. Es una dama muy agradable y nos ha proporcionado información muy útil.

–Es cierto, pero también me ha planteado muchas preguntas adicionales.

–Tendremos que seguir excavando para ver qué podemos conseguir. Estoy pensando en enviar a Patrick a Dixon para tratar de conocer a alguien de su familia. Y espero que puedas darnos una imagen más clara del asunto cuando hables con la gente del Perú y examines las pruebas disponibles.

–Sí, esperemos que sí.

CAPÍTULO 4

LIMA, PERÚ

Llegamos a Lima un domingo por la mañana. Cuando acabamos de pasar los controles de inmigración y aduanas, eran ya casi las nueve de la mañana. Normalmente duermo bien durante los vuelos largos, pero Livy estaba entusiasmada con el viaje y la aventura que nos esperaba. No hizo más que despertarme con tonterías:

–Alan, despierta, amor. ¿Has oído hablar del club Mile-High? ¿No? Ya sabes, de la gente que lo hace en los aviones.

–Duérmete Livy, por favor. —A veces puede ser un poco inmadura, lo cual es parte de su encanto. Después de rechazar pacientemente las insinuaciones de mi esposa, usé el tiempo de vuelo para descansar un poco y revisar el material que habíamos recibido de Helen.

En el aeropuerto, fuimos recibidos por un miembro de la Policía Nacional del Perú, o PNP para abreviar, el inspector jefe Jorge Vilar. Una ventaja de haber trabajado durante mucho tiempo en el cuerpo de policía de Nueva York es que terminas conociendo a las fuerzas policiales de varios países. Cuando no tienes un contacto, seguro que tienes un amigo que tiene un contacto. Tony había llamado a un conocido de la PNP y lo pusieron en contacto con el inspector Vilar de la división de Investigación Criminal, llamada DININCRI, que era el encargado de la investigación del crimen en el que se había visto envuelto John Engelhard.

Nos estrechamos la mano y le presenté a mi esposa. Vilar nos miró a Livy ya mí y, por su expresión sonriente, adiviné el pensamiento que cruzó por su mente. Livy parecía más joven de lo que era en realidad. Cumpliría veintidós años en septiembre. Sin maquillaje, vestida con *jeans* y zapatos planos, parecía que tuviera dieciocho o incluso diecisiete años. Debió pensar: «Su esposa…¡Y un cuerno! Más probablemente una amante mucho más joven, una aventura». Después de las formalidades iniciales, Vilar tomó nuestras maletas para cargarlas en su auto y llevarnos a nuestro hotel en Lima.

Habíamos reservado una suite en el Sheraton de Lima, situado en el barrio Miraflores. Después de registrarnos, dimos las gracias al inspector Vilar. Prometió regresar el lunes por la mañana para llevarnos a la sede de la PNP. Livy estaba muy revolucionada, y tan pronto como llegamos a nuestra habitación, decidió tomar una ducha y cambiarse para visitar el Museo del Oro, que alberga una magnífica colección de piezas de oro inca. Estuve encantado de acompañarla. Tenía curiosidad por ver el tipo de objetos que habían robado en el valle del Colca. En el mismo hotel alquilamos un automóvil con conductor para que nos llevara y nos recogiera a la vuelta.

Las piezas de oro del Museo del Oro se encuentran expuestas en una gran bóveda subterránea, dentro de un edificio situado en las afueras de la ciudad. La planta baja está reservada para una colección de armas antiguas, pero no es demasiado interesante. Los objetos de oro ya son otra historia. Me asombró la riqueza y variedad de los objetos expuestos. La exposición tenía varias salas con estantes cerrados con vidrio de seguridad que recubrían las paredes, y expositores en el medio de cada sala, todos llenos de innumerables objetos: joyas, tazas y utensilios de todo tipo, tocados para el cabello e incluso cuchillos, todo hecho de oro. Muchas de las piezas tenían además incrustaciones de piedras preciosas. Hay que recordar que esto representa solo una pequeña parte del oro y la plata que saquearon los conquistadores españoles y enviaron a España durante el siglo XVI y principios del XVII. Ahora me podía hacer una idea más precisa del tesoro robado en el yacimiento inca. Únicamente conocer la extensión de la inmensa fortuna de John Engelhard me impedía llegar a la conclusión de que él era la persona que había cometido los asesinatos para huir con el oro.

Llevé a Livy a cenar a un restaurante de marisco cerca de la costa que me habían recomendado en el hotel.

—¿Sabes a qué me recuerda esto? —preguntó Livy.

—No, cariño. ¿A qué?

–A nuestra primera cena en Macaé, el mismo día que llegaste a la oficina de la empresa de perforaciones petrolíferas. ¿Te acuerdas?

–¿Cómo iba a olvidarlo, Livy? Es uno de mis recuerdos más queridos.

–¿Te escandalizarías si te dijera que deseé hacerte el amor esa misma noche?

–No. De hecho, yo sentí lo mismo.

—Pues hiciste todo lo posible por ocultar tus sentimientos.

–Tenía que hacerlo, cariño. Acababa de llegar y me habían presentado a ti, una empleada de la empresa para la que iba a trabajar. Era complicado.

–¿Eres feliz ahora, Alan?

–Sería muy difícil; no, en realidad sería imposible encontrar a alguien más feliz que yo. Tengo todo lo que me importa en la vida: tú y nuestra hija.

–Yo también soy muy feliz, ¿sabes? Tengamos un segundo.

–¿Un segundo qué?

–Un segundo bebé, tonto, esta vez un niño. ¿Qué opinas?

Sonreí.

–¿Puedes esperar a decidirlo hasta que terminemos este trabajo y regresemos a casa?

–Podríamos empezar hoy. Te das cuenta de que se necesita algo de tiempo para tener un bebé, ¿verdad?

–¿Y qué pasa con la universidad? ¿No será difícil combinarlo con tus estudios?

–No, no tuve ningún problema con el primero, y tenemos ayuda. Tenemos a Claudia y a tu hermana. Además, es una buena idea tener todos los hijos a la vez y terminar. Seremos padres jóvenes que podrán disfrutar y guiar a sus hijos a medida que crecen.

–Haría cualquier cosa para hacerte feliz, cariño. Si es eso lo que deseas, estoy totalmente de acuerdo –repuse.

–No soy solo yo, Alan. Tú también debes desearlo.

—Sí, lo deseo, yo también lo deseo. Me encantará tener otro hijo. –Me incliné para besar a Livy–. Por cierto, ¿qué fue esa tontería del avión? ¿No crees que el hotel es un lugar mucho mejor para hacerlo, más cómodo y privado?

—Pues claro. Pero entonces nunca lo haríamos en el avión durante el vuelo. Ah, bueno, todavía nos queda el viaje de regreso.

–Livy, eres imposible. A veces tengo la impresión de que estoy casado con una adolescente.

–No empieces, Alan. Esta charla de jovencita-anciano me revienta. Ya sabes lo que pienso de esa tontería.

–Lo siento cariño. Pedimos la cuenta y nos retiramos a nuestro hotel, ¿te parece? Estoy empezando a sentir los efectos del largo viaje y las actividades de hoy.

—Bien, volvamos al hotel.

A la mañana siguiente, a las nueve en punto, el inspector Vilar vino a nuestro hotel para llevarnos a la PNP de la avenida España. Habíamos terminado de desayunar y nos encontramos en el vestíbulo.

–Buenos días, señor y señora Leary.

–Buenos días, inspector. Ya estoy listo para salir.

–Muy bien. Tengo un vehículo esperando afuera. ¿Viene con nosotros, señora Leary?

–No, inspector –respondí en lugar de Livy–. Mi esposa va a contratar un automóvil en el hotel para hacer un poco de turismo por la ciudad.

–Entonces permítame sugerirle una alternativa. Nuestra oficina no está lejos del centro histórico de Lima. La señora Leary debería venir con nosotros. Le pediré a una de nuestras agentes que le muestre las iglesias y la catedral donde está enterrado el conquistador español Francisco Pizarro. ¿Le gusta el arte, señora Leary?

—Por supuesto, inspector. Soy muy aficionada al arte en general, y a la pintura en particular. Pero no quiero ser una molestia. Sería pedir demasiado que alguien de su comisaría me acompañe.

–No hay problema en absoluto, señora Leary. Estamos muy orgullosos de nuestro patrimonio cultural y nos encanta mostrárselo a los visitantes.

—Entonces gracias, inspector. Es usted muy amable.

–No hay de qué. Si le gusta la pintura, disfrutará con la visita. Cuando Lima se convirtió en la capital del virreinato español en América del Sur, los jesuitas enviaron artistas y pintores de Europa para decorar sus iglesias. Se dice que algunos de esos pintores se formaron con el propio Rembrandt y, de hecho, las obras de la escuela limeña se asemejan a los maestros flamencos de principios del siglo XVII. Me aseguraré de que la lleven a ver el Convento y Museo de San Francisco, donde hay numerosas pinturas de esa época.

Había reservado con anterioridad una sala de reuniones en la segunda planta del museo para celebrar una reunión informativa. Olivia se había ido con la inspectora asignada para mostrarle el centro de Lima. La volvería a ver cuando regresara al hotel. Jorge Vilar me presentó a algunos de sus colegas y al inspector Pedro Nuñes de la PNP de Arequipa, la localidad cercana al valle del Colca donde se había realizado la investigación inicial. El espacio de reunión se había ordenado como una sala de datos, con mapas y fotografías del área del crimen clavados en la pared. Habían traído un proyector. Después de las formalidades iniciales y el intercambio de tarjetas de visita, nos sentamos para comenzar a discutir las pruebas que había disponibles. La policía había reunido una cantidad importante de material y Vilar comenzó a explicar los hechos y su interpretación de lo ocurrido en el campamento del valle del Colca.

Un equipo de Horizon Mining que exploraba en busca de minerales en un cañón cercano al río Colca tropezó por casualidad con un enterramiento inca. Tal y como se les había instruido que debían hacer en estos casos, informaron de inmediato a las autoridades, y estas enviaron a un arqueólogo para estudiar el descubrimiento, el doctor Edgard Mateo del Museo de la Nación. También enviaron a tres guardias para proteger el sitio arqueológico. Debido a lo remoto del lugar, el yacimiento arqueológico se consideró de bajo riesgo y las autoridades creyeron prudente no designar un mayor número de guardias, con el fin de no atraer la atención de la población nativa local. El doctor Mateo y su joven asistente comenzaron a estudiar y catalogar los objetos arqueológicos. Nuevamente, para evitar atraer una atención no deseada, decidieron no contratar a trabajadores locales. Su única ayuda fue la de los tres guardias, un geólogo del equipo de exploración que se había quedado en el yacimiento, y su ayudante y conductor.

El equipo de exploración también había comunicado el descubrimiento del enterramiento inca a la sede de la empresa en Nueva York. Debían justificar la interrupción del trabajo geológico. Al enterarse de la historia, el señor John Engelhard decidió visitar inmediatamente el yacimiento arqueológico en persona. Ese era el primer aspecto curioso de la investigación. ¿Por qué este repentino interés de Engelhard? Hasta donde la policía sabía, la historia precolombina no era uno de los intereses de Engelhard. Su equipo había mantenido contacto permanente con la oficina central mediante comunicaciones por satélite. No se sabe qué tipo de información o cuántos detalles le transmitieron a Engelhard. Debieron informarle que habían encontrado los objetos de oro. ¿Fue eso lo que atrajo el interés de Engelhard? En cualquier caso, los crímenes tuvieron lugar poco después de la llegada de Engelhard.

Había un segundo aspecto muy interesante en la investigación. La noche en que ocurrieron los asesinatos, solo había un guardia vigilando. Uno de los guardias había tenido un problema familiar y decidió irse a Arequipa. El segundo guardia fue con él para acompañarlo y para turnarse para conducir. Los asesinatos se cometieron con gran sigilo, empezando por el guardia que quedaba y asesinando a continuación a un lugareño que estaba durmiendo al raso en el campamento. Solo después de la eliminación de esos dos se usó una escopeta para rematar a los demás. Habría sido extremadamente difícil, en otras palabras, casi imposible, cometer todos los asesinatos si hubieran estado presentes los tres guardias. Nadie de fuera del campamento podría haber sabido de antemano que dos de los guardias estarían ausentes. Fue una decisión de último momento. ¿Pudo haber sido una coincidencia? La policía lo dudaba.

Estaba claro que los crímenes habían sido cometidos por una sola persona, dos como máximo. Pensaban que un número más elevado habría dejado más rastro. Además, ¿cómo podría haber llegado un grupo más grande sin llamar la atención de los miembros del campamento? ¿Cómo habrían llegado hasta allí? No se encontraron huellas de neumáticos, salvo las de los vehículos del campamento.

Después de la larga explicación, proyectaron imágenes de la zona de los crímenes y los alrededores, así como del lugar del campamento con los restos de la tienda incendiada. Me mostraron fotografías de los restos carbonizados correspondientes a los seis cuerpos encontrados. Habían arrastrado a los que habían sido asesinados al aire libre desde lugar donde se habían cometido los asesinatos, y los habían metido dentro de la tienda para quemarlos. Dos de las víctimas, el indio y el guardia, habían sido asesinados con un cuchillo; los otros cuatro habían sido asesinados a tiros con una escopeta. Se habían encontrado sus restos en una de las tiendas quemadas.

El tercer aspecto curioso de la investigación era la dificultad para obtener datos identificativos de John Engelhard. La policía de Nueva

York no había encontrado registros médicos ni fichas dentales. O bien esos registros habían sido eliminados o Engelhard había sido una persona extremadamente sana, sin una sola caries. Obviamente, a la policía todo esto le pareció muy extraño. El análisis de ADN había identificado el cuerpo en el que se habían encontrado fragmentos de los documentos y la billetera de Engelhard como perteneciente al nativo que pasaba la noche en el campamento.

¿Su conclusión? Estaban convencidos de que John Engelhard había cometido el crimen. Parecía una locura, a la vista de la enorme fortuna de Engelhard. Sin embargo, fueron incapaces de llegar a ninguna otra conclusión. Estaban atónitos, pero no tenían una explicación mejor. Esperaban que mi investigación pudiera ayudar a arrojar algo de luz sobre el asunto, y esperarían hasta su conclusión para emitir su informe definitivo.

Yo tenía algunas preguntas, pero tuve que admitir la lógica de su conclusión.

–¿Qué fue exactamente lo que desapareció del enterramiento? ¿Tienen un valor estimado de las piezas robadas? –pregunté.

–Para responder mejor a su pregunta, le hemos concertado una reunión con el profesor Carlos Townsend del Museo de la Nación esta tarde. Está especializado en la cultura precolombina peruana. El profesor Townsend trabajaba con Edgard Mateo, el arqueólogo fallecido en los asesinatos. Tiene un archivo con fotografías y descripciones de los objetos robados. Podrá explicarle mejor su valor e importancia arqueológica –me dijo el inspector Jorge.

—Muy bien. Gracias.

–Ahora, si no tiene más preguntas, ¿puedo sugerir que procedamos a almorzar antes de ir a ver al profesor Townsend?

CAPÍTULO 5

UNA TARDE EN EL MUSEO

El Museo de la Nación estaba situado en un gran edificio de hormigón muy moderno, con una arquitectura de gusto discutible. El profesor Townsend ocupaba un pequeño despacho de la segunda planta. Nos esperaba en compañía de un caballero mayor de cabello cano que me presentó como el doctor Roberto Tello, del Museo Nacional de Arqueología, Antropología e Historia del Perú. Los inspectores Jorge, Pedro y yo nos apretujamos lo mejor que pudimos en el pequeño espacio de la oficina de Townsend. Afortunadamente, el día no era muy caluroso, y después sentarnos y quitarnos las chaquetas como sugirió Townsend, no estuvo tan mal. Olivia no nos acompañaba, ya que había salido previamente con una inspectora de policía para visitar el casco antiguo de Lima. No nos habríamos podido acomodar todos en la salita si se hubiera quedado con nosotros. Townsend había separado unas cuantas carpetas con fotos de los aspectos más relevantes del enterramiento y de los objetos encontrados allí.

—Profesor Townsend, gracias por recibirnos hoy —saludó Jorge. Hablaré en inglés porque así será más fácil para nuestro amigo estadounidense, el señor Alan Leary. Como les expliqué anteriormente, el señor Leary ha venido de Nueva York para investigar los asesinatos del valle del Colca, en los que perdió la vida su colega y amigo, el doctor Edgard Mateo. El señor Leary está interesado en los objetos robados de la tumba.

—¿Podría, por favor, describirme los artículos robados y darnos una estimación de su valor, profesor?

—En total, había veintitrés objetos de oro de diferentes tamaños, algunos pequeños como aretes, collares y otras piezas similares, y otros bastante más grandes. La pieza más grande, y también la más pesada, era un bastón de oro de metro y medio de largo. Edgard no tuvo la oportunidad de pesarlos, mi pobre amigo. Sin embargo, calculo que pesaban cerca de once kilos en total.

—Entonces, al precio actual del oro, ¿valían aproximadamente medio millón de dólares? –pregunté.

—Está en lo correcto, señor Leary. Sin embargo, su valor arqueológico es mucho más difícil de calcular. Eran piezas que a cualquier museo le encantaría poseer. Los objetos de oro precolombino auténticos son raros y extremadamente difíciles de obtener. Supongo, y esta es una estimación conservadora, que su valor histórico podría calcularse en más de diez o quince veces el valor de su peso en oro.

—Ya veo. Es una suma considerable, pero siete millones y medio de dólares no es nada para un hombre que posee una fortuna de cuatro mil millones de dólares –repuse.

—No voy a contradecirlo, señor Leary. Mire estas fotos. Podrá hacerse una idea más exacta de los objetos.

El profesor Townsend me dio las carpetas que había dejado a un lado de la mesa, y examiné las fotografías de varios objetos: joyas, tazas, algunas piezas que parecían hebillas de cinturones, lo que parecía ser un cuchillo ceremonial, un adorno en forma de corona y el báculo mencionado anteriormente.

—Muy impresionante –admití.

—Por muy valiosos que sean los objetos de oro, lamentablemente el ladrón o los ladrones se llevaron algo que había despertado nuestra curiosidad y que no debería tener ningún valor para ellos.

—¿Qué era?

—Era una túnica blanca que llamamos el Alba de Wiracocha.

—¿Le importaría explicármelo, por favor?

—Wiracocha era la deidad más importante del panteón de los dioses incas. Estaba considerado como como el creador de todas las cosas, la sustancia a partir de la cual fueron creados todos los seres, y estaba íntimamente asociado con el mar. Según el mito, surgió del lago Titicaca, en Bolivia, para traer luz a las tinieblas. Creó el sol, la luna y las estrellas, y creó a la humanidad al respirar sobre las piedras.

—Eso es muy interesante. Por favor, continúe.

–Vagó por la Tierra disfrazado de mendigo, enseñando a sus nuevas creaciones los fundamentos de la civilización, además de obrar numerosos milagros. Para ello, tomó la forma de un hombre vestido con una túnica blanca, a modo de alba, ceñida a la cintura. Al final, Wiracocha desapareció caminando sobre las aguas del océano Pacífico y nunca regresó. Pero antes legó su alba a uno de sus hijos, Manco Capác, a quien se le atribuye la fundación de Cusco y la cultura inca.

–¿Y cree que esta túnica encontrada en el yacimiento arqueológico del Colca es el alba de Wiracocha?

–No, señor Leary. Esto es solo una leyenda que no se basa en ningún hecho. Lo que nos llamó la atención fue la calidad de la túnica. Estaba muy finamente tejida con un tipo de fibra de lino muy inusual.

–Estábamos discutiendo este tema antes de que llegara. El doctor Tello es experto en tejidos y textiles precolombinos. Le pedí que examinara las fotografías y el informe de Edgard sobre la túnica.

–Así es –confirmó Roberto Tello–. Nunca había visto nada igual. Según Edgard, la tela era tan delicada que parecía como si hubiera sido tejida en un telar moderno, lo que obviamente es imposible. Como ve, era natural asociarla con la leyenda; era blanca y muy fina.

—Lo entiendo.

–Según el mito, el alba protegía a quien lo poseía de Supay, el dios de la muerte y gobernante del Uku Pacha o mundo interior. Supay es el equivalente inca del diablo católico. La persona que llevaba puesta el alba era invisible para él y así no podía arrancar su alma del mundo de los vivos.

—Un mito muy interesante. Entonces, ¿piensa que se llevaron el alba porque el ladrón creía en la leyenda?

–No, lo más probable es que se haya utilizado para envolver algunas de las piezas de oro. A estas alturas, debe haber sido destruida, y es una lástima. Era un objeto arqueológico muy valioso.

–Y eso es todo lo que podemos decirle, señor Leary –finalizó Townsend–. Esperamos que esta información sea útil para su investigación.

Lo que había aprendido no contribuía demasiado a mis pesquisas, pero no quería parecer ingrato por el tiempo que habían dedicado a explicarme los distintos objetos.

–Por supuesto que lo es. Aunque no arroja luz sobre quién cometió los crímenes, al menos tengo una idea más clara de los objetos robados.

También proporciona una pista sobre los posibles motivos. Debo agradecerles nuevamente toda su paciencia y ayuda.

—Ni lo mencione. Ha sido un placer.

–Tengo una pregunta más mundana. ¿Hay una tienda de regalos en el museo? Me gustaría comprar un pequeño colgante de oro para mi esposa. Quizás alguna figura inca, uno de los dioses mitológicos que mencionaron.

—El museo tiene una tienda de recuerdos, pero solo vende objetos de plata o chapados en oro. Si desea algo en oro, tendrá que comprarlo en otro lugar. Afortunadamente, conozco el lugar ideal, una joyería especializada en ese tipo de cosas. Estaré encantado de llevarlo hasta allí.

–Oh no, no puedo permitirle que haga eso. Su oferta es amabilísima, pero no puedo abusar de su hospitalidad.

–Tonterías. La tienda está muy cerca de donde tomo el autobús para ir a casa. Es un buen paseo desde este edificio y usted tiene automóvil. Así que es un intercambio. Lléveme a mi parada de autobús y le mostraré la tienda.

–Ah, está bien. En ese caso, tenemos un trato.

CAPÍTULO 6

EL HOTEL DE MIRAFLORES

El inspector Vilar me llevó de regreso al hotel. Nos había hecho las reservas oportunas para que Olivia y yo viajáramos a Arequipa al día siguiente. El vuelo salía a las dos de la tarde, y vendría a llevarnos al aeropuerto al mediodía. Eso nos daba tiempo de sobra para tomar el avión. Era un vuelo doméstico corto y podíamos llegar al aeropuerto media hora antes de la salida. Me deseó buenas noches y se fue. Subí a la habitación. Olivia ya había llegado.

—¿Cómo fue tu día, cariño? ¿Lo disfrutaste? —pregunté, abrazándola.

—Oh, Alan, lo pasé fantástico. Vi muchísimas cosas. La señora que me asignaron para acompañarme es un ángel, muy simpática, como dicen aquí. Se llama Violeta, un nombre de flor. Tienes que darle las gracias al inspector Jorge por su amabilidad al asignarla como mi acompañante.

—Puedes hacerlo tú misma, cariño. Lo volveremos a ver mañana. Vendrá al hotel al mediodía para llevarnos al aeropuerto. Nos vamos a Arequipa.

—Bien, tenemos que volver otra vez a Lima muy pronto. Hay muchísimo que ver.

—Bueno, me voy a dar una ducha y a cambiarme, y luego podemos salir a dar un paseo y cenar. Y todavía nos queda mañana por la mañana. Estaré libre. Podemos dar una vuelta y hacer un poco de turismo.

—Fenomenal. Deja que te enseñe lo que he comprado. —Olivia sacó de una bolsa una prenda de lana en tonos crema de una forma indistinguible—. ¿No es precioso?

—Mmm, es muy suave. ¿Qué es?

—Es un poncho de vicuña. Me temo que he gastado demasiado dinero. Era muy caro, pero el tejido es maravillosamente suave, mucho más que la lana de alpaca o cachemira. Es ideal para esas noches frescas de Nueva York, y me cautivó por completo. Déjame ponérmelo para que veas cómo me queda. —Livy procedió a deslizar la prenda sobre sus hombros, pasando la cabeza por un agujero central—. ¿Cómo estoy?

—Increíblemente hermosa, como siempre –le aseguré.

—Adulador.

—Es la pura verdad.

Livy me dio un beso en la cara.

—Eres muy parcial. A Larissa le compré esto. —Procedió a mostrarme los artículos que había adquirido para nuestra hija, todos ellos indispensables en su opinión.

—Yo también tengo algo para ti –dije y extendí la mano que sostenía la cajita con el colgante.

—¡Qué lindo! Es precioso –exclamó Livy, inspeccionando el diminuto objeto dorado–. Gracias, cariño.

—Es una imagen de la diosa inca de las flores, las doncellas y el sexo: Chasca Coyllur. Puedes llevarlo con una cadenita o engarzarlo en una pulsera. Tú decides qué prefieres, y te lo compraré más tarde.

Livy me abrazó.

—Alan, ¡eres tan amable conmigo! Me emociona que te tomaras el tiempo de comprarme el amuleto. Ahora me siento avergonzada.

—¿Por qué?

—Yo no te compré nada.

—Da igual. No me gustan demasiado las cosas locales. Puedes comprarme algo cuando regresemos a Nueva York. Pensé que deberías llevarte un recuerdo de Lima. ¡Deseabas tanto venir! Debo disculparme por haberte hecho pasar un mal rato antes de acceder a que vinieras conmigo. ¿Me perdonas?

—Para, Alan. Me vas a hacer llorar. —Me apretó con fuerza y apoyó su cara en mi pecho. No se me ocurre una forma mejor de perdonar a alguien.

—Gracias, nena. Voy a darme una ducha y luego llamaré a Tony. Necesito informarle sobre cómo se va desarrollando el caso. Después de eso, podemos decidir qué hacer.

Llamé a la casa de Tony para ponerle al día del resultado de mis reuniones en Lima. Él también tenía noticias para mí.

—Envié a Patrick a Dixon con instrucciones de recopilar toda la información disponible sobre John Engelhard y su familia.

—Buena idea, Tony. ¿Pudo obtener la información?

—Algo sí, pero ¿a que no lo adivinas? John Engelhard, el verdadero, falleció en 1918 víctima de la gripe española.

—¿Cómo es posible? —pregunté sorprendido.

—Muy sencillo. El hombre de Horizon Mining, el director ejecutivo y principal accionista, no era quien decía ser. Era un impostor.

—Ya veo. Esto explica las dificultades a las que se ha enfrentado la PNP para obtener sus registros médicos y dentales. La trama se enreda cada vez más.

—Sí —asintió Tony—. Es una situación desconcertante.

Livy también había estado ocupada, hablando por teléfono con mi hermana para recibir noticias de nuestra hija.

—Livy, ya estoy listo. ¿Qué te gustaría hacer? Podríamos pedirle al conserje que nos recomiende un buen restaurante, o también podemos cenar en el hotel. El restaurante parece muy agradable.

—Mejor cenamos aquí, Alan. No quiero salir.

—Bien. Si eso es lo que quieres, llamaré a la extensión del restaurante para reservar una mesa. ¿Estás lista?

—Sí. Deberíamos retirarnos temprano. Tenemos cosas más importantes que hacer —añadió Livy con una sonrisa pícara.

Me preguntaba qué.

CAPÍTULO 7

AREQUIPA

El vuelo de Lima a Arequipa fue breve. Duró una hora y media, y a las cuatro y media de la tarde ya estábamos desempacando en la habitación del hotel Libertador Arequipa.

Arequipa es la segunda ciudad más grande del Perú, y es muy hermosa. Su casco antiguo está construido usando una roca volcánica blanca única que confiere a la ciudad un aspecto majestuoso, especialmente al atardecer, cuando los colores cambiantes del cielo se reflejan en los edificios. Al volar hacia Arequipa, pude ver lo inhóspito del paisaje, un vasto desierto rodeado de volcanes y profundos desfiladeros. La vegetación de la zona verde que rodea la ciudad se mantiene gracias al agua de riego que aporta el río que atraviesa su valle. Los edificios bajos de Arequipa son de arquitectura colonial española típica, con balcones de hierro forjado. Cuando cruzas una calle y se te presenta a la vista el cono nevado del volcán Misti que asoma en el horizonte lejano, la sensación es espectacular. En realidad, Arequipa se asienta a la sombra de tres volcanes, pero es el cono casi perfecto del Misti el que más llama la atención.

No íbamos a tener tiempo para explorar adecuadamente la ciudad y sus monumentos y encantos. Pero, tan pronto como nos instalamos, Livy y yo decidimos alquilar un auto en el hotel para que nos llevara al centro de la ciudad y dar un paseo rápido por la zona histórica. La belleza de la antigua Arequipa es innegable. No lo han estropeado con construcciones modernas ni edificios altos, y conserva su arquitectura española original, con viviendas bajas y calles estrechas que conducen a amplias plazas rodeadas de soportales con arcos. Nos impresionó lo que vimos: la plaza principal o Plaza de Armas y el convento de Santa Catalina. La ciudad es un maravilloso ejemplo de la combinación de la arquitectura colonial con las condiciones locales. Muchos de los palacios y casas coloniales aún permanecen en pie. Las iglesias son particularmente hermosas y es un placer pasear a su alrededor.

Sin embargo, no pudimos explorar el interior de esas iglesias y palacios. Tuvimos que regresar al hotel para una reunión con los inspectores Jorge y Pedro que teníamos programada para antes de la cena. Debíamos decidir cuáles serían nuestros siguientes pasos durante los próximos días y en qué dirección continuaría la investigación.

Cuando regresamos a nuestro hotel, los inspectores Jorge y Pedro ya nos estaban esperando, acompañados de una mujer que no conocíamos.

–Ah, aquí están, señor y señora Leary. Espero que hayan disfrutado de su breve visita a nuestra ciudad –dijo el inspector Pedro, levantándose para recibirnos.

–Es muy hermosa –respondió Livy–. Es una lástima que no tengamos tiempo para conocerla mejor.

–Quizás en otra ocasión. Alan, esta es la señora Anna Maria. Trabaja para Horizon Mining en Arequipa. Anna es tan amable de prestarnos los jeeps para el viaje al campamento del Colca.

—Encantados de conocerla, Anna Maria –saludamos Livy y yo, dándole la mano a la recién llegada.

–Igualmente, señor y señora Leary.

–¿Qué tal si dejamos las formalidades? –añadí–. Señor Esto, inspector Aquello. Creo que nos conocemos lo suficiente para tratarnos de tú –dije, pensando más en Jorge y Pedro, en cuya compañía habíamos viajado.

–Perfecto, Alan. A partir de ahora, solo usaremos nuestros nombres de pila –acordó Jorge por todos nosotros.

–¿Puedo preguntarte cuál es tu trabajo en Horizon, Anna?

–Tenemos una pequeña oficina en Arequipa para prestar apoyo a los equipos de campo que se dedican a la exploración. En realidad, solo somos un mensajero y yo. Administro la cuenta local y el efectivo de Horizon para pagar a las personas que contratamos localmente: suministros, combustible y mantenimiento de los automóviles. Cosas así.

–Ya veo. ¿Tienes muchos automóviles? Debes tener un garaje y personas para repararlos.

—En realidad, contratamos los servicios de un taller mecánico donde guardan y mantienen los vehículos cuando están en Arequipa.

—¿Te informaron del regreso del campamento de los dos guardias con uno de los jeeps?

—Sí, por supuesto. El gerente del garaje me llamó por teléfono para informarme. Lo hizo únicamente porque estaban autorizados a usar los jeeps cuando fuera necesario. Todos nuestros geólogos y conductores disponen de credenciales para requisar los autos. Contamos con seis Land Rover que utilizan los dos equipos de exploración, uno en Colca y el otro cerca de Puno. Por lo general, solo toman los autos y el combustible necesario. Después, el usuario debe enviarme un informe semanal. Estamos conectados vía satélite con los equipos de campo, ¿sabes? A veces se olvidan de hacerlo, y entonces yo me quejo.

—¿Se olvidan de hacerlo con mucha frecuencia?

—Más de lo que me gustaría, la verdad. Recientemente, tuvimos un inspector de la empresa que tomó uno de los jeeps sin avisarme ni redactar un informe sobre su uso.

—¿De verdad? Cuéntamelo, por favor.

—Me pareció que fue muy descortés por su parte. Tenía derecho a usarlo, pero no le habría costado nada informarme. Si la gente no sigue las reglas, es muy difícil hacer un seguimiento de las cosas. Envié una queja por escrito, pero me dijeron que lo dejara correr.

—¿Sí? ¿A quién te quejaste?

—Le envié un informe al señor Peña a través de Helen Crawford. ¿Por qué? ¿Crees que es importante?

—En una investigación como esta, cada pequeño detalle es importante, Anna. ¿Devolvió el jeep?

—Sí, todos están localizados. Obviamente, es un poco más complicado comprobar quién utilizó qué vehículo.

—¿Por qué es complicado?

—Son todos del mismo color y no tienen marcas ni números individuales. Solo se distinguen por la matrícula.

—Pero, si quisieras, ¿podrías comprobar qué jeeps ha utilizado cada uno, digamos, durante los días anteriores a la fecha de los asesinatos y unos cuantos días después?

—Por supuesto. Me tomará un poco de tiempo. No guardo esa

información en el archivo. Envío los informes a nuestra oficina central y destruyo los originales. ¿Puedo preguntar por qué lo necesitas?

—Es solo mi instinto de detective, que me pide que compruebe que las piezas encajan en el lugar correcto.

–Bien, lo haré. Te lo enviaré por correo electrónico cuando lo tenga listo.

—Perfecto. Te lo agradezco.

—Quiero hablar sobre nuestro viaje mañana al campamento. ¿Te encuentras bien, Olivia? –preguntó Pedro.

–Sí, estoy bien. ¿Por qué lo preguntas?

–¿Sin dolores de cabeza? ¿Sensación de cansancio?

—No, estoy bien.

–Veo que Alan y tú están en plena forma. Lo pregunto porque Arequipa está a casi 2.500 metros sobre el nivel del mar. Muchas personas comienzan a sufrir los efectos de la altitud a esta altura. Mañana, sin embargo, subiremos por encima de los 4.200 metros. El campamento está a unos 4.000 metros de altitud. En esas alturas, todo el mundo siente los efectos de la falta de oxígeno, independientemente de su forma física.

–Tal vez mi esposa debería quedarse en Arequipa. De todos modos, será un viaje de trabajo. No tendremos tiempo para disfrutar de las vistas ni nada parecido –sugerí.

—Por encima de mi cadáver. Ni siquiera pienses en dejarme atrás –replicó Livy, con los ojos brillantes.

Pedro sonrió.

—No te preocupes, Olivia. Mañana nos vamos de este hotel. Debes venir con nosotros.

–Entonces bien –suspiró con alivio Olivia, apaciguada al comprender que no se quedaría atrás y vendría con nosotros. Me lanzó una de esas miradas de «Ya verás después».

–El viaje de Arequipa a Chivay, que se encuentra al principio del valle del Colca, dura aproximadamente tres horas por la ruta principal, la Carretera Interoceánica. Mañana, sin embargo, nos desviaremos. Tomaremos una carretera secundaria que discurre entre los volcanes Chachani y Misti. Es una ruta bastante pintoresca y mucho más interesante que seguir la carretera principal. Lamentablemente, esto añade cierta distancia y algo de tiempo de viaje. Nos reincorporaremos a la carretera principal en una localidad llamada Patahuasi. Una persona de nuestro equipo de exploración de Puno se reunirá con nosotros a mitad de camino para recoger el correo y algunos suministros.

—Muy bien.

–Una vez que lleguemos al Colca, tendremos al menos otras tres horas de viaje hasta llegar al campamento. El último tramo de la carretera es poco más que una pista de tierra. La población local lo llama sendero, un sendero que siguen con sus llamas para llegar a los pastos altos. Después del descubrimiento de la tumba inca, el gobierno de la provincia envió una topadora y algunos hombres para ampliarla y mejorarla. No hicieron un buen trabajo. Es una ruta estrecha, sinuosa y peligrosa. Debemos ir despacio y con mucho cuidado.

—Lo entiendo. Aun así, debo ver el lugar donde se cometieron los crímenes.

–Sin duda, pero no podremos regresar a Arequipa. Hice reservas para todos en el hotel Las Casitas del Colca, en Chivay. Pasaremos la noche allí y regresaremos a Arequipa al día siguiente. Entonces podrás decidir qué hacer a continuación.

–Cuando regresemos, podemos discutir los próximos pasos en la investigación –dije.

–Les sugiero que coman ligero y, si es posible, se abstengan de tomar bebidas alcohólicas. Y traten de descansar bien esta noche.

—Lo haremos.

–Creo que deberían probar nuestra infusión de hojas de coca verde. Es una ayuda comprobada para aliviar los efectos de la gran altitud.

–Infusión de coca, ¿no te provoca dependencia? –preguntó Livy.

–En absoluto. La concentración de alcaloides activos es muy baja y tiene un sabor delicioso. ¿Te gustaría probarla?

Pedro le pidió a un camarero que nos sirviera la infusión. Al principio tuve algunas dudas, a pesar de que Pedro nos había dicho que no creaba dependencia. Lo probé y sabía bien. Terminé bebiendo dos tazas.

Nos excusamos y fuimos a recoger nuestras cosas y seguir el consejo de cenar ligero y no consumir bebidas alcohólicas esa noche. Como esperaba, Livy todavía estaba enojada conmigo por mi sugerencia de no llevarla al viaje al Colca. Tan pronto como estuvimos solos, se quejó porque yo tenía la idea equivocada de que podía decirle lo que tenía que hacer.

–Alan, no eres mi padre. Eres mi esposo, y en esa primera noche que nos conocimos en Brasil, fui bastante clara cuando te expliqué que nunca permitiría que me controlaras. Estoy segura de que lo recuerdas. Sin *caipirinhas*. Francamente, Alan.

Para los no enterados, debo explicar que una *caipirinha* es un cóctel brasileño que mezcla ron fuerte de caña de azúcar y jugo de lima. Cuando conocí a Olivia, ella tenía dieciocho años, la edad mínima legal para beber en Brasil. Estábamos cenando y le pidió al camarero que le trajera una de esas *caipirinhas*. Cometí el error de intentar evitarlo, sugiriendo que debería tomar un refresco en lugar del cóctel. ¡Entonces se la veía tan joven! De hecho, todavía lo parece. Me regañó por intentar tratarla como a una niña. Tiene mal genio cuando se enfada. Es parte de su encanto, la verdad. La amo, a pesar de sus rabietas ocasionales.

–Lo siento, cariño. Tal vez he sido demasiado sobreprotector. No lo volveré a hacer. Lo prometo.

—Mmm, de acuerdo.

CAPÍTULO 8

EL VIAJE AL CAMPAMENTO DEL COLCA

Salimos de nuestro hotel de Arequipa sobre las seis de la mañana en dos Land Rover cargados con provisiones para el campamento. Livy y yo, los inspectores Pedro y Jorge, y Anna María, que había decidido acompañarnos, compartimos el espacio en los dos autos. Era la oportunidad de Anna de visitar el campamento de exploración, ya que aún no lo había hecho. Un conductor de la empresa viajaba con nosotros en uno de los vehículos. Pedro y Anna se iban a turnar para conducir el otro. Livy ocupó uno de los asientos delanteros, el más cómodo y con mejores vistas. No tuvimos tiempo para tomar un buen desayuno antes de partir. El hotel nos había preparado bocadillos y nos dio dos termos para llevar, uno con café y otro con mate de coca. No habría gasolineras, ni nada de nada en realidad, en el camino de Arequipa a Chivay.

Arequipa es una ciudad que parece haber crecido mucho en los últimos tiempos. Sus afueras están cubiertas por extensos barrios de chabolas grises y áridas. Al dejar atrás el área irrigada alrededor de la ciudad, pronto nos encontramos en medio del desierto peruano, y luego comenzamos a subir. El camino estaba sin asfaltar, pero estaba bien conservado en un lugar donde nunca llueve. El paisaje que nos rodeaba era desolador y hermoso a la vez, con todas las tonalidades de marrón, amarillo, naranja y ocre. De vez en cuando, pasamos por parches de arbustos con flores cuyos vivos colores daban vida a una amplia extensión de terreno, por todo lo demás estéril. Nuestro conductor recompensaba la sorpresa encantada de Livy cada vez que nos encontrábamos con uno de esos parches indicándole sus nombres locales: las flores amarillas de chite, los conchos de flor rosada, los carboneros rojos y la flor nacional del Perú, el hermoso y brillante rojo, naranja y violeta de las flores de cantuta. Al poco tiempo ya estábamos entre dos volcanes: el Misti a nuestra derecha y el Nevado de Chachani a la izquierda. Con poco más de 6.000 metros, el Chachani es la montaña más alta que hay cerca de Arequipa. Seguimos subiendo más y más. Sentí que se me taponaban los oídos y tenía que tragar y bostezar constantemente para equilibrar la presión.

Fue un día fantástico y luminoso, con un cielo azul sin nubes. Nos advirtieron que la temperatura bajaba drásticamente durante la noche, incluso en verano. Ahora, durante el invierno del hemisferio sur, probablemente haría mucho frío en nuestro destino. Livy tendría la oportunidad de darle un buen uso a su poncho de vicuña. Lamentablemente, yo no había venido preparado. Pero, por suerte, nos dijeron que podíamos encontrar abrigos y suéteres abrigados en el mercadillo de Chivay.

Pedro nos dio a Livy ya mí unas tabletas que debíamos colocar debajo de la lengua. Las tabletas eran un tipo de medicamento que acelera ligeramente los latidos del corazón, lo cual fomenta un intercambio metabólico de oxígeno más rápido y ayuda a compensar la presión parcial más baja que se da en altitudes elevadas. A pesar de todos estos remedios (la medicina, el té de coca y la cena ligera de la víspera del viaje), sentí una sensación extraña cuando salimos del auto en una parada a unos 3.600 metros de altitud. Pedro y Anna estaban cambiando de lugar para conducir el jeep, y yo quería estirar las piernas y satisfacer otras demandas naturales. Me sorprendió la sensación de mareo e incluso tuve algunas náuseas. A Livy le fue mejor y parecía menos afectada. Me dijeron que evitara hacer movimientos bruscos, que caminara despacio y controlara mi respiración.

Luego de cruzar el punto más alto de nuestra ruta y entrar en el altiplano peruano, llegamos a una bifurcación del camino. Un letrero indicaba el camino a Puno a la derecha, y junto a él nos esperaba el jeep del otro campamento. Después de los saludos formales y el traslado de los paquetes, continuamos nuestro camino por el ramal izquierdo de la carretera hacia Patahuasi por la carretera Interoceánica y el cañón del Colca.

Cuatro horas después de nuestra salida de Arequipa, llegamos al pueblo de Chivay, en el umbral del cañón del Colca. Chivay es un pequeño pueblo construido a orillas del río Colca, aguas arriba del cañón. Su único atractivo son los hoteles que atienden a los turistas que visitan el cañón. Su mercado no tenía nada que ofrecer en cuanto a ropa. Preguntamos por ahí y nos remitieron a una tienda donde compramos pijamas abrigados, dos suéteres de lana de alpaca para Livy y para mí, y un abrigo de talla única, demasiado pequeño para mí. Aprovechamos la parada para comer parte de nuestros refrigerios, y luego de descansar unos minutos, continuamos nuestro camino, cruzando a la margen derecha del Colca.

Siguiendo río abajo, entramos en el cañón, y allí nos sorprendió su cruda grandiosidad. El cañón del Colca es una parte muy hermosa del Perú, con un paisaje impresionante. Sus paredes carecen de los tonos ocres y amarillos del Gran Cañón. Son más verdes en algunos lugares, especialmente donde la población local ha labrado terrazas para el cultivo, una práctica milenaria anterior a la época cristiana. En su mayoría, son grises y oscuros, y caen vertiginosamente hacia el profundo y amenazador abismo. El cañón tiene una extensión de más de 250 kilómetros, y la profundidad media desde las cumbres de las montañas hasta el río que se encuentra abajo es de 3.400 metros. Por un tiempo se pensó que era el cañón más profundo del mundo, aunque ahora se acepta que el cañón de Cotahuasi, también en la región de Arequipa, es más profundo. En nuestro camino dejamos atrás pequeños asentamientos, y en uno llamado Madrigal abandonamos por fin el fondo del cañón. Subimos por una carretera estrecha que bordeaba los contornos de un profundo barranco. Pronto el camino se volvió muy precario, y ya no era más que una pista de tierra. En varias ocasiones, uno de nosotros tenía que salir y ayudar al conductor a atravesar un tramo particularmente difícil. Y, siempre acechando a nuestra izquierda, nos vigilaba el vertiginoso descenso al fondo del barranco, que a esta hora todavía estaba envuelto en sombras. Tenía curiosidad por la pista que estábamos siguiendo y le pedí a Anna Maria más detalles.

–¿Cómo, en el nombre de Dios, encontró tu gente este camino de cabras por esta vertiente del cañón, Anna?

–No soy geóloga, Alan. Pero, en este caso específico, el área era lo suficientemente prometedora como para justificar la perforación preliminar. No usando el tipo de equipo capaz de perforar la roca a grandes profundidades, sino más bien con taladros de barrena. Ya sabes, esos que parecen un tornillo gigante y son habituales en las obras de construcción. Se usaron excavadoras y mano de obra en los lugares más difíciles para ensanchar un sendero ya existente, lo que permitió llegar con vehículos con tracción en las cuatro ruedas. Obviamente, este lado del cañón, que en realidad es una falla sísmica causada por el Sabancaya, un volcán cercano muy activo, facilitó el acceso. Habría sido muy difícil, imposible en realidad, escalar por aquí si no fuera por la existencia de esta falla. Nos habríamos visto obligados a buscar una forma de entrar por otro lugar.

–Muy impresionante, Anna María. Uno no se da cuenta de la cantidad de trabajo necesario para hacer un descubrimiento mineral.

Una persona normal no se hace a la idea del esfuerzo, dinero y riesgo financiero que a veces implica la extracción de mineral, y eso sin contar los años necesarios para conseguir que sea productivo. Este era un buen ejemplo: abrir un camino en el desierto para trasladar equipos y geólogos que confirmaran el hallazgo.

–Por supuesto, Alan. Es una actividad de alto riesgo en la que Engelhard tenía un gran éxito.

A medida que subíamos, el espacio entre las paredes del desfiladero comenzó a ensancharse. Estaban a unos buenos cien metros la una de la otra cuando Pedro llamó nuestra atención hacia un cóndor que sobrevolaba cerca. Estábamos tan alto que podíamos contemplar el enorme pájaro casi horizontalmente.

–Tienen suerte –dijo Pedro–. Nunca había visto uno tan cerca. Hay un lugar muy conocido en el borde del cañón principal donde los turistas van a avistar cóndores. Pero allí el cañón es ancho y las aves suelen volar muy lejos. Este está muy cerca. Casi parece que podría tocarlo.

–¡Vaya! –exclamó Livy–. ¡Mira eso! ¡Es tan ... tan majestuoso! Un pájaro tan grande que se desliza sin esfuerzo aparente, ¡y tan cerca! Es increíble.

–Es realmente fantástico verlo tan de cerca –convine.

Pasamos unos minutos allí, hipnotizados por la vista tan extraordinaria, antes de continuar nuestro viaje.

Finalmente, llegamos a la cima y descendimos hacia un paisaje verde y abierto con pequeñas colinas. Pasado un tiempo, ya estábamos conduciendo por un campo sin ver ningún indicio de la existencia de una carretera o pista forestal. Cruzamos una zona con plantas altas parecidas a cactus muy diseminadas. Nos dijeron que la planta era la reina de los Andes, y florece en una espiga espectacular que emerge a más de seis metros desde un denso racimo de hojas parecidas a bayonetas. Advertí que algunas plantas tenían el tallo central cubierto de pequeñas flores amarillas y aprendí que la floración era una ocasión especial que ocurre una vez cada cien años, más o menos.

Dejamos atrás el área y viajamos en dirección a un afloramiento rocoso de poco tamaño durante lo que me pareció mucho tiempo. Cuando finalmente nos acercamos al afloramiento, resultó ser la parte superior de la pared lejana de un barranco mucho menos profundo que el que habíamos cruzado. El campamento estaba en el fondo del barranco. Habíamos llegado a nuestro destino. Nuevamente, los jeeps entraron en una pequeña pista tallada en la pared de la montaña que nunca habría encontrado por mi cuenta, pero que el conductor detectó fácilmente. Comenzó a descender hacia el fondo del barranco.

Ya en el campamento, fuimos recibidos por el sargento Rodríguez, un hombre bajo y moreno con claros rasgos locales, y el oficial al mando del destacamento de la PNP que actualmente ocupaba el lugar. Horizon Mining aún no había nombrado un geólogo sustituto; y tampoco había retomado el trabajo de exploración. Los objetos del enterramiento inca que no se había llevado el ladrón habían sido enviados al Museo de la Nación, en Lima. El único miembro que quedaba de la compañía era un fotógrafo encargado de grabar en película las inscripciones encontradas en los muros de la cámara funeraria.

—Caminemos, Alan. Quiero mostrarte los lugares exactos donde se cometieron los asesinatos —me dijo Pedro.

Me arrastré fuera del jeep y comencé a seguirlo, y no muy lejos venían Jorge y Livy. Había desarrollado un terrible dolor de cabeza y cada paso me exigía un gran esfuerzo.

—Aquí es donde asesinaron al guardia —explicó Pedro, señalando un lugar en el suelo—. El hombre estaba sentado en este lugar, frente a un fuego, desde donde podía ver el camino hacia la entrada de la tumba y las tiendas de campaña. El asesino se le acercó muy sigilosamente por la espalda y lo degolló. Hay que tener en cuenta que se trata de un valle cerrado y bien protegido, con paredes escarpadas a ambos lados. Lo más probable es que no hubiera viento, y las noches aquí son increíblemente tranquilas. Es fácil oír cualquier ruido, aunque sea muy débil. El asesino mostró una impresionante habilidad de acecho y mucha sangre fría.

–Ya lo veo. –No me estaba contando nada nuevo. Me había entrenado en las fuerzas especiales.

–Después de matar al guardia, el asesino recorrió el campamento hasta el lugar donde dormía el indio. También lo sorprendió. En este caso, sin embargo, encontramos pruebas de forcejeo. Obviamente, los sentidos de los nativos son más agudos que los de los guardias. Pero eso no le ayudó. El asesino se impuso y lo apuñaló hasta matarlo. Veamos el lugar donde sucedió.

Seguí a Pedro.

–¿Te sientes bien, Alan? –preguntó Pedro–. No tienes buen aspecto.

–En realidad, tengo un dolor de cabeza terrible que me está molestando de verdad –respondí.

–Deberías habérmelo dicho antes. Vine preparado para eso. Toma, trágate estas dos tabletas. Es un analgésico fuerte y debería aliviarte el dolor de cabeza.

Tomé las tabletas que me ofreció y las tragué con el agua de su cantimplora.

–Cuando regresemos a Chivay, haré que respires oxígeno en el hotel durante unos minutos. Ayuda mucho en estos casos.

Le di las gracias a Pedro e hice un esfuerzo por disimular mi malestar. Tenía que aguantar hasta que termináramos la visita.

Pedro continuó con su explicación.

–Después de matar al pastor nativo, el asesino ya no tuvo necesidad de guardar silencio. Se dirigió directamente a las tiendas y ejecutó a los cuatro ocupantes restantes del campamento con una escopeta de acción de bombeo. El arma pertenecía al geólogo. La usaba para matar serpientes y para protegerse. Esto demuestra lo bueno que era el asesino. Tuvo que quitarle la escopeta al geólogo dormido sin despertarlo.

–Esa es una habilidad profesional. Y eso prácticamente descarta a Engelhard –afirmé.

—Lo siento, no te sigo, Alan.

–Engelhard era un ejecutivo que vivía en Nueva York. No tenía el entrenamiento necesario para lograr algo así.

–Sabemos muy poco del pasado de Engelhard, Alan. Tenía una identidad falsa. ¿Qué era antes de convertirse en ejecutivo de éxito: un soldado, un policía de las fuerzas especiales o un terrorista? En realidad no lo sabemos, ¿verdad?

–Sinceramente, no. No lo sabemos. Sin embargo, es poco probable que alguna vez haya sido algo así. Antes dijiste que los profesionales tienden a mantener un cierto grado de forma física, incluso después de abandonar su profesión. Engelhard no tenía esa clase de físico.

—Eso no lo sé, pero te garantizo una cosa: estoy impresionado por cómo escapó a pie, con tan solo unas llamas para transportar su carga. Este es un territorio peligroso. No hay absolutamente nada entre este lugar y Cusco. Se necesita un tipo de persona especial para sobrevivir de la tierra, aunque se haya llevado provisiones.

–Sí, eso también.

–En mi opinión, esta es la única prueba a su favor –aportó Jorge, que había estado escuchando nuestra conversación.

–¿Te gustaría ver la tumba ahora, Alan?

Pedro se volvió hacia el sargento que nos seguía.

—Sargento, necesitamos una linterna para entrar en la sepultura inca. ¿Usted podría aportarnos una, por favor?

El sargento se fue y pocos minutos después regresó con una gran linterna.

–Debemos tomar el jeep para conducir hasta las cercanías de la tumba –informó Pedro–. Después hay un corto paseo hasta el mismo enterramiento.

Tomamos uno de los Land Rover y recorrimos una cierta distancia desde el campamento hasta un lugar donde la montaña comenzaba a elevarse desde el fondo del barranco. Bajamos del vehículo y, después de una corta caminata por una hendidura muy estrecha, llegamos a una puerta de madera toscamente construida, claramente colocada allí por los habitantes del campamento para proteger la entrada a la tumba. Tenía un aro para un candado, pero no había ninguno puesto.

–Ya no queda nada de valor por robar –se justificó el sargento, encogiéndose de hombros–. Mantenemos la puerta solo para evitar que entren pequeños roedores y serpientes.

Cuando entramos en la tumba, me sentí un poco decepcionado. Esperaba algo más elaborado o grandioso, parecido a las tumbas egipcias encontradas en el Valle de los Reyes. Esto no era más que un agujero en la roca que mostraba señales claras de haber sido excavado por el hombre, y que tenía unas cuantas figuras y grabados en la pared de la roca.

–La momia estaba colocada en posición fetal al final de la tumba. Los objetos destinados a utilizarse en la otra vida estaban colocados a su alrededor. La momia estaba cubierta por un manto blanco de tejido muy fino, que, dicho sea de paso, también se llevaron.

—El alba de Wiracocha —apunté.

–Correcto. Así es como lo llaman los chicos del museo. Solo quedaron los objetos de menor valor, como vasijas y cerámicas. Robaron todos los objetos de oro. Hemos llevado el resto de las cosas y la momia al museo de Lima.

Ya lo sabía, por supuesto, pero escuché con fingido interés la explicación de Pedro.

–Por cierto, Pedro, ¿buscaste huellas dactilares en los muros, la puerta y otras partes de la tumba?

–Oh, sí. Créeme, hicimos todos los análisis forenses necesarios en este caso. Fuimos muy cuidadosos. Desafortunadamente, es evidente que los ocupantes del campamento tenían una gran curiosidad por el descubrimiento. Encontramos huellas dactilares de todos ellos. No ayudó nada a darnos pistas sobre quién cometió el robo.

–Ya veo. Permíteme preguntarte otra cosa. Hace unos momentos mencionaste Cusco como si estuvieras seguro del lugar a donde fue el asesino. ¿Cómo llegaste a esa conclusión?

–Muy fácil. Deja que te lo explique. Hemos establecido que el asesino tendría que sacar de contrabando los objetos del Perú por mar. Sería imposible transportarlos por avión, con todas las medidas antiterroristas que hay en los aeropuertos en la actualidad.

–Sí, soy de la misma opinión.

–Eso le habría dejado dos alternativas. Podría haber ido a Arequipa con intención de llegar al puerto de Matarani en el sur, o podría haber ido a Cusco, y luego a Lima y al puerto de Callao.

–Muy bien, ¿y?

—Matarani es esencialmente un puerto de materias primas a granel. Se utiliza principalmente para exportar concentrados de cobre. No es tan atractivo si lo que buscas son buques de carga más pequeños. Además, la ruta de aquí a Arequipa pasa por muchos pueblos y pequeñas aldeas. Una persona de aspecto extranjero, vestida con ropa local y guiando un rebaño de llamas sin duda llamaría la atención de todos.

—Sí, ya entiendo.

—Por otro lado, desde aquí a Cusco no hay prácticamente nada. Principalmente montañas. La posibilidad de un encuentro con la población local se reduce drásticamente, especialmente si uno evita deliberadamente tal encuentro. Callao es un puerto de carga general. Allí se pueden encontrar todo tipo de barcos medianos y pequeños. Es cierto que Cusco y Callao son un camino mucho menos directo. Sin embargo, tiene más sentido. De hecho, es la única ruta que tiene sentido.

—No encuentro ningún defecto en tu razonamiento, Pedro. Me has convencido para hacer de Cusco mi próximo destino.

—Entonces, una vez finalizada esta visita, deberíamos regresar a Arequipa. La mejor forma de viajar a Cusco es por vía aérea. Hay varios vuelos diarios a Cusco desde Arequipa, pero ¿estás satisfecho con lo que has visto y con lo explicado? ¿Tienes alguna pregunta adicional?

—Solo una. ¿Buscaste pruebas en el camino a Cusco?

—Hicimos algunos vuelos sobre el terreno entre este lugar y Cusco, pero sin demasiadas esperanzas y, de hecho, no encontramos nada. Aunque, francamente, ya viste el tipo de terreno que recorrimos hoy. Imagínatelo multiplicado por diez. Es peor que buscar una aguja en un pajar. No. Si se le cayó algo por el camino, se habrá perdido para siempre.

—Ya veo. Para mí ha sido muy importante visitar este lugar para hacerme una idea de cómo es la zona y el método utilizado por el asesino. Ahora aprecio mucho mejor sus capacidades, y vislumbro el tipo de persona que es. Me ayudará a orientar la investigación.

—Entonces, me alegro de haber sido de ayuda —repuso Pedro.

CAPÍTULO 9

Una noche en el valle del Colca

Agradecimos la hospitalidad del personal de la PNP del campamento y nos embarcamos en nuestro largo viaje de regreso a Chivay. Eran cerca de las dos y media de la tarde cuando salimos. Era imposible bajar por el barranco hasta el Colca en la oscuridad. Tuvimos que apresurarnos en la primera parte llana del viaje de regreso. Por suerte, todo salió bien y poco después de las seis estábamos de regreso en Las Casitas del Colca con las comodidades de la civilización: agua caliente y una acogedora cabaña con chimenea, entre otras. En la oscuridad de la noche, era imposible ver todo el recinto, y tan solo advertí que el hotel estaba compuesto por varias cabañas individuales diseminadas por un bosque de eucaliptos. Las construcciones se habían levantado sobre una meseta inclinada en el lateral del cañón, probablemente una antigua terraza agrícola suspendida entre la carretera alta, en el borde sur del cañón, y el abismo que bajaba hasta el río, al fondo del barranco. La que nos asignaron tenía un tejado a cuatro aguas muy inclinado y una puerta de entrada con dos ventanas con contraventanas que casi llegaban hasta el piso. El interior era espacioso y la sala principal estaba dividida en dos áreas por un sofá de madera. Uno de esos espacios comprendía el dormitorio, con una cama de matrimonio con dosel. El otro estaba decorado como sala de estar frente a una chimenea. El piso era de baldosas de cerámica y estaba salpicado de alfombras de tela. Un gran candelabro de hierro forjado colgaba de una cadena sujeta al elevado techo. Fui a explorar: el espacioso baño tenía todas las comodidades. Un conjunto de puertas anchas en un lateral de la cabaña se abría a una plataforma exterior que estaba provista de sombrillas y sillas reclinables.

Vi que la terraza tenía una pequeña piscina climatizada que ocupaba una de las esquinas. Livy estaba encantada con la casita.

–¡Esto es tan, tan lindo, Alan! Me encantaría volver en otro momento, solo nosotros dos. Quizás podríamos pasar unos días y disfrutar de una segunda luna de miel. —Sus ojos brillaron con la idea.

–Eso me encantaría, cariño, especialmente si antes tengo la oportunidad de acostumbrarme a la altitud. Tengo un dolor de cabeza terrible.

—Date una ducha tibia, Alan, y vayamos a cenar. Después te sentirás mejor.

No estaba de humor para comer, pero Livy me obligó a tomar algo. Decidí probar la trucha local. Era excelente y, para mi sorpresa, descubrí que estaba muerto de hambre. Esa era mi primera y única comida formal de todo el día. Después de un baño tibio y una comida decente, casi me sentí humano de nuevo. Lo único que me faltaba era una cama mullida y un descanso muy necesario. Salimos del restaurante y caminamos de regreso a nuestra cabaña. En ausencia de las luces típicas de una ciudad, a esa altitud y con un aire tan seco, el cielo era algo digno de admirar. Me asombró ver tal cantidad de estrellas y la Vía Láctea claramente visible, extendiéndose como una banda a través del cielo. Dejé de caminar para abrazar a Livy y contemplar el espectáculo que teníamos ante nuestros ojos.

Habían encendido un bonito fuego en la chimenea de nuestra cabaña y prácticamente me derrumbé en la cama, pero Livy tenía otros planes.

–Ay, cariño, estoy molido –me quejé.

–Simplemente relájate, Alan. Déjamelo todo a mí, amor.

—Esto... Livy.

–¿Qué? ¿Debería parar?

—Bueno… no.

—Ya me lo imaginaba. —Livy soltó una risita.

–¿Qué te hace gracia?

–¿Te acuerdas de mi amiga Ángela?

–Claro. ¿Cómo iba a olvidarla?

–Después de la primera vez que hicimos el amor, tuvimos una charla de chicas y ella quiso saber si eras, ya sabes... ¿grande?

–¡Jesús! ¿De verdad Livy? Son más traviesas de lo que pensaba. ¿Qué le respondiste? Tengo curiosidad.

—Le dije la verdad, que no tenía nada con lo que comparar, pero estaba inmensamente feliz con lo que tenía.

—Ya veo.

—Pero creo que sí eres grande, ¿sabes?

—¿Qué? ¿Ya tienes con qué comparar? —bromeé.

—No seas tonto, Alan.

—Ser tonto contigo forma parte de la descripción de mi trabajo.

—Alan...

—¿Ahora qué?

—Dejé de tomar la píldora.

—Vaya, mujer, veo que no me vas a dejar dormir. Pues que así sea. Ahora ven aquí. —Me agaché y agarré a Livy por los brazos para acercarla a mí.

Unos instantes después...

—¿Por qué me detuviste, Alan? ¿No te gustaba?

—Ah, sí que me gustaba. ¡Me encantaba! —Tomé su mano y la atraje hacia mi pene—. Hazlo con la mano, por favor. Frota la punta con el pulgar. Puse mis manos en sus mejillas y levanté el rostro de Livy hacia mí para besar sus labios. Bajé las manos para quitarle el camisón a Livy por la cabeza. Luego, hundí mi cara en el hueco de su cuello, besando y deslizando mis labios hacia sus pechos hasta encontrar uno de sus pezones y atraparlo con mis labios, jugueteando con los dientes y la lengua mientras acariciaba el otro con los dedos. Livy tomó aire y contuvo el aliento cuando bajé la mano al espacio entre sus muslos. Estaba mojada y lista. Gimió cuando la toqué. No pude esperar más. La ayudé a quitarse las bragas y la hice montar a horcajadas sobre mí, sujetándola por las caderas. Livy se dejó caer lentamente. La sensación cuando la penetré fue fantástica; necesité de toda mi concentración para no llegar al clímax en ese mismo momento. Le pedí a Livy que se detuviera y, no sé cómo, pero logré controlarme. Después de unos breves instantes, Livy reanudó sus movimientos. Seguí su ritmo, empujando con las caderas hacia arriba mientras ella bajaba, uniéndome a sus movimientos, alternando un ritmo rápido y lento hasta que llegamos juntos en una explosión de placer.

—Dios, ha sido increíble —dije—. ¿Sabes qué?

—¿Qué?

—El dolor de cabeza me ha desaparecido.

Livy sonrió con picardía.

–Te lo dije cuando nos conocimos, ¿recuerdas? Nadie te ha cuidado nunca como yo. Es un hecho; sabía exactamente cuál era la cura para tu dolor de cabeza.

–Si, seguro. Únicamente me follaste por razones humanitarias –bromeé.

Livy soltó una risita.

–Correctísimo. Pero ¿sabes qué?

–¿Qué?

—Debemos volver a hacerlo varias veces, para evitar que se convierta en un problema recurrente. Tendremos que asegurarnos de que tu dolor de cabeza no regrese –bromeó.

–Eres imposible –me reí.

–Sí, es cierto, pero a ti te gusta.

—Incorrecto. No me gusta. Me encanta.

CAPÍTULO 10

Cusco

En este tipo de investigación se pierde demasiado tiempo con idas y venidas, registrándote en hoteles, yendo y viniendo de aeropuertos, viajando. Todo es un poco frustrante, pero no se puede hacer otra cosa que intentar usar el tiempo de la manera más eficiente posible. Además, es difícil usar el tiempo eficientemente cuando tu compañera de investigación es tu joven y hermosa esposa. Nos despertamos tarde, casi no llegamos al desayuno del hotel y salimos de Chivay cerca del mediodía, para gran impaciencia de nuestros amigos, que no dijeron nada, pero vimos lo que pensaban reflejado en sus caras. Oh, bueno, podría haberle dicho un «¿Ves? ¿Qué te dije?» a mi esposa, pero no me quejé. Yo también había disfrutado, ¿no? De todos modos, nos tomamos el regreso con calma y llegamos a Arequipa pasadas las tres de la tarde.

Después de registrarme, solo tuve tiempo de comprar pasajes para volar a Cusco a la mañana siguiente y llamar a mi socio Tony a Nueva York. Jorge Vilar regresaba a Lima, pero Pedro nos acompañaría a Cusco. Me había concertado una cita con su colega Eduardo Martínez en la DININCRI de la PNP de Cusco. Livy y yo habíamos decidido dar otro paseo por la ciudad antes de ir a cenar. Esperaba que mi esposa no tuviera tan buenas intenciones como la noche anterior. Todavía me estaba recuperando del asalto amoroso a gran altitud. Sorprendentemente, Livy lo había aguantado mejor. Me dijo que se había sentido un poco mareada y cansada. ¿En serio? A juzgar por lo vivido la noche anterior, nunca lo habría adivinado. Livy es mucho más joven que yo. Antes de casarme con ella y después de convertirnos en amantes, solía bromear diciendo que su energía acabaría conmigo y que tendría que tomar muchas vitaminas para seguirle el ritmo. ¡Unas palabras proféticas! Tenía que pensar seriamente en comenzar a tomar un complejo vitamínico cuando regresáramos a casa.

Nuestro vuelo fue corto, y a la hora del almuerzo nos instalamos en el hotel Monasterio, a dos calles de la Plaza de Armas, en el centro de Cusco. Como tenía la reunión de la tarde en la PNP, le sugerí a Livy que contratara los servicios de un guía en la recepción del hotel y se dedicara a visitar las principales atracciones turísticas del centro de la ciudad. Regresaría alrededor de las seis. Entonces saldríamos a tomar algo de beber, ya que yo también tenía curiosidad por ver un poco de Cusco. La ciudad goza de gran reconocimiento internacional como centro histórico y cultural. La UNESCO la ha declarado patrimonio de la humanidad. Cusco había sido la capital del Imperio Inca, y fue invadida por el conquistador español Francisco Pizarro en el siglo XVI. Luego se había convertido en el centro de la colonización española y de la expansión del cristianismo en el mundo andino. Siempre me habían fascinado las pinturas cusqueñas, una forma de arte religioso con falta de perspectiva y colores cálidos. Quería ver algunas de esas pinturas. Tal vez alguna iglesia todavía estuviera abierta a última hora de la tarde.

Fuimos recibidos por el inspector Eduardo Martínez, un tipo bajito y fornido con fuertes rasgos étnicos. Tenía el cabello negro, ojos oscuros y una sonrisa atractiva. Parecía agradable y educado. Después de las presentaciones, Pedro le explicó el propósito de nuestra visita.

—Entonces, ¿está convencido de que el asesino vino aquí, a Cusco? —preguntó Eduardo.

—Hemos analizamos otras posibilidades, por supuesto, pero esta es la única que tiene sentido.

—¡Ese asesino debe ser todo un personaje! Incluso para un nativo local, viajar a pie desde la región del Colca hasta Cusco sería una experiencia muy complicada y agotadora.

—Totalmente de acuerdo. Por eso este caso nos ha tenido desconcertados en la PNP de Arequipa. Tiene demasiados aspectos contradictorios. El asesino ha demostrado una gran habilidad al cometer los asesinatos. Parece que es un profesional extremadamente peligroso y capacitado. Difícilmente los rasgos que uno esperaría encontrar en un habitante de la región. Por otro lado, ha demostrado una capacidad de supervivencia y un conocimiento del terreno local increíble para un extranjero.

–Podría ser un extranjero con un cómplice local.

–Muy improbable. Todas las pruebas indican que los crímenes los cometió un solo individuo.

–Ya veo. ¿Y qué haría en Cusco?

–No puede viajar en avión con las piezas de oro que lleva. Por lo tanto, debió usar Cusco como un lugar de transición en su ruta a Callao.

–En este caso, pudo haber tomado el autobús o haber alquilado un automóvil.

–O haberlo robado –apunté.

–También lo comprobaré –respondió Eduardo–, pero hay un aspecto más importante que debemos tener en cuenta.

–¿Cuál?

–¿Dónde se hospeda en Cusco, señor Leary?

—En el hotel Monasterio —repuse.

–Imagínese llegar al hotel sucio y cansado después de una larga y extenuante caminata a pie, tirando de un par de llamas cargadas con su equipaje. Es algo imposible y para partirse de risa, ¿no? Imagínese cómo lo tratarían, allí o en cualquier otro hotel normal, si intentara registrarse.

–Entiendo lo que quiere decir, pero ¿qué cree que pudo hacer?

–Cusco es una ciudad pequeña. Sin embargo, recibimos casi dos millones de turistas al año. Además, tenemos una gran población nativa itinerante. Cusco es el lugar al que vienen a vender sus productos, a comerciar y a comprar bienes esenciales. Debemos ofrecer hospedaje para ambos tipos de visitantes. Al llegar a Cusco, su hombre necesitaba asearse, conseguir ropa nueva, deshacerse de las llamas y comprar un juego de maletas para guardar los objetos de oro. En esencia, necesitaba volver a transformarse en un turista para emerger al mundo.

—Brillante.

–Gracias. Pudo hacer todo eso en un albergue utilizado por la población local. Por eso, creo que nuestra búsqueda debería comenzar allí. Debemos descubrir qué identidad adoptó antes de comenzar a verificar los autobuses y los alquileres de automóviles. Obviamente, en paralelo buscaré en las denuncias de vehículos robados.

–¿Cuándo podría comenzar la búsqueda? –pregunté.

–Inmediatamente, creo. Comunicaré todo esto internamente y asignaré a algunos de mis hombres para que lleven a cabo la búsqueda.

—¿Puedo participar, junto con uno de sus inspectores?

—Prefiero que no lo haga, señor Leary. Verá, son personas locales. Tienen un aspecto diferente, hablan en dialecto y poseen costumbres distintas. Voy a asignar a hombres también locales, personas con las que puedan identificarse. Disculpe, pero se encontraría usted tan fuera de lugar que simplemente se callarían. Y así sería imposible obtener ninguna información.

—Entiendo. ¿Cuándo espera concluir la búsqueda?

—Debería obtener resultados en dos o tres días.

—¿Tanto tiempo?

—No se puede presionar a estas personas, y hay que comprobar muchos lugares. Me temo que no se puede hacer más rápido.

—Aquí tengo una fotografía de John Engelhard. Tal vez le resulte útil en su búsqueda. Puede hacer copias si lo desea.

—Sí, eso será de ayuda —convino Eduardo mientras tomaba la fotografía que le había ofrecido.

—Mientras tanto, creo que visitaré las empresas de alquiler de automóviles —dije.

—Probablemente sea una pérdida de tiempo, señor Leary. No se lo recomendaría.

—Pero ¿por qué? Tengo una fotografía. Puedo ayudar.

—Señor Leary, hay decenas de empresas de alquiler de vehículos en Cusco. Todas las grandes compañías internacionales como Hertz y Avis tienen sucursales aquí, pero también hay varias empresas peruanas y pequeños negocios de alquiler cusqueños. Además, todos los hoteles alquilan autos. Sin conocer su identidad, tendría que encontrar a alguien que lo recuerde. Pero debe tener en cuenta que podría haber cambiado de apariencia: se puede haber puesto una peluca o haberse dejado crecer el bigote. Sería como disparar a ciegas. Espere hasta que haya encontrado algo y le haya informado.

Eso me pareció muy frustrante. Pensé que mi investigación se estaba estancando. No veía que hiciera ningún progreso.

—Como sabe, señor Leary, a veces el trabajo policial puede ser muy lento. Pero no desespere. Descubriremos qué hizo su hombre y a dónde fue. Tenga fe y, por favor, tenga paciencia.

—¿Qué debo hacer mientras tanto? Odio estar parado.

–Puede disfrutar de nuestra hospitalidad y nuestra ciudad. Dos días pueden pasar muy rápido en Cusco. Podría ir a Machu Picchu. Es una experiencia que nunca olvidará.

–Bueno, a mi esposa sin duda le encantará la sugerencia.

–Ah, ¿su esposa ha venido con usted? Eso es perfecto. Debería aprovechar esta oportunidad. ¿Tiene teléfono celular?

Le di mi número de teléfono celular de Nueva York al inspector Eduardo Martínez.

–Lo llamaré a usted o a su hotel tan pronto como encuentre algo. Y estos son mis números de teléfono. Si tiene alguna duda o necesita comprobar el progreso de nuestro trabajo, no dude en llamarme.

Le di las gracias al inspector Martínez y me despedí. Iba a volver al hotel antes de lo que esperaba. Estaba deseando darle la noticia a Livy. Tendría toda mi atención al menos durante los próximos dos días. Sería divertido ver su reacción.

Dos días después, finalmente supe del inspector Martínez. Todavía estaba buscando, pero esperaba tener noticias en uno o dos días. Mientras tanto, tenía que ocupar el tiempo de alguna manera. Decidí visitar Machu Picchu. A Livy le encantaría la idea. Nos estábamos empezando a aburrir mortalmente en Cusco, después de haber visitado todas sus iglesias y lugares históricos. Fui a contarle mi decisión.

–Livy, nos vamos a Machu Picchu, tú y yo.

–¿Qué? Me estás tomando el pelo, ¿verdad?

–No, es la pura verdad. Ya he comprado los pasajes. Los tengo aquí mismo, en el hotel. Salimos hoy en la mañana y volveremos mañana. Pasaremos una noche allí.

Livy dio un salto y me rodeó el cuello con sus brazos.

–No puedo creerlo, amor. ¡Estoy tan, tan feliz! Pero ¿qué pasó? ¿Han surgido problemas en la investigación?

–No cariño, no es eso. Hay que esperar hasta que la policía local verifique si nuestro asesino usó los albergues locales. Mientras tanto, no puedo hacer nada. Tengo que esperar a tener sus resultados antes de seguir. Así que he decidido usar estos dos días para hacer turismo juntos.

—Esto es maravilloso. Tenemos que celebrarlo.

—Por favor, no empieces, Livy. Vas a ser...

—Tu perdición, lo sé. Ya lo he oído antes. Pero te garantizo que tu perdición va a ser muy agradable.

Los dos días visitando Machu Picchu y los alrededores con mi esposa transcurrieron a toda velocidad. Olvidé todo lo demás y disfruté de las vacaciones imprevistas con ella. Fue fantástico. Una llamada telefónica de Eduardo Martínez me despertó de mi ensueño durante la tarde del segundo día.

—Señor Leary, tenemos resultados para usted. ¿Podría venir a mi oficina mañana por la mañana, por favor? A las diez en punto estaría bien.

—Gracias, inspector. Allí estaré.

A las diez en punto de la mañana siguiente estaba sentado con los inspectores Eduardo y Pedro en la oficina de la PNP. El equipo de Eduardo había logrado desvelar una identidad del asesino y había establecido los hechos que sucedieron después de su llegada a Cusco. Habían encontrado mucha reticencia y desconfianza entre la población nativa local a revelar lo que sabían. Afortunadamente, uno de los hombres de Eduardo había nacido y se había criado en un pueblo cercano. Confiaban en él como en uno de los suyos, y finalmente accedieron a relatar lo que había sucedido.

El presunto asesino había llegado a Cusco cuatro días después de los asesinatos en Colca. Apareció en un albergue local y pidió alojamiento. Inicialmente, la familia propietaria del lugar se mostró recelosa de aceptarlo. Desconfiaban de una persona con apariencia claramente extranjera vestida con el atuendo típico local, y que además llevaba dos llamas cargadas. Además, tenía un aspecto sucio y parecía muy cansado. Pero el hombre les ofreció pagarles el doble del precio y ellos cedieron. Permaneció en su hostal durante aproximadamente cuarenta y ocho horas. Les pidió que vendieran sus llamas y le compraran dos maletas grandes y algo de ropa. Les dijo que se llamaba Homero. Sin embargo, quiso cambiar algo de dinero y les pidió que le indicaran una casa de cambio de divisas. Enviaron a su hijo mayor con él para mostrarle el lugar de cambio de moneda donde trabajaba un amigo suyo. El chico es inteligente y prestó atención. Allí le pidieron al desconocido que presentara una identificación y, cuando se fue, el niño regresó para preguntarle a su amigo. El pasaporte del desconocido lo identificaba como Feliciano Silva, ciudadano brasileño. En este caso, la desconfianza de los lugareños y la astucia del chico nos hicieron un favor. La PNP había encontrado información muy importante.

–Es una noticia fantástica –dije–. ¿Descubrieron si el desconocido era en realidad Engelhard u otra persona?

—Mostramos la foto a la familia del hostal y al empleado de la oficina de cambio. No identificaron al desconocido de forma inequívoca como el hombre de la fotografía. Todos tenían dudas. Dijeron que la foto se parecía al desconocido, pero no pudieron confirmarlo. Me temo que su respuesta no fue concluyente.

—Eso me permite albergar la esperanza de que Engelhard no lo hizo —dije.

–Puede que tenga razón. Sin embargo, tampoco se puede decir que no fuera él. Esto funciona en las dos direcciones.

–Sí, lo sé.

—Pedro y usted se equivocaron en una cosa —interrumpió Eduardo.

–¿En qué?

–No se dirigía a Callao. Se fue a Porto Velho, en Brasil.

–¿En serio? Me sorprende mucho.

–Yo también estoy sorprendido –asintió Pedro.

–Yo no –terció Eduardo–. Por lo que nos dijo, tiene sentido. Seguramente, la distancia por carretera de Cusco a Porto Velho es casi el doble que a Lima. Pero la carretera no está mal y el viaje en automóvil se puede hacer fácilmente en tres días, dos si pisa el acelerador a fondo. Las aduanas en la frontera entre el Perú y Brasil son muy permeables y tolerantes. Solo buscan drogas y, si su perro no huele nada, se superan sin problemas. No es una ruta normal de contrabando de equipos electrónicos u otros bienes de consumo muy demandados. Una vez en Brasil, hay barcos fluviales que salen de Porto Velho y navegan por el río Madeira hacia Manaos o Belem. Ambas ciudades están en el río Amazonas y sus puertos fluviales tienen embarcaciones que navegan hacia diferentes destinos de Europa y Asia y, además, Manaos es un puerto libre brasileño. No es necesario pasar el control de aduanas para enviar mercancías desde Manaos. De nuevo, a las autoridades solo les preocupan las drogas.

–Ya veo su razonamiento. De todos modos, los objetos de oro deberían despertar sospechas como mínimo.

—Por supuesto, pero se pueden esconder en fondos falsos, disfrazarlos con una capa de pintura falsa, lo que sea. En cualquier caso, el control sería mucho menos riguroso que en puertos más importantes como Callao o Santos en Brasil, por ejemplo.

–Tiene mucho sentido. ¿Cómo supo que se había ido a Porto Velho?

–Una vez que obtuve la identidad que estaba usando, fue sorprendentemente sencillo descubrir su destino. Empezamos a consultar con las empresas de alquiler de coches y ¡bingo! Encontramos una que había alquilado un automóvil a un cliente brasileño. Una semana después recibieron una llamada telefónica de la policía de Porto Velho. El vehículo con matrícula cusqueña había sido abandonado, estacionado en la acera de una calle relativamente transitada de esa ciudad. La policía comenzó a investigar y encontró la documentación del automóvil con los datos de la empresa de alquiler peruana. Llamaron a la empresa y esta envió a un conductor para recoger el automóvil y traerlo de regreso al Perú. Fue un gasto muy grande para la empresa de alquiler de automóviles, pero como el arrendatario había proporcionado una tarjeta de crédito válida, cargaron el costo adicional en su cuenta.

–¿Y no tenía conocimiento previo de todo esto? –pregunté.

–Ninguno, y por una sencilla razón. El vehículo no estaba dañado y recuperaron los gastos adicionales. No pensaron que fuera importante denunciarlo.

–Un error, diría yo.

—Uno bastante grande y se lo dejé claro. Pero ahí está. Ahora ya tiene una idea más precisa de los planes de su criminal.

–Y debo agradecérselo a usted, Eduardo. Y a ti también, Pedro, porque sin la ayuda y el amable apoyo de todos en la PNP, esta investigación nunca habría llegado al punto en que se encuentra ahora. Cuando veas a tu colega Jorge Vilar, por favor, salúdalo de mi parte y transmítele mi más profundo agradecimiento.

—Ni lo menciones, Alan. Ha sido un placer conocerte, y también a la señora Leary. Lo importante ahora es atrapar al asesino y hacerle pagar por sus crímenes.

–Haré todo lo posible para lograrlo.

–¿Cuál será tu próximo paso, Alan?

—Voy a viajar a Porto Velho lo antes posible.

–Necesitarás visado para entrar en Brasil, ¿lo sabes?

—Ya lo tengo.

–En ese caso, lo tienes todo listo. Te recomiendo que tomes un avión. Lo que no deberías hacer bajo ningún concepto es conducir, especialmente si planeas llevar a tu esposa.

–De acuerdo, volaré. Intentaré ir mañana, si logro encontrar pasajes.

–No deberías tener problemas con eso. Hay varios vuelos diarios.

–En ese caso, me gustaría despedirme. Tengo que regresar al hotel y contarle a mi esposa los planes nuevos. Ha sido un verdadero placer trabajar con ustedes, caballeros.

–Lo mismo digo, Alan. Le deseamos mucho éxito en su empresa…

CAPÍTULO 11

PORTO VELHO

Intenté convencer a mi esposa para que regresara a Nueva York desde Cusco, un plan abocado al fracaso. No quiso ni oír hablar de ello. A veces Livy puede ser exasperantemente terca. Así que se vino conmigo en el incómodo vuelo de dos horas desde Cusco hasta Porto Velho. El avión estaba lleno y los asientos eran estrechos, así que íbamos bastante amontonados. Volando hacia el este desde Cusco, pronto dejamos atrás los Andes y sobrevolamos la vasta y aburrida selva amazónica, primero la parte peruana y luego la brasileña. No hay una separación clara entre ambos países, pero pudimos distinguir claramente el lado brasileño cuando comenzamos a notar las grandes áreas deforestadas para dar paso a los ranchos ganaderos y la explotación maderera, una prueba clara de la codicia humana y el descontrol negligente del gobierno.

Cuando llegamos a Porto Velho, la vista más significativa era el ancho río Madeira. Porto Velho es la capital del estado de Rondonia y está construida en la orilla oriental del río. En la margen opuesta está el estado de Amazonas. El Madeira es afluente del Amazonas, y es navegable en barcazas y botes de poca profundidad desde Porto Velho hasta Manaos, la capital del estado de Amazonas, y más allá. De hecho, esa fue la razón principal para seleccionar una ubicación de este tipo para Porto Velho. Cuando no había carreteras ni aeropuertos, el río era el único medio de acceso a la región, que fue habitada inicialmente por recolectores de caucho y luego por buscadores de oro y estaño.

Cuando bajé del avión, el calor y la humedad me asaltaron de inmediato. Viniendo de las montañas con su clima fresco y seco, el contraste fue abrumador. Miré a Livy, que, como buena brasileña nacida y criada en una ciudad tropical, soportaba estas condiciones mejor que yo. No parecía afectada. Antes de irme de Cusco, había hecho dos cosas: Había llamado a mi amigo y antiguo asistente en Río, Fernando Pinheiro, y le había pedido al recepcionista de nuestro hotel que nos recomendara y reservara el mejor hotel que pudiera encontrar en Porto Velho. Fernando es un investigador jefe retirado de la Policía Federal brasileña que me brindó una ayuda de valor incalculable durante mi investigación anterior en Brasil. Le pedí que me organizara reuniones con la Policía Federal de Porto Velho y que se pusiera en contacto conmigo tan pronto como lo hubiera hecho.

El hotel que nos consiguieron era el Golden Plaza, un nuevo establecimiento situado en una de las arterias principales de la ciudad. No tenía nada que elogiar y su calidad estaba muy alejada de nuestros alojamientos anteriores en Lima y Cusco. Sin embargo, ¿qué se puede esperar de una ciudad como Porto Velho? Nuestra habitación era espaciosa, tenía aire acondicionado y estaba limpia con una cama doble, lo cual nos pareció bien a Livy y a mí. Teníamos tendencia a no desperdiciar demasiado espacio en la cama entre nosotros.

El Golden Plaza estaba a una buena distancia del centro de la ciudad, lo cual, en mi opinión, era una ventaja. No se me ocurre ningún lugar menos interesante que Porto Velho. La ciudad ha crecido como resultado del descubrimiento en áreas cercanas de casiterita, un mineral de estaño, y de oro en el río Madeira. Además, el gobierno brasileño decidió permitir el establecimiento de grandes explotaciones ganaderas en el territorio, que son la causa principal de la gran deforestación que habíamos detectado desde el avión. La ciudad creció como consecuencia de la intensa inmigración de personas que intentaban enriquecerse con el oro y el estaño. Esto causó muchos problemas en la ciudad, que rápidamente alcanzó una población de más de cuatrocientos mil habitantes. Como consecuencia de la rápida expansión, sus distritos suburbanos no son más que asentamientos de chabolas. No hay monumentos o parques interesantes, el estilo de las construcciones es habitualmente de mal gusto y prácticamente no hay nada en términos de cultura. Es una ciudad violenta donde se cometen muchos delitos y está plagada de narcotraficantes. ¿Olvido algo? ¡Ah, sí! No hay restaurantes que ofrezcan una comida ni remotamente decente. ¿Aquí es donde traje a mi esposa para perseguir a un asesino múltiple? Tenía que estar loco.

—Livy, Livy...

Livy estaba distraída mientras deshacía las maletas.

–¿Dijiste algo, cariño?

—Nada importante. Estaba pensando en lo imprudente que he sido al traerte a un lugar como este. Es imperdonable.

–Pero yo quería venir contigo, Alan.

–Lo sé, pero debería haberme negado a que vinieras. Esto no es como Lima o Cusco, donde podía ir a trabajar y dejarte sola para que hicieras cosas de turistas. Aquí no hay nada que ver ni hacer. No puedo dejarte sola en el hotel. Cuando salga para continuar con la investigación, tendrás que venir conmigo. Es una situación imposible.

–No deberías preocuparte tanto por mí. Estaré perfectamente en el hotel.

–Con mucho gusto te dejaría si fuera un hotel decente con piscina u otras atracciones que te ayudaran a pasar el tiempo. Pero este lugar es una porquería. Porto Velho es deprimente.

–Estás tú, y eso es más importante que cualquier otra cosa. Así que no te preocupes. Estoy muy feliz de estar contigo. No hay otro lugar donde preferiría estar.

De verdad, ¿cómo se puede discutir contra algo así? ¿Cómo puedes decirle que no a alguien como Livy?

–Además –continuó–, no es cierto que no haya nada que hacer. Podemos hacer muchas cosas… —me dijo con ojos brillantes llenos de picardía.

–Sí, claro, está eso. Pero primero debo hacer unas cuantas cosas. Tengo que llamar a la policía estatal, la Policía Militar, como la llaman aquí, y tratar de localizar al teniente Moreno. Es el tipo con el que la policía de Cusco se puso en contacto en relación al vehículo alquilado del sospechoso. La policía local encontró el automóvil con matrícula de Cusco abandonado en una acera de Porto Velho. Después tendré que pedirle al hotel que nos proporcione un vehículo y un conductor fiables.

–¿Lo necesitamos?

–Por supuesto. No tengo ninguna intención de conducir y necesitamos a alguien que conozca la ciudad.

Hablé con la recepción del hotel sobre el automóvil y se mostraron encantados de atender mi petición. Me dijeron que conocían a una persona muy agradable que trabajaba de chófer para los huéspedes del hotel. Le dirían que se pusiera en contacto conmigo. Les di las gracias y les expliqué que me gustaría usar el automóvil para ir a cenar esa misma noche. A continuación, le pedí al operador que llamara al cuartel de la Policía Militar. Unos minutos más tarde, después de que me pasaran a través de varias extensiones, finalmente me conectaron con el sector donde estaba destinado el teniente Moreno. Me dijeron que estaba de licencia ese día, pero que volvería al día siguiente. Si iba a cualquier hora de la mañana, podría hablar con él. Con eso concluí las tareas del día. Tenía que esperar a que llegara la información que me proporcionaría Fernando, y Moreno no estaba disponible hasta la mañana siguiente. El siguiente paso fue esperar al conductor.

El chófer llegó al hotel al día siguiente. Resultó ser un hombre de mediana edad llamado Sergio. Tenía un sedán pequeño de cuatro puertas, razonablemente cómodo y con aire acondicionado, un elemento indispensable en ese lugar. Negocié sus servicios para todo el tiempo que nos quedáramos en Porto Velho, que esperaba que no fueran más de tres o cuatro días. Sergio estaría a nuestra disposición aunque no lo necesitáramos, desde las nueve de la mañana hasta las nueve de la noche. Le pagaría el doble si lo necesitaba fuera de ese horario. Parecía complacido con el acuerdo, así que nos estrechamos la mano.

–¿Cuándo quiere que empiece? –preguntó.

—Puede empezar hoy. De hecho, ahora mismo. Más tarde necesitaré que nos lleve al mejor restaurante de la ciudad, a las siete.

—Muy bien, señor Leary. Lo esperaré abajo. Llame a recepción cuando esté listo para salir.

–Eso haré, Sergio.

Fernando me llamó por la mañana, dándome el nombre de la persona por la que debía preguntar en la Policía Federal.

–No lo conozco, Alan, pero me lo recomendó un amigo mío. Se supone que es una buena persona y un buen policía. Se llama Marcio Andrade, y mi amigo ya lo ha llamado. Está esperando a que te pongas en contacto con él.

—Estupendo, Fernando. Te debo una. Voy a llamarlo de inmediato.

–¿Alguna posibilidad de que Olivia y tú vengan por aquí? Me encantaría volver a verlos.

–No lo creo, Fernando. Por ahora no. Sin embargo, podría necesitar tu ayuda. ¿Qué opinas de trabajar de vez en cuando para Leary & Galliazzi? ¿Podrías encontrar el tiempo si te necesito?

–La respuesta es sí. ¿Cuándo quieres que vaya?

—Echa el freno, Fernando. Ya te diré cuándo venir. Lo más probable es que necesite tu ayuda en Manaos. Primero tengo que comprobar algunas cosas.

En ese momento, no sabía cuál iba a ser mi próximo movimiento. Era demasiado pronto para pedirle a Fernando que viajara a Manaos. Si mi corazonada era correcta, esperaba que el hombre al que perseguía hubiera viajado a Manaos o a cualquier otra ciudad portuaria a lo largo del Amazonas donde atracaran embarcaciones trasatlánticas. Si esto se confirmaba, le pediría a Fernando que se reuniera conmigo en la ciudad a la que había ido aquel hombre.

–Por favor, mantente a la espera, Fernando, pero prepárate por si te llamo, ¿de acuerdo?

–Voy a hacer una maleta, dar de comer al perro, advertir a mi señora y esperar a que me des luz verde.

–Muy bien, hombre –me reí–. Y gracias de nuevo por el contacto en la Policía Federal.

—Ni lo menciones.

–¿Estás lista, Livy? Cuando lo estés, vamos a desayunar.

—En un minuto, Alan.

–Bien. Tengo que preguntar una cosa en la recepción. ¿Te importa si me adelanto y te encuentras conmigo allí?

–No, ve. Bajaré en un segundo.

Fui a pedir información al encargado de la recepción sobre viajes en barco desde Porto Velho a Manaos y Belem.

–Por supuesto que se puede hacer, señor Leary, pero me temo que no sé mucho sobre el tema. –Estaba claro que lo había sorprendido con mi consulta—. Por favor, espero que no se moleste con mi pregunta, pero no estará pensando en hacer un viaje así con su esposa, ¿verdad, señor Leary?

–No lo sé todavía. Por el momento, es simple curiosidad.

–Porque si es así, permítame desaconsejárselo.

–¿De verdad? ¿Y por qué?

–Los camarotes son precarios en el mejor de los casos. El viaje es largo y aburrido, de cuatro a cinco días a Manaos, mucho más a Belem, y no está exento de riesgos. Hay accidentes frecuentes. La gente que hace el viaje es de clase baja y podría haber ladrones entre ellos, individuos a los que no les importa matar a una persona para robarla.

Sonreí con confianza.

—Ah, en realidad no estoy pensando en hacer un viaje así. La verdad es que estoy escribiendo un libro y necesito obtener detalles para la historia.

El recepcionista pareció aliviado.

–Bueno, en ese caso es diferente. Intentaré encontrar la información que necesita. Sé que los barcos parten del antiguo puerto Cai n'Água, que significa literalmente «Caída en el agua». Como le dije, procuraré obtener más información. ¿Va a salir ahora?

–Después del desayuno –respondí.

–A la tarde, cuando regrese, tendré algo para usted.

—Es usted muy amable. Se lo agradezco.

Para entonces, Olivia ya había bajado y fuimos a desayunar.

Mi primera instrucción a Sergio fue que nos llevara a la sede de la Policía Militar, la cual aceptó sin dudar la dirección o la ruta. Al parecer, era un lugar muy conocido. Le pedí que nos esperara, y caminamos hasta la entrada del edificio. Un guardia que estaba de servicio en la puerta nos condujo a Livy y a mí al mostrador de recepción, y allí localizaron rápidamente al teniente Moreno. Nos dieron indicaciones sobre cómo llegar al sector donde trabajaba. Era un edificio grande, lo que nos obligó a preguntar varias veces para confirmar que íbamos en la dirección correcta antes de llegar al lugar de trabajo de Moreno. Nos llevaron a una sala pequeña y nos pidieron que esperáramos. Unos minutos después, Moreno vino a recibirnos.

–Me dijeron que deseaban verme. ¿Les puedo ayudar en algo?

–Teniente Moreno, mi nombre es Alan Leary y esta es mi esposa, Olivia. Soy un detective de Nueva York. Estoy investigando los asesinatos de ciudadanos estadounidenses y peruanos cerca de Arequipa, Perú.

—Sí, lo recuerdo. Esto está relacionado con el auto con matrícula de Cusco que se encontró abandonado en la ciudad. El inspector Eduardo de la PNP de Cusco me advirtió que vendría a Porto Velho.

—Bueno, pues aquí estoy, teniente. Le agradecería que me contara todo lo que descubrió sobre el caso y sobre la persona que conducía el automóvil.

—Lamento que no haya mucho que decir, señor Leary. El automóvil en cuestión se quedó estacionado en una calle muy transitada durante varios días. El dueño de la tienda frente a la cual se había abandonado el vehículo nos llamó y fuimos a investigar. El vehículo estaba cerrado y tuvimos que forzar la puerta. Después encontramos las llaves en la guantera. Leímos su registro y llamamos a la empresa de alquiler de Cusco. Enviaron a un conductor a recoger el auto, pagaron la multa y se lo llevaron al Perú. Obtuvimos el nombre, el número de pasaporte y la descripción de la persona que había alquilado el auto, un tipo llamado Feliciano Silva. Descubrimos que era una identidad falsa. La dirección que proporcionó no existe y el pasaporte era falso.

—¿Recogió huellas dactilares del vehículo, teniente?

—Sí, lo hicimos. De hecho, tenemos algunas bastante buenas.

—¿Podría darme esas huellas dactilares? Serían muy útiles para mi investigación.

—Por supuesto, deme su dirección y se las enviaré.

—Gracias. ¿Y descubrió cómo se fue de la ciudad, a dónde fue desde aquí? Tengo la certeza de que no se quedó en Porto Velho.

—Este es el problema, señor Leary. El estatuto de la Policía Militar está restringido a la aplicación de la ley local, el control del tráfico y actividades similares. No podemos ni tenemos los medios para investigar un crimen interestatal. Esta tarea recae en la Policía Federal. Ya les proporcionamos toda la información que pudimos desenterrar. Para nosotros, el caso ya está cerrado.

—En realidad, también tengo pensado hacer una visita a la Policía Federal.

—¿Tiene el nombre de algún contacto en la Policía Federal, señor Leary?

—Sí, tengo uno. Me han indicado que hable con el inspector Marcio Andrade.

—Ah, Marcio. Lo conozco bien. Estará en buenas manos. ¿Ya habló con él?

—Aún no. Pensaba ir a verlo después de esta reunión.

—Lo llamaré para comunicarle que va a ir.

—Muy amable de su parte, teniente.

—Hay una cosa más que podría hacer por usted, señor Leary. Los hoteles tienen que enviarnos los formularios que deben rellenar por cada huésped que se registra. Francamente, nunca les prestamos mucha atención. En este caso, sin embargo, le pediré a un miembro de nuestro personal que investigue los formularios de unos días antes y después de la fecha en que se encontró el automóvil. Verificaré si Feliciano Silva se hospedó en alguno de nuestros hoteles.

–Eso sería estupendo, teniente.

–Dejaré un mensaje con lo que encontremos en su hotel, señor Leary.

Dimos las gracias al teniente Moreno y nos fuimos. Nuestro siguiente destino fue la Policía Federal. Esta vez, Sergio no conocía la dirección, pero Fernando me la había proporcionado.

–Avenida Lauro Sodré –le dije a Sergio, y allí nos llevó. Entramos en el edificio para buscar a Marcio Andrade. No nos hizo esperar.

–Buenos días, señor y señora Leary. Los estaba esperando. Recibí una llamada telefónica de nuestra oficina en Río explicando el motivo de su visita, y acabo de recibir otra llamada de mi amigo el teniente Moreno.

–El teniente nos concedió amablemente parte de su tiempo para ponerme al día sobre la información que tenía sobre el caso –repuse.

–Sí, ya me lo mencionó. Lamentablemente, no tengo mucho que agregar a lo que ya le dijo él. Pero puedo contribuir con lo siguiente: el sospechoso no salió de la ciudad ni en avión ni en autobús, y no intentó alquilar otro automóvil. Comprobamos esas posibilidades. No hemos recibido una solicitud de la policía peruana ni de la Interpol para investigar este caso, al menos todavía no. Sin embargo, utilizar una identidad falsa es un delito federal que debemos investigar. Nos gustaría colaborar con usted. A cambio, le agradeceríamos que compartiera con nosotros todo lo que sabe sobre esta persona.

Ya le había contado lo mismo a mucha gente multitud de veces. Me estaba impacientando con tanta repetición.

–A mí me parece perfecto, inspector. Es una larga historia. Si tiene tiempo, estaré encantado de contársela.

–Por supuesto, señor Leary. Tómese su tiempo, por favor. Antes de comenzar, ¿puedo ofrecerle un refrigerio? ¿Café, agua?

–Agua estaría bien.

–Para mí también –añadió Olivia.

Comencé a informarle sobre el caso desde la visita de Anton Deville a nuestra oficina, relatándole todo lo que sabía y la casi conclusión de la policía peruana de que Engelhard era el asesino.

–Es una historia formidable, señor Leary. Sería muy emocionante contribuir a resolver un crimen como este. Aquí básicamente nos dedicamos a prevenir el tráfico de drogas y los delitos asociados a este tráfico en el estado.

—Ya veo.

Marcio prosiguió.

–Como decía, en este caso concreto nos quedan tres posibilidades. Una, el sospechoso volvió a cambiar de identidad. No descubrimos cómo se fue de la ciudad porque usó una identificación diferente. Dos, se fue en barco. Tres, robó un automóvil.

Una señora nos interrumpió al entrar en nuestra sala llevando una bandeja con el agua que habíamos solicitado. Después de este breve intervalo, Marcio continuó su explicación.

–Si robó un auto, será difícil descubrir a dónde fue. Verá, por aquí los autos robados no se encuentran prácticamente nunca. La mayoría acaba en Bolivia y Perú, vendido a cambio de drogas. Después de escuchar su historia, apuesto a que no es lo que hizo; me refiero a que no usó un automóvil. En mi opinión, debe haber huido en barco.

–Estoy de acuerdo con usted, inspector, pero me gustaría conocer las razones de su opinión.

–Los barcos son el medio de transporte para la población con bajos ingresos. Una buena parte de esas personas no tiene identificación. Han vivido toda su vida en el interior y nunca sintieron la necesidad de tenerla. Los operadores de los barcos nunca piden identificaciones. Los pasajes se pagan en efectivo. Es el medio de transporte ideal si deseas pasar desapercibido.

–Está claro. ¿Podría hacer algo para confirmar esta suposición? Si efectivamente partió en barco, aún queda por averiguar su destino final: Manaos, Belem o cualquier otro lugar.

–Me ocuparé de eso, señor Leary. Sin embargo, no creo que pueda obtener resultados rápidos. Lamento decirle que tenemos muy poco personal. Este es un territorio nuevo y violento. Hay muchas actividades ilegales que nos mantienen muy ocupados. Sin embargo, tenga la seguridad de que intentaré hacer todo lo que pueda. Veré a quién puedo asignarle este asunto. Me pondré en contacto tan pronto como tenga novedades. Supongo que no nos dejará antes de que obtengamos un resultado concluyente.

Esta no era la respuesta que esperaba. Me hubiera gustado ver una reacción más proactiva, pero poco más podía hacer en ese momento. Tal vez mi permanencia en esta ciudad y las repetidas visitas a la policía los obligarían a tomar medidas más contundentes. Por el momento, me limité a responder a su pregunta.

—Supone correctamente, inspector. Estoy dispuesto a quedarme el tiempo que sea necesario.

Dejé al inspector Marcio sintiéndome algo decepcionado después de nuestra reunión. Esperaba recibir más apoyo de su parte. Por lo que me dijo, era mejor no esperar que se moviera muy rápido. Ya no teníamos nada más que hacer. Le pedí a Sergio que nos llevara a almorzar.

—¿Les gustaría comer pescado? —preguntó—. Tenemos un delicioso pescado de agua dulce y conozco un lugar donde lo sirven muy bueno.

—No para mí, gracias. Prefiero la carne.

—¿Por qué? —preguntó Livy—. Siempre te gustó el pescado.

—¿Eres consciente, Livy, de la gran cantidad de minería aluvial de oro que se produce en este río?

—En realidad, no, pero ¿cuál es el problema?

—Usan mercurio para extraer el oro, y me imagino a un camarero diciéndome: «¿Cómo le gustaría que le cocinaran su pescado, caballero, con mercurio al punto o muy pasado de metales?». Para mí no, gracias.

—Entiendo tu preocupación. Sergio, tomaremos carne, por favor.

Después del almuerzo, tenía que decidir qué hacer. No me agradaba la idea de permanecer inactivo mientras esperaba que la Policía Federal actuara. Decidí hacer una visita a los barcos fluviales. Primero, debía dejar a Livy en el hotel, pero su reacción fue predecible: «A donde tú vayas, yo voy». Ah, bueno, Paciencia es mi segundo nombre.

—Si quieres venir conmigo, primero debemos ir al hotel. Tienes que cambiarte.

—¿Por qué? ¿Qué preferirías que me pusiera?

—No hay nada de malo en tu vestido, amor. Pero, dado que estás decidida a acompañarme, deberías parecer lo más discreta y menos femenina posible; una propuesta difícil, lo entiendo, pero inténtalo de todos modos. Vamos a visitar una zona peligrosa y puede ser arriesgado. Te sugiero que te pongas unos *jeans* holgados y una blusa lisa. Podemos comprar una gorra de béisbol en la tienda de regalos del hotel. Úsala para sujetar tu cabello y, por favor, sin maquillaje.

–Sí, amo. ¿Alguna otra orden?

—No, eso es todo —dije, sin morder el anzuelo.

Sorprendí a Sergio pidiéndole que nos llevara al puerto de Cai n'Água. Quería intentar confirmar que la persona a la que seguía había salido de Porto Velho en un barco fluvial. Sergio me miró con preocupación, esperando que confirmara mi petición.

—Allí no hay nada, señor Leary. Nada que ver o admirar. Es solo una parte fea del río con botes atados en la orilla. Ni siquiera es un verdadero puerto, y no es un lugar agradable.

–No importa, Sergio. Quiero ir allí.

Sacudió la cabeza con desaprobación y puso en marcha el automóvil.

—Muy bien, señor, si eso es lo que desea. —Su expresión transmitía un mensaje claro: «Lo lamentará».

CAPÍTULO 12

La reina del río

El puerto de Cai n'Água era realmente un lugar de mala muerte, una barriada de chabolas con casas feas y cobertizos de madera. No era verdaderamente un puerto, solo un lugar con un grupo de botes amarrados a la orilla y una explanada de barro con una fuerte pendiente hasta el agua, varios metros más abajo. Toda la zona tenía un aspecto sucio y desagradable.

—¿Dónde quiere que me detenga, señor Leary?

Vi una construcción baja medio abandonada con un letrero que anunciaba MV Navegação Fluvial. Se lo señalé a Sergio.

—Deténgase ahí, por favor.

Salí del auto y me dirigí al edificio, entrando en una sala separada de la puerta de acceso por un largo mostrador. Un hombre mayor y una mujer más joven estaban sentados tras él. El hombre se levantó cuando me vio acercarme al mostrador.

—Buenas tardes —saludé—. Me preguntaba si podría ayudarme.

—¿Le gustaría viajar en uno de nuestros barcos a la ciudad de Manaos? —preguntó el hombre.

Saqué del bolsillo la fotografía de Engelhard y la coloqué encima del mostrador.

—Estoy tratando de encontrar a este amigo mío. Tengo entendido que fue a Manaos en uno de sus barcos. Me gustaría saber cuándo partió exactamente.

Me miró de arriba abajo.

—No lo sé. Tenemos muchos pasajeros en nuestros barcos. No puedo recordarlos a todos. Además, estamos aquí para vender boletos, no para dar información.

Coloqué un billete de cincuenta reales, aproximadamente veinticinco dólares, encima de la foto.

–Quizás esto le ayude a recordar.

Echó una segunda mirada más cuidadosa a la fotografía.

–¿Cómo se llama su amigo?

—Feliciano Silva —repuse.

–¿Tiene idea de cuándo embarcó?

Le di las fechas aproximadas, basándome en el descubrimiento del vehículo abandonado. Fue a un estante lleno de lo que parecían ser libros de registro y tomó uno. Después de una breve consulta, me dijo:

—No hay nadie con ese nombre que embarcara con nosotros en el período que ha mencionado. No encuentro su nombre en nuestros registros. Sin embargo, esto no significa nada. A veces mienten sobre su verdadero nombre. —Llamó a la joven que estaba sentada detrás del mostrador—. Ven aquí, María. Mira esta foto. ¿Reconoces a este hombre?

La muchacha se acercó a nosotros y tomó la foto.

–No, nunca lo había visto.

—Mala suerte. No puedo ayudarlo.

Le di el dinero.

–¿Hay otras empresas a las que pueda ir a preguntar?

–Somos los únicos con oficina. Las otras empresas venden los pasajes en el barco. Y, dicho sea de paso, esta mañana acaba de atracar uno nuevo, el *Rainha do Madeira*, o *Reina del Madeira*. Comenzarán a vender boletos mañana por la mañana. Puede ir allí y ver si alguien puede ayudarlo.

El *Rainha do Madeira* era un barco de casi veinte metros de eslora con tres cubiertas, toda una mezcla de espacios abiertos para mercancías, hamacas para personas y camarotes para los más afortunados. El acceso al barco era un solo tablón estrecho que salvaba la distancia entre la margen del río y la cubierta más baja. Comencé a descender por la orilla, con Olivia siguiéndome a corta distancia.

–Tal vez prefieras quedarte aquí, Livy. Esta pendiente parece resbaladiza.

—Quiero acercarme al agua, Alan.

–Está bien, entonces agárrate de mi brazo y ten cuidado de no caer.

Cerca del agua, dos hombres estaban agachados alrededor de una baraja de cartas en una mesa improvisada con una botella de ron entre ambos. Levantaron la cabeza y nos miraron mientras nos acercábamos al tablón de acceso.

–Livy, será mejor que me dejes ir primero. Esto parece bastante precario. —Pisé el tablero con la intención de embarcar cuando uno de los hombres que había cerca comenzó a gritar.

–¡Eh, tú, gringo! ¿Qué crees que estás haciendo? ¡Detente! No puedes subir al barco si no te damos permiso.

Me di la vuelta. Los dos hombres se habían puesto de pie y caminaban en mi dirección. Retrocedí a tierra para enfrentarme a ellos.

–No hay necesidad de enojarse, amigos. Solo quiero hablar con el capitán del barco o su ayudante.

–¿No es lindo el gringo? –dijo el más grande–. Quiere hablar con el capitán del barco –se burló de mí. Ambos echaron a reír.

–¿Qué te pasa, eh? ¿Qué eres, un niño, una niña o un maricón?

La cosa se estaba poniendo fea. Traté de ignorar la ofensa. No tenía ningún deseo de meterme en una pelea a puñetazos en ese lugar, especialmente con mi esposa mirando.

–Miren, no deseo problemas –les dije–. Si no quieren que suba a bordo, me iré en paz.

–No puedes huir, gringo. Crees que puedes venir aquí y tratarnos como basura. Te equivocas, y te lo vamos a demostrar.

De acuerdo, no me iba a ir de rositas

—Livy, vuelve al auto.

—No puedo dejarte solo, Alan.

–¡Livy, vete ahora!

Sorprendentemente, mi esposa me obedeció y me preparé para hacer frente a los dos tipos. El más grande tenía una cintura ancha y gruesa, pero parecía muy fuerte. Tenía el tipo de músculos que se desarrollan cuando tu trabajo consiste en acarrear peso todos los días. El segundo era más bajo, pero de aspecto igualmente fuerte. Estaba evaluando mis posibilidades y estudiando mis próximos movimientos. Entonces, el grande vino directo hacia mí con la clara intención de agredirme. Parecían demasiado confiados, dispuestos a darme una lección. Eran fuertes, y además eran dos. En lugar de atacarme simultáneamente, primero vino el grande, y el más pequeño se quedó un poco rezagado. Fue un gran error. El grandullón saltó sobre mí. Me aparté de su camino. Sin embargo, fue rápido y me dio un puñetazo en la sien. Fue un golpe indirecto, pero me dolió como mil demonios. Me sacudí la cabeza. El segundo hombre trató de agarrarme. Le di una patada en la rodilla y cayó. Mi mayor preocupación seguía siendo el más grande. Me giré para mirarlo. Él me golpeó de nuevo. Me agaché y conseguí esquivar la mayoría de sus golpes. Pero me volvió a golpear. Esta vez su puño me acertó de lleno en la sien. Caí de rodillas. Trató de patearme, pero logré desviar su pierna con mi brazo. Me levanté. El hombre se abalanzó de nuevo sobre mí. Empujé mi hombro derecho contra su pecho. Al mismo tiempo lo agarré y tiré de su brazo, arrojándolo al agua haciendo palanca sobre mi espalda. El segundo hombre se estaba levantando. Le di un fuerte puñetazo. Cayó de nuevo y se desmayó. Seguiría así un buen rato. Mientras tanto, el grandullón estaba saliendo del río. Subió la pendiente de la orilla a cuatro patas. Le di una patada en la cabeza antes de que pudiera recuperarse y cayó inconsciente. Si hubiera sido una persona más débil, creo que lo habría matado.

Sucedió tan rápido que todo me pareció borroso, y necesité unos segundos para orientarme. Con mis dos asaltantes caídos, comencé a recuperar el aliento y levanté la cabeza. Otros dos hombres corrían en mi dirección con garrotes. Después de todo, probablemente no saliera de la pelea de una pieza. «Pues que así sea». Mi resolución era firme y me preparaba para lo peor cuando sucedieron dos cosas en rápida sucesión. Un hombre de mediana edad apareció en lo alto de la ribera del río y comenzó a gritar. Y mi esposa regresó con dos policías uniformados.

El recién llegado dirigió toda su atención a la pelea y gritó a los dos hombres que estaban a punto de atacarme.

–¿Qué demonios está pasando aquí? Ustedes dos, desháganse de esos palos y deténganse de inmediato. Si no tienen nada mejor que hacer, encontraré trabajo para mantenerlos ocupados.

La situación cada vez era más confusa. Olivia corría hacia mí, seguida por los dos policías.

–¿Estás bien, amor? Tenía mucho miedo de que te lastimaran, de no poder llegar a ti con ayuda a tiempo para evitar que te sucediera algo malo. —Olivia me apretó entre sus brazos.

–¡Ay, cariño! –gemí. En el fragor de la pelea no sientes los golpes. Es al detenerte y empezar a enfriarte cuando comienzas a sentir el dolor. Había ganado, pero mis atacantes me habían zurrado de lo lindo. Me sentiría dolorido durante unos cuantos días. Incluso podría tener una costilla rota.

Olivia me soltó alarmada.

–¿Dónde te duele, cariño?

Empezó a llorar. La tomé de nuevo entre mis brazos, esta vez con más cuidado.

—Estoy bien, de verdad.

Los dos policías estaban atendiendo a mis agresores. El grandullón aún estaba inconsciente, pero el otro se estaba recuperando y la policía lo estaba interrogando. En ese momento, el hombre de mediana edad se acercó a nosotros.

–Permítame presentarme. Soy el capitán y copropietario del *Rainha do Madeira*, y esos hombres trabajan para mí. Me llamo Chico Pereira, y quisiera pedirles perdón por su estupidez.

–¿Le gustaría presentar cargos contra estos dos? –me preguntó uno de los policías.

–Todo fue un malentendido, agente. Yo me ocuparé de ellos –intervino Chico Pereira.

—No, gracias, agente —repuse—. Nadie resultó herido. Fue, como dice el caballero aquí presente, un malentendido, pero ya se acabó.

–Gracias, señor. Le agradezco su tolerancia con mis hombres después de su inexcusable comportamiento. Si pudiera hacer algo para compensar sus molestias, lo haré encantado –se ofreció Chico.

–No pasa nada. No es necesario. De todos modos, agradezco su preocupación. —De hecho, me alegraba mucho que este tipo hubiera aparecido cuando lo hizo. Su llegada había sido providencial. Cansado como estaba de la pelea con los dos primeros, si los hombres con garrotes me hubieran alcanzado, habría salido mucho peor parado—. Me gustaría preguntarle algo, si no le importa. Este es en realidad el motivo por el que vine aquí y lo que comenzó todo este lío. Mi nombre es Alan, por cierto.

–Estaré encantado de decirle lo que necesite, Alan. Subamos a bordo. Me gustaría ofrecerles algo de beber, una cerveza fría y un refresco para la niña, tal vez.

Antes de que Livy se enojara, corregí a Chico.

—Se llama Olivia. Es mi esposa.

–Discúlpeme, *dona* Olivia. Como decía, sería un honor para mí poder ofrecerles algo a bordo de mi barco.

–Una Coca-Cola fría estaría bien –repuso Livy.

—Por supuesto, puede elegir lo que desee. También tengo un refresco local, guaraná.

Atravesamos la estrecha tabla que hacía las veces de muelle de embarque, extendiendo mi mano para ayudar a Livy a superar el precario acceso. Una vez a bordo, Chico nos llevó a un comedor de la cubierta superior. Se disculpó y volvió unos minutos después con bebidas frías: una cerveza para mí y una Coca-Cola para Livy.

—Quería preguntarme algo, Alan.

Coloqué la foto de Engelhard sobre la mesa, frente a él.

—Estoy buscando a esta persona. Viaja con el nombre de Feliciano Silva y es posible que su aspecto sea diferente al de la foto. Creo que ha embarcado en uno de los barcos que parten de Porto Velho hacia Manaos o Belem, probablemente Manaos. Usa una identificación brasileña, pero no sé si habla bien portugués. No creo que sea realmente brasileño.

Chico echó un buen vistazo a la foto.

—¿Puedo preguntar por qué le interesa este hombre?

—Es un ladrón y un asesino, si es quien creo que es. Soy un detective de Nueva York, y me contrataron para investigar este caso. Estoy intentando confirmar que salió de Porto Velho en barco para averiguar su destino. Pregunté en la oficina de la compañía de navegación que hay en tierra, pero no viajó con ellos. Vi su barco y venía con la intención de preguntar aquí cuando empezó el problema con sus hombres.

—Me temo que tampoco viajó con nosotros. Lo recordaría, especialmente si decía ser brasileño y no hablaba bien el idioma. Por cierto, su portugués es muy bueno, *dona* Olivia.

—Eso es porque soy brasilera, Chico. Mi esposo es estadounidense. Nos conocimos y nos casamos aquí. Habla portugués, pero no tan bien, como puede advertir. Aprendió el idioma mientras trabajaba en el consulado de Estados Unidos en Río de Janeiro hace ya unos años, antes de que nos conociéramos. Todavía sigo intentando enseñarle a hablarlo mejor.

—Eso lo explica todo. Me sorprendió que una extranjera hablara tan bien el portugués. Usted también lo habla bien, Alan. Obviamente, el portugués de su esposa es mucho mejor.

—Soy consciente de ello, Chico. En realidad, ella lo hace todo mejor que yo —bromeé.

—Mmm... muy gracioso —murmuró Livy.

–Le ayudaré a encontrar a su hombre, Alan. Lamento que mis hombres lo hayan maltratado. Me gustaría compensárselo.

–Sería de gran ayuda, Chico. No sé cómo podría devolverle el favor.

–Tonterías. Es lo mínimo que puedo hacer después de cómo le han tratado mis hombres. Además, no se puede vivir más de treinta años en este río, como yo, sin conocer a todas las personas que trabajan en él. Es una comunidad muy unida. Enviaré un mensaje a los capitanes de los otros barcos, ya que los conozco a todos desde hace mucho tiempo, y les preguntaré por ese Feliciano. Tenga la seguridad de que, si ha viajado con ese nombre, lo encontraremos.

–Eso es fantástico, Chico. Si puede descubrirlo, estaré en deuda con usted para siempre. Me facilitaría muchísimo mi trabajo.

–Bien, Alan, pero antes de que empiece a agradecérmelo, déjeme ver qué puedo conseguir. Deme su dirección y un teléfono donde pueda localizarlo. Nos vamos a Manaos pasado mañana, temprano en la mañana. Es posible que tarde más en obtener una respuesta, pero me pondré en contacto tan pronto como consiga algún resultado.

Las cosas habían ido mejor de lo que esperaba. Lo que había comenzado tan mal, con esa pelea no provocada, había resultado increíblemente bien. La ayuda de Chico para encontrar a mi sospechoso podía proporcionarme una respuesta más rápida que cualquier acción de la Policía Federal. No tenía muchas ganas de pasar uno o dos días más en Porto Velho, pero era un precio pequeño que tendría que pagar para obtener la información que ansiaba. No había nada más que hacer allí. Dejamos el *Rainha do Madeira* y regresamos a nuestro hotel. Tenía algunos moretones que atender y una preciosa esposa para cuidarme. De hecho, la vida tenía sus compensaciones.

CAPÍTULO 13

Siguiendo la pista

Chico tardó menos de veinticuatro horas en regresar con una respuesta. Uno de los capitanes de barco había respondido a su consulta. Un pasajero llamado Feliciano Silva había navegado con él hasta Manaos. El capitán del barco lo recordaba por varias razones. Primero, había ocupado su camarote tres días antes de la salida. Había pagado una cantidad mayor por eso y porque le llevaran la comida a su camarote durante el viaje a Manaos. No salió de allí en los cuatro días que tardó en llegar a su destino. El capitán únicamente lo había visto el día que ocupó el camarote y cuando desembarcó en Manaos. Llevaba tres maletas grandes, y parecían pesadas. El capitán pensó que se estaba mudando y transportaba sus enseres domésticos. Había afirmado ser brasileño, pero hablaba mal portugués y con mucho acento, como una persona de habla hispana que intenta hablar en portugués. Había visto la foto que le había proporcionado Chico, pero no pudo confirmar si pertenecía al mismo hombre. Su aspecto era un poco diferente en la foto. Sin embargo, Chico señaló que la máquina de fax que había utilizado para enviarla no ofrecía una buena calidad de imagen.

Me sorprendió que mi sospechoso todavía se moviera con su identificación brasileña, pero, cuando reflexioné sobre el asunto, comprendí que tenía mucho sentido. Evidentemente, el tipo esperaba desaparecer en Manaos. Probablemente ya tenía un plan de huida diseñado. Tal vez había contado con la ayuda de alguien más. Tendría que transportar las piezas de oro y venderlas a un comerciante de arte de los bajos fondos en el extranjero. Podría haberse puesto en contacto con esas personas y solicitar su ayuda. Para viajar al extranjero habría necesitado una identificación diferente.

Pero no la habría utilizado para dejar Porto Velho. Era mejor arriesgarse con el alias de Feliciano. Carecía de importancia en el improbable caso de que lo descubrieran. Planeaba desaparecer de la vista nada más poner un pie en Manaos. Sí, tenía mucho sentido.

La noche anterior había telefoneado a mi socio Tony para informarle sobre los últimos acontecimientos. Él, por su parte, me dijo que un tribunal peruano había emitido una orden de arresto contra Engelhard. Eso cambiaba las cosas. Engelhard había sido acusado oficialmente de los asesinatos. Si lo encontraba, estaría obligado a entregarlo a la ley. De lo contrario, si lo dejaba ir, estaba cometiendo un delito. Tony se puso en contacto con Anton Deville para confirmar su deseo de continuar con la investigación. Anton insistió en que nada había cambiado. Deseaba más que nunca que continuáramos. Se mantenía firme en que Engelhard era inocente. La orden judicial legalizaba las acciones de la policía de otros países y de la Interpol. A partir de ese momento, podíamos solicitar formalmente su apoyo. Después de las noticias de Chico, pretendía volar a Manaos lo antes posible. Pero no iría sin antes hacer una segunda visita tanto al teniente Moreno de la Policía Militar como al inspector Marcio de la Policía Federal. No resultaron útiles. La búsqueda de hoteles de Moreno no había arrojado ninguna información. Ningún Feliciano se había registrado durante el período que nos ocupaba, lo cual no era en absoluto un resultado sorprendente, teniendo en cuenta la información aportada por Chico. El sospechoso no había utilizado un hotel. Había ido directamente al camarote de su barco y había permanecido allí hasta la salida. Además, no creía que la Policía Federal hubiera comenzado a trabajar en el caso. Deduje de mi entrevista que mi problema no era prioritario para ellos. Sin embargo, no sabía si volvería a necesitarlos y, en caso afirmativo, cuándo. No costaba mucho mostrarse diplomático. Iba a necesitar mucha ayuda para seguir el rastro de mi sospechoso en Manaos.

Livy seguía durmiendo. Había abierto los ojos cuando sonó el teléfono junto a la cama con la llamada de Chico, pero se volvió a dormir. Tenía algunas cosas de las que ocuparme, como conseguir pasajes de avión para ambos, reservar un hotel en Manaos y llamar a Fernando para pedirle que se uniera a nosotros. Primero tuve que despertar a mi esposa.

—Livy, tenemos que preparar el equipaje, cariño.

Livy gimió, se revolvió en la cama y abrió lentamente los ojos. Estiró los brazos.

–¿Vamos a otro lugar? –preguntó, todavía un poco aturdida al despertar.

–Sí, tenemos que ir a Manaos.

—Mmm...

–¿Mmm qué, Livy?

–¿Qué hora es?

—Las nueve. Dormiste bien.

–Estaba cansada, Alan. ¿Y tú? ¿Cómo te encuentras? Estaba preocupada por ti. Tienes unos hematomas grandes donde te golpearon esos idiotas.

–No es nada, cariño. Ya ni siquiera los siento. Esta mañana están mucho menos azules.

–Me quedé asombrada por cómo peleaste y venciste a esos dos brutos. Uno de ellos era un monstruo. ¿Cómo lo hiciste, cariño?

–En las fuerzas especiales nos entrenamos en el combate cuerpo a cuerpo y siempre se me ha dado bien. Además, he continuado con mi entrenamiento. Tengo un instructor de artes marciales en mi club deportivo que me entrena dos veces por semana. —Estaba presumiendo ante mi esposa, por supuesto. Pero disfruté mucho con su expresión de asombro ante su esposo, el héroe.

—Sigo impresionada.

–Pero tú eres parcial –le dije, tomando su rostro entre mis manos y besando su nariz, sus labios, su oreja y su cuello. Realmente no sería de buena educación seguir describiendo lo que hice. Baste decir que mis planes de ponerme en marcha rápidamente se vieron gravemente afectados.

CAPÍTULO 14

MANAOS

Gracias al informe del capitán del barco, supe el día exacto de la llegada de mi sospechoso a Manaos. Supuse que no permanecería allí más tiempo del necesario para organizar el envío de las piezas de oro. Me imaginé que no tenía que buscar los medios para realizar el transporte. Todas sus decisiones anteriores indicaban una línea de acción decidida con anterioridad, una ausencia de vacilación. Por lo tanto, su permanencia en la ciudad dependería de la frecuencia de los envíos desde Manaos, de los que yo no sabía nada. Además, tenía una foto e información general sobre Engelhard: edad, altura, color de cabello y ojos, y peso. Contaba con ello para seguir el rastro interrumpido en Porto Velho, y esperaba concluir aquí mi investigación en Brasil.

El vuelo a Manaos fue más corto y mucho más agradable que el anterior de Cusco a Porto Velho. No pudimos tomar un vuelo anterior. Las cosas eran un poco más lentas al viajar con mi esposa, pero por mí estaba bien así. En realidad, a mí todo lo relativo a Livy me parecía bien, y ahí estaba el problema. Sabía que me tenía comiendo de su mano. Cuando me mira suplicante con esos ojos verdes, me derrito, y olvido toda resistencia. De otro modo, ¿cómo podía haber consentido a la idea de realizar una investigación con una esposa a mi cargo? Todavía me guardaba un as en la manga para convencer a Livy de que se fuera. Le había sugerido que aprovechara la oportunidad mientras estábamos en Brasil y visitara a sus hermanos y a su cuñada. Aún había mucha distancia entre Manaos y Río, pero es menos de la mitad de distancia que desde Nueva York. Se sintió tentada y dijo que lo pensaría, una pequeña victoria. No es que disfrutara con la idea de quedarme sin su compañía, pero el incidente en Porto Velho era un recordatorio de los peligros que acechan en una investigación como esta.

Manaos es una incongruencia de civilización en medio de la selva amazónica. Situada a más de mil kilómetros del océano, en la confluencia de los ríos Amazonas y Negro, es un importante puerto para embarcaciones oceánicas. Debido a su posición aislada, a la que solo se accede por barco o avión, el gobierno estableció la ciudad como zona libre de impuestos. Con sus más de 2,2 millones de habitantes, es la ciudad más poblada del norte de Brasil.

Cuando llegamos al hotel, Fernando ya nos estaba esperando. No bromeaba cuando me dijo que tendría una maleta preparada a la espera de mi llamada. Lo invité a cenar con nosotros para discutir nuestros movimientos para el día siguiente. La Policía Federal de Manaos estaba dirigida por un superintendente al que Fernando no conocía. Le habían dado el nombre de uno de sus delegados, el inspector Antonio Carvalho, que nos recibiría al día siguiente.

—Tampoco lo conozco, pero como colega y antiguo policía y de la PF, estoy seguro de que nos ayudará —había dicho Fernando.

En cuanto a las actividades de Livy, le sugerí que visitara el teatro de la ópera de Manaos, famoso por su opulencia y su hermoso diseño neoclásico. Fue erigido durante el primer auge del caucho en la región, cuando Manaos se convirtió en una de las ciudades más ricas del país. También podía hacer un viaje en barco para presenciar el encuentro de las aguas del Amazonas con el río Negro. Los dos ríos tienen aguas con diferentes temperaturas y cantidades de sólidos en suspensión. No se mezclan totalmente hasta una distancia muy grande, y forman una línea de separación claramente distinguible que se puede observar desde el aire o en barco. Manaos es una gran ciudad y también una zona franca. Se lo recordé a Livy. Tal vez le interesara ver qué podía comprar. No pensé que hubiera nada que no se pudiera encontrar en Manhattan, pero a ella le gustó la idea. Conociendo a Livy, seguro que se le ocurría algún objeto o prenda de vestir única e indispensable. Sin embargo, eso la mantendría ocupada.

A la mañana siguiente, Olivia nos dejó para ir a hacer turismo. Fernando y yo nos dirigimos a la jefatura de la Policía Federal para reunirnos con

Antonio Carvalho. Fernando hizo las presentaciones, y le expliqué al inspector nuestro caso y el propósito de nuestra visita.

—Sé el día exacto en que el sospechoso llegó a Manaos. También creo que debía contar con ayuda para enviar las piezas de oro al exterior. Deben haberse enviado en los días posteriores a su llegada a Manaos. Probablemente, en un plazo máximo de diez días.

—Ya veo, señor Leary. ¿Qué ayuda podemos brindarle?

—Debo decirle que un tribunal peruano ha emitido una orden de arresto contra un ciudadano estadounidense, el señor John Engelhard, a quien la policía peruana considera el asesino. Hay pruebas contundentes en su contra, pero no estoy totalmente convencido de su culpabilidad. Hasta que encuentre al hombre que se llevó el oro y tenga pruebas inequívocas, seguiré refiriéndome a la persona a la que persigo como sospechoso.

—Entiendo —asintió el inspector Carvalho—. La orden judicial peruana cambia las cosas. Nos da derecho a actuar oficialmente. Aún no hemos recibido la comunicación oficial, pero confío en su palabra. Usted ha sido agente de la Policía Federal, Fernando. ¿Qué piensa de todo esto?

—Confío en el buen juicio de Alan. Si no descubrimos a dónde fue el sospechoso, si perdemos su rastro en Manaos, es posible que nunca lo atrapemos. Si no es el asesino, seguro que participó como cómplice. Ha robado el oro. Eso es incuestionable.

—Sí, estoy de acuerdo, y esto es lo que haré: colocaré a mi mejor agente en el caso. Comenzará por investigar en los hoteles con la fotografía y los datos que nos ha proporcionado.

—Permítame hacerle otra sugerencia, inspector. No niego la importancia de comprobar los hoteles, pero tengo el presentimiento de que es posible que no se haya registrado en ninguno. En Porto Velho evitó los hoteles y se dirigió directamente al barco. Permaneció tres días en su camarote antes de la salida. Es posible que aquí haya hecho lo mismo. Creo que sería mejor emplear el tiempo de su inspector revisando las líneas navieras y las empresas de transporte. Debería limitar su búsqueda a los diez días siguientes a la fecha de llegada que le di.

—Bien, señor Leary. Tendré en cuenta su sugerencia.

—¿Le estaría pidiendo demasiado si solicito trabajar junto con su agente, inspector?

–No veo ningún problema en eso, señor Leary. Le pediré que venga a esta oficina, para que ustedes dos se conozcan.

Unos minutos más tarde, se unió a nosotros un joven que parecía tener poco más de treinta años. Carvalho nos lo presentó como el agente Felipe. Después de que Carvalho le explicara nuestro problema y describiera la asistencia que debía darnos, Felipe nos invitó a su despacho, su oficina, si se puede llamar así al cubículo que ocupaba una planta más abajo, que contenía un escritorio con montones de documentos sobre él y una pantalla grande de computadora.

–Pónganse cómodos –nos dijo, señalando dos sillas que habían visto mejores tiempos—. Ahora veamos. Voy a consultar una página de Internet con información sobre el movimiento de embarcaciones en el puerto de Manaos. Veamos cuáles partieron dentro de su intervalo de tiempo. Luego le pediremos a la naviera o al agente correspondiente que nos proporcione el manifiesto de carga del buque, y lo analizaremos. ¿Qué opina?

—Me parece muy práctico. Hagámoslo –dije.

Felipe se sentó frente a la computadora y comenzó a escribir comandos. Unos minutos más tarde, tenía una lista de ochenta y cuatro barcos que habían zarpado desde Manaos durante el período en cuestión.

–¿Tantos? —Me quedé impresionado.

–Manaos es un puerto con mucho tráfico.

–¿Puede filtrar esos resultados?

–Por supuesto. ¿Qué restricciones desea que aplique?

–Deje solo aquellos cuyo destino final sea un puerto europeo, de Oriente Medio o del norte de África.

—Ahora mismo.

Felipe jugó un poco más con la computadora y obtuvo doce buques, un número mucho más manejable.

–Eso está mejor. ¿Puede pedir los manifiestos de estos doce?

–Ciertamente, y veo que dos de esos barcos tienen el mismo agente, lo que reduce aún más nuestra búsqueda. Solo tendré que preguntar a once agentes diferentes. Voy a llamarlos a todos y a enviarles una solicitud oficial por correo electrónico.

Durante la siguiente hora, Felipe estuvo ocupado haciendo llamadas telefónicas y enviando correos electrónicos. Luego salimos a almorzar.

Cuando regresamos, habían llegado cinco manifiestos de carga.

–¿Qué estamos buscando? –preguntó Felipe.

–Cualquier cosa que se salga de lo habitual; en realidad, es difícil de decir. Solo tenemos que examinar la carga de los doce barcos y ver qué encontramos.

Descartamos cuatro de los cinco buques. Todos habían salido de Manaos para cargar en otros puertos. El quinto llevaba un cargamento de madera y algunos contenedores, y lo apartamos para un nuevo análisis. Al final del día llegaron otros dos manifiestos, que también juzgamos carentes de interés. Tendríamos que esperar al día siguiente para comprobar los cinco manifiestos que aún quedaban.

–¿Cómo fue tu día cariño?

–Muy agradable. Es una pena que no pudieras venir conmigo. La ópera es espectacular. Es más grande y más bonita que la de Río o São Paulo. Deberías haberla visto.

–Tal vez la próxima vez, cuando no esté trabajando.

–Le compré este lindo vestidito a Larissa. ¿No es bonito? ¿Qué? ¿Por qué sonríes?

–No es nada, Livy. Solo estoy disfrutando tu forma de ser, cariño.

–Alan, me estás tomando el pelo.

–Nunca, ¿cómo podría hacer algo así? Te amo. Te encuentro hermosa e inteligente…y ahorrativa. —La rodeé con mis brazos y comencé a deslizar mis labios por su barbilla.

–Para, Alan. Fernando está esperando abajo para cenar con nosotros.

–¿Desde cuándo prestas atención a esas cosas, Livy? Por lo general, soy yo quien debe mostrarse sensato y moderado.

–Más tarde. –Livy me miró con ojos brillantes–. Te recompensaré por tu paciencia –dijo sonriendo.

A la mañana siguiente, llegaron a la oficina de Felipe los cinco manifiestos restantes. Olivia todavía estaba aprovechando su tiempo libre en Manaos para explorar la ciudad. Nos sentamos a revisarlos y, después de un rato, decidimos que había dos posibilidades. Ambos barcos transportaban principalmente cargamentos de madera o caucho en bruto, y además tenían otros contenedores con diferentes mercancías declaradas. Un barco navegaba directamente a Bremen, Alemania, y el otro a Génova, Italia. Este último, sin embargo, se detenía en Curazao para desembarcar un contenedor de seis metros cargado de nueces de Brasil empaquetadas en cajas. Felipe me dijo que eso le parecía muy peculiar, porque las nueces normalmente se empacan en bolsas, y Curazao es un destino inusual para este producto. Decidió hablar con Antonio Carvalho al respecto.

–Este cargamento es extraño, jefe. Mire, el consignatario o parte notificante es un agente de carga en Willemstad, pero el comprador es una empresa registrada en las Bahamas, obviamente una empresa de fantasma.

–¿Quién es el vendedor?

–Una empresa local llamada AR Comércio Ltda.

Carvalho silbó.

—Entonces ese debe ser.

–¿Qué? –pregunté–. ¿Por qué le sorprende?

–Esto es confidencial, pero hemos estado investigando discretamente a AR Comércio por sospechas de contrabando y tráfico de drogas.

—Vayamos a visitarlos y hablemos con ellos —dije.

—No puedo hacer eso, Alan.

–¿Por qué no?

–No deseo advertirles de nuestras sospechas antes de que concluya la investigación, y no puedo presentarme en su oficina sin un motivo aceptable.

–Pero ¿cómo vamos a obtener más detalles? Seguro que el oro no se quedó en Curazao. Tenemos que averiguar a dónde fue desde ese puerto o perderemos el rastro.

–Me pondré en contacto con la policía de Willemstad y les pediré que verifiquen qué sucedió con el contenedor y a dónde fue enviado desde Curazao.

–No va a funcionar. Habrán cambiado los documentos y habrán enviado el contenedor a un destino diferente. ¿Sabe lo difícil que es identificar un solo contenedor en un gran puerto como Rotterdam, por ejemplo? Es prácticamente imposible. Perderemos la pista y, con eso, mi sospechoso desaparecerá de la faz de la tierra. —Esta investigación estaba resultando mucho más difícil de lo que había esperado. Cada vez que lograba algún progreso, aparecía otra gran dificultad. Tenía la sensación de moverme de frustración en frustración.

—No sea tan pesimista, Alan. La policía de Willemstad es muy buena. Pueden presionar a su agente de carga.

–¿De la misma manera que están presionando a AR Comércio?

—Estoy haciendo todo lo que puedo, Alan. Encontraremos a su hombre, no se preocupe.

Por el momento, tenía que conformarme con la ayuda que me estaba brindando Carvalho. Salimos después del almuerzo y decidí alquilar un auto e ir yo mismo a visitar AR Comércio.

Fernando quería saber si debía acompañarme.

–No, tengo otro recado para ti. Ve al puerto donde llegan los barcos del río Madeira. Creo que está cerca del mercado municipal Adolpho Lisboa, en la avenida Manaos Moderna. Pregunta a los taxistas que operan en esa área para ver si alguno recuerda a un hombre que llevaba tres maletas grandes el día de la llegada del sospechoso a Manaos. Debió usar un taxi. Si tenemos suerte, tal vez encuentres al conductor que lo llevó y descubras a dónde fue.

–De acuerdo. Eso haré, y veré qué puedo conseguir. Te veo más tarde, en el hotel.

La oficina de AR Comércio estaba en las afueras de Manaos. Sin el GPS nunca la habría encontrado. Realmente era un cobertizo que hacía las veces de almacén con una oficina de una sola planta en el frente. Todo estaba rodeado por una valla metálica con alambre de espino en la parte superior. Me dirigí a la puerta y me identifiqué como un posible cliente que deseaba enviar unas mercancías. Me condujeron a la oficina, y allí expliqué el propósito de mi visita. Luego de una breve espera, me llevaron a la oficina del señor Alfredo Rocha, propietario y gerente general de la empresa.

–¿En qué puedo ayudarlo, señor...

—Mi nombre es Alan Leary, señor Rocha. Al venir aquí hoy, estuve pensando en cómo abordar este asunto. Llegué a la conclusión de que la franqueza es la mejor estrategia. Soy socio de una empresa de detectives de Nueva York. Nuestra firma ha sido contratada por el Museo de la Nación del Perú para investigar el robo de unos objetos arqueológicos muy valiosos.

–¿Y qué tiene esto que ver conmigo?

La expresión de Rocha estaba cambiando de la sorpresa a la ira. Su postura era de abierta animosidad. Continué.

–Permítame decirle, señor Rocha, antes de hablar sobre la participación de nadie, que el museo ofrece una buena recompensa por cualquier información que conduzca a la recuperación de los objetos en cuestión. Han sido tasados de manera conservadora en siete millones y medio de dólares. Estamos hablando de una recompensa del veinte por ciento o, lo que es lo mismo, un fantástico millón y medio de dólares.

–Es mucho dinero, pero ¿por qué cree que puedo ayudarlos?

—Seguimos los objetos hasta Manaos, señor Rocha y descubrimos que habían sido enviados al exterior desde esta ciudad. Actualmente desconocemos su destino final, pero lo sabremos en breve. La oportunidad que le estoy ofreciendo es de un millón y medio de dólares a cambio de información sobre el paradero y el nombre de las personas que recibieron los artículos, solo eso. Sin preguntas, sin acción alguna contra la persona que proporcionó la información. —Mientras hablábamos, presté mucha atención al lenguaje corporal de Rocha y la mirada que tenía en sus ojos. El hombre intentaba mostrar una apariencia exterior de calma, pero su evidente malestar rápidamente se transformó en ira. Estaba claramente asombrado y se debatía internamente sobre qué camino debía tomar.

–No tengo la menor idea de lo que está hablando y no tengo nada que decirle. De hecho, encuentro ofensivas sus insinuaciones.

–Lamento que se sienta así. La intención de mi visita no es ofender a nadie; al contrario, es presentar una alternativa ventajosa. Hay pruebas claras de que el envío se originó en esta empresa. Estoy convencido de que su empresa ha transportado las piezas de oro. Descubriremos cómo se hizo con toda exactitud. Si rechaza nuestra oferta ahora, sufrirá las consecuencias legales cuando se demuestre su participación, pero nos gustaría ahorrar tiempo y dinero en la investigación. Es más importante recuperar los artículos rápidamente. Por lo tanto, la alternativa a ser acusado y acabar en prisión es decirnos lo que sabe, cobrar la recompensa y librarse de consecuencias perniciosas para usted.

–Ya está bien. Esta entrevista ha terminado. No tengo nada más que decir. Ahora debería irse.

–Muy bien. Si así es como quiere jugar, que así sea. No se moleste en acompañarme hasta la puerta. Sé dónde está la salida. —Me levanté y, sin despedirme siquiera, salí de su oficina y regresé a mi auto.

Estaba seguro al cien por cien de que el contenedor que supuestamente llevaba nueces de Brasil había transportado las piezas de oro. La reacción de Rocha me había convencido de su culpabilidad más allá de cualquier duda. Todavía no tenía pistas sobre el destino final de los objetos, pero tenía planes para remediar esa situación si fuera necesario.

CAPÍTULO 15

ATARDECER A LA ORILLA DEL RÍO

Regresé a nuestro hotel. Fernando, que venía de sus averiguaciones con los taxistas, se unió a mí unos minutos después. Había tenido suerte y había encontrado a un conductor que recordaba haber transportado a un hombre con tres maletas grandes el día de la llegada en barco del sospechoso a Manaos. Fueron a un almacén en la periferia de la ciudad, y su descripción encajaba perfectamente con el lugar y las instalaciones de AR Comércio. Lo dejó allí. El hombre no regresó a la ciudad con él. Era una noticia excelente que proporcionaba un vínculo directo entre la persona a la que estaba persiguiendo y AR. El conductor estaba dispuesto a testificar y Fernando había conseguido su teléfono y la matrícula del taxi. Tenía que trasladar esta información a Antonio Carvalho de inmediato. Con esta nueva prueba, no tendría más remedio que pasar a la acción. Sin embargo, antes de ir a la policía, quería estar absolutamente seguro de que estábamos hablando del lugar correcto. Salimos a buscar al taxista de Fernando y le pedimos que nos llevara al lugar del que nos había hablado. Era el mismo. Dimos la vuelta y le indiqué que se dirigiera al hotel. Quería recoger mi vehículo de alquiler e ir a visitar al inspector Carvalho.

A Carvalho no le hizo mucha gracia vernos de regreso tan pronto. Sin embargo, cumplió con la formalidad de recibirnos, invitándonos a sentarnos y preparándose estoicamente para soportarnos una vez más.

—¿En qué puedo ayudarlo hoy, señor Leary?

A continuación, le expliqué las nuevas noticias relativas al desarrollo de la investigación.

—Verá, inspector Carvalho, recibimos algunas pistas prometedoras de que las piezas de oro habían salido de contrabando a través de la empresa AR Comércio o con la ayuda de esta, pero lo que está claro es que es una prueba de su relación con nuestro hombre. Ahora no hay duda. Las piezas de oro fueron enviadas en esas cajas de nueces. Debe arrestarlos y obligarlos a revelar dónde y a quién enviaron los objetos.

—Ojalá fuera así de sencillo, señor Leary. La información que trajo es muy importante, pero estamos hablando de criminales peligrosos e inteligentes. El testimonio del taxista demuestra que conocían a su hombre. Pero sería estirar demasiado esta prueba asumir que el conocimiento de la persona en cuestión demuestra que los artículos robados fueron enviados por AR. No tendría valor ante un tribunal. Necesitamos pruebas más firmes. De lo contrario, corremos el riesgo de echar a perder toda la investigación. Sería un desastre y no me gustaría que eso sucediera. De ninguna forma.

—Pero entonces, ¿qué vamos a hacer? No podemos simplemente no hacer nada y dejarlos libres, por no hablar de perder las piezas de oro para siempre y quedarnos sin saber lo que le sucedió a John Engelhard. Sería inadmisible.

—Estoy muy de acuerdo con usted. No tenemos ninguna intención de quedarnos de brazos cruzados. Lo primero que haré es obtener una orden de registro para revisar su oficina a fondo. No espere que esto suceda demasiado rápido. Pero tampoco creo que lleve mucho tiempo. Ya hemos intervenido sus teléfonos. Aun así, los jueces tienen sus propias agendas y horarios. Calculo uno o dos días para obtener la orden judicial.

—No sabía que ya estaba pinchando sus teléfonos.

—Eso es porque no tiene nada que ver con su investigación. Después de escuchar su historia, le pedí a Felipe que volviera a revisar las grabaciones y ver si podía encontrar algo relacionado con su caso. No había nada, créame. Estamos hablando de delincuentes profesionales. Son demasiado astutos para hablar abiertamente de sus actividades a través de un teléfono fijo. Usan teléfonos celulares de prepago, y estos pueden protegerse incluso más.

—¿Me avisará cuando obtenga la orden judicial?

—Claro, le llamaré.

—¿Puedo participar en la búsqueda?

–Definitivamente no. Si dejamos que usted, un extraño, se implique en el registro, ninguna prueba que encontremos será admitida por el juez. No, me temo que tendrá que esperar. Por favor, señor Leary, tenga paciencia. Tengo entendido que tiene a su esposa aquí en Manaos. Hay muchas cosas que hacer en la región. Dos días pueden pasar muy rápido. Disfrute de su tiempo con nosotros.

No había nada más que hacer que agradecerle al inspector Carvalho su ayuda y regresar al hotel.

–¿Tienes hambre, Fernando?

–Podría comer algo, ¿por qué?

–Oí hablar de un buen restaurante de carnes. No está demasiado cerca, pero se supone que su ubicación es muy agradable con una buena vista del río. Voy a llamar a Livy para ver si le gustaría venir con nosotros. Todavía tengo el auto y no hay nada más que podamos hacer por el momento.

–Estupendo. Claro que me gustaría ir.

El restaurante estaba en un barrio llamado Ponta Negra, en la margen del río Negro, y tenía una vista muy bonita del río, que era ancho y fluía majestuosamente frente a nosotros. El sol comenzaba a ponerse, pintando el cielo de vívidos tonos amarillos y anaranjados, y perfilando en carmesí los grandes árboles del bosque que crecía en la ribera opuesta. Llegaba del río una brisa fresca que ayudaba a aliviar la opresiva humedad y el calor del día. El restaurante era obviamente muy popular. A esa hora y en un día laboral, contaba con una buena asistencia. No pudimos conseguir una de las mesas con mejores vistas, pero nos ofrecieron otra casi igual de bien situada. Apenas nos habíamos sentado cuando se nos presentó la más hermosa puesta de sol que habíamos contemplado jamás, un espectáculo increíble de colores rojo, amarillo y naranja típicos de esta región. Me dijeron que las espectaculares puestas de sol se deben al alto contenido de vapor de agua que hay en la atmósfera. Nunca deja de fascinar a quien tiene la suerte de presenciar toda su grandiosidad, y nosotros, visitantes de otras tierras, no fuimos la excepción. Estábamos tan absortos en el atardecer que no pensamos en la comida que preferíamos. No era algo que pudiera disfrutarse todos los días, ni siquiera con cierta frecuencia. Hoy, sin embargo, era especial. Me sentía un poco como un vagabundo sin nada serio que hacer, pero al menos disfrutaba de la compañía de mi esposa, un lujo que no puedo permitirme con tanta frecuencia como quisiera. Era una velada agradable e intenté dejar de lado mis preocupaciones y pensamientos sobre el trabajo.

Nos tomamos un tiempo para pedir la comida, y ya con las bebidas en nuestras manos, nos relajamos y nos preparamos para disfrutar de una velada despreocupada a la orilla del río en agradable compañía.

–¿Estás disfrutando tu viaje, Olivia? –le preguntó Fernando a mi esposa.

–Está siendo realmente fantástico. Me encantó la etapa en el Perú. Todo era muy hermoso, pero creo que el punto culminante fue nuestro recorrido por el Colca. Me asombraron la belleza y la grandiosidad de las montañas. Fue increíble. Cruzamos este altiplano, una vasta mancha verde entre los marrones y grises de las elevaciones circundantes, sin huellas y sin señales de personas o aldeas hasta donde alcanzaba la vista. Realmente te sentías solo en medio de la nada.

—Parece que lo has pasado muy bien.

–De hecho, así ha sido. Además, nunca había estado en el Amazonas a pesar de ser brasilera, me da vergüenza decirlo. Hay tantas cosas bonitas que ver en tu propio país, y terminas viajando al extranjero en lugar de intentar conocer el lugar donde vives.

–Bueno, entonces me alegro de que pudieras acompañar a Alan en esta investigación.

–¿Te puedes creer que me costó mucho esfuerzo que aceptara traerme?

–No, no es cierto –protesté–. Solo estaba siendo prudente. Eres demasiado preciosa para mí –dije, agarrando la mano de Livy e inclinándome para besar su mejilla.

–Eres muy dulce y te quiero, pero a veces exageras un poco. Aparte de ese desagradable asunto junto al río en Porto Velho, no hemos tenido ningún problema grave y nunca estuve ni remotamente en peligro. Hemos estado a salvo todo el tiempo.

–Tuvimos suerte –asentí.

Mientras hablábamos, dejé vagar la vista hacia la entrada del restaurante. En ese momento entraba un hombre extraño que no encajaba con el lugar. Se parecía a la mayoría de la población: era delgado, de estatura media y con cabello oscuro. Pero era el periódico doblado bajo su brazo izquierdo y la forma en que vestía lo que le hacía destacar. Parecía no estar mirándonos, pero presentí que era un ardid y se estaba acercando a nosotros. Todo mi entrenamiento me decía que, en caso de duda, hay que actuar. Tal vez se demostrara después que estaba equivocado, pero es mejor cometer un error y seguir con vida. Uno siempre se puede disculpar más tarde. Reaccioné por reflejo. Me levanté, aparté a Livy de un empujón para alejarla de la mesa y arrojé un pesado cenicero de vidrio, tan fuerte como pude, al desconocido que se acercaba. Este sacó la pistola que llevaba oculta en el periódico doblado. Levantó el arma y me disparó. El cenicero le acertó en el hombro, impidiéndole apuntar bien. Fue suficiente para que fallara y no me diera. Sentí cómo su bala silbaba muy cerca de mi cabeza. Falló por un centímetro. No me detuve a pensar. Usé el mismo impulso para agarrar un cuchillo de carne y arrojárselo. Saltó para esquivarlo. Para entonces ya me había abalanzado sobre él y estaba demasiado cerca para que me disparara de nuevo. Físicamente, no era rival para mí. Lo desarmaré y lo inmovilicé en el piso en un segundo. Todo el restaurante había estallado en una gran conmoción de gritos, mesas volcadas y clientes aterrorizados. Fernando se había hecho con el arma que había dejado caer nuestro agresor y estaba llamando a la policía.

Estaba preocupado por mi esposa, a la que había empujado bruscamente de la mesa para apartarla del peligro.

—¿Cómo está Livy, Fernando? —pregunté, sujetando todavía a nuestro atacante.

—Estoy bien, Alan —respondió mi esposa, levantándose del piso.

—Fernando, ¿podrías traerme algo para atar a este pedazo de mierda?

—Aquí tiene, señor. —Un caballero se había materializado con un trozo de cuerda y, con la ayuda de Fernando, até las piernas y los brazos del tipo a su espalda. Lo dejé tumbado en el piso y nos sentamos a esperar tranquilamente a que llegaran las autoridades.

No tuvimos que esperar mucho. En poco tiempo teníamos dos patrullas de la Policía Militar, y también llegaron Antonio Carvalho y Felipe, de la Policía Federal. Fernando también les había avisado a ellos.

—Bueno, bueno, ¿qué tenemos aquí? Si es nuestro viejo amigo Tonico. Es un conocido sicario y un convicto fugitivo. Gracias por atraparlo por nosotros, señor Leary. ¿Le importaría contarme lo que sucedió? —preguntó Carvalho.

Traté de resumir lo que habíamos hecho desde que salimos de su oficina, así como la repentina aparición del asesino a sueldo en medio de nuestra cena. Le dije que lo había reducido, evitando que el hombre nos disparara.

—Estoy impresionado, señor Leary. Tiene usted cualidades que no son evidentes a simple vista. Esa escoria de Tonico se ha convertido en un asesino a sueldo muy solicitado. Se sabe que nunca falla en su objetivo o en sus encargos. Hablando con franqueza, y esto no es ningún desprecio hacia sus habilidades, me sorprende que lo haya reducido. Tengo curiosidad. ¿Recibió alguna advertencia? ¿Cómo pudo adivinar con suficiente antelación que le iba a disparar?

—Francamente, inspector Carvalho, tuve una corazonada. Llámelo intuición profesional.

—Asombroso. —Carvalho se volvió hacia uno de los policías y señaló al tirador—. Llévese esta basura y enciérrelo en los calabozos de la Policía Federal, por favor. Quiero interrogarlo. Debe cantarnos el nombre de quien lo contrató.

Dos policías se llevaron esposado a Tonico.

Carvalho se giró hacia mí.

—Este atentado contra su vida me preocupa. Ya se lo dije, estamos tratando con criminales muy peligrosos. Debe haber hecho algo que los puso muy nerviosos y se sintieron amenazados. Tenga cuidado, señor Leary. Esta gente no se detendrá. Lo intentarán de nuevo.

—Estaré preparado si lo hacen.

—Sé que es bueno, señor Leary. No tengo ninguna duda sobre su capacidad para defenderse. El problema es que nadie puede ganar siempre, y en este juego solo se necesita un fracaso.

—De ahora en adelante tendré más cuidado. Además, espero que obtenga la orden de registro y encuentre las respuestas que necesito. Cuanto antes suceda, antes podré irme de Manaos.

—Lo intentaremos. ¿Cómo se encuentra? ¿Quiere que los llevemos a su esposa y a usted al hotel? Puedo enviar a alguien para que recoja el automóvil si lo desea.

—Estamos bien, de verdad –respondí por los demás y por mí mismo–. Nadie resultó herido y, si no le importa, nos gustaría terminar de cenar. — El área alrededor de nuestra mesa había quedado destrozada por el ataque, con mesas volcadas y fragmentos de vidrio y platos rotos esparcidos por el piso.

Carvalho se rio.

—Ese es el espíritu, señor Leary. De todos modos, venga a nuestra oficina mañana por la mañana. Debo tomarle declaración oficial de lo sucedido aquí esta noche.

—Allí estaré, inspector.

—En ese caso, que tenga buenas noches. Espero que disfrute del resto de su cena.

Poco a poco, el ambiente del restaurante fue regresando a la normalidad. Levantaron las mesas, los camareros volvieron a colocar los cubiertos y los platos, y alguien barrió los escombros. Todavía era temprano y estaba empezando a sentir el final de la subida de adrenalina. Necesitaba un trago urgentemente. Durante la pelea me había olvidado de Livy, demasiado ocupado como estaba en dominar a nuestro asaltante y salvar nuestras vidas. Para quitarla de en medio, la había empujado con demasiada brusquedad al piso. Ya se había levantado y estaba sentada en una de las sillas que habían quedado en pie. Advertí que Livy era presa de un ataque de temblores y me acerqué para abrazarla. Me quité la chaqueta y se la puse sobre los hombros.

—Tranquila, cariño, ya se acabó. Puedes relajarte, ahora estás a salvo.

»Fernando, por favor, tráeme algo con mucha azúcar. Pídele al camarero que traiga un jugo de naranja y que le ponga azúcar. Creo que Livy está en estado de shock.

El camarero nos trajo el jugo y se lo hice beber a Livy. Lentamente, los temblores comenzaron a disminuir y finalmente se detuvieron.

—¿Estás herida, Livy? Lamento muchísimo haber tenido que apartarte con tanta fuerza.

—Estoy bien, Alan, y no, no estoy herida. Es solo mi orgullo.

—Vaya, ¿y cómo te lastimaste el orgullo, nena?

—Cuando me caí, se me subió la falda. Debo haber ofrecido un gran espectáculo a los hombres de la mesa de al lado, que además debieron pensar que teníamos una pelea violenta entre esposos, por cierto.

—Pobre pequeña. ¿Quieres que vaya allí y les patee el trasero a ellos también? —bromeé.

—Por supuesto que no. ¿Cómo lo supiste, Alan? ¿Cómo pudiste adivinar que ese hombre horrible iba a matarte? Yo también lo vi. Tenía un aspecto peculiar, pero mucha gente lo tiene. Ni siquiera nos estaba mirando.

—Livy, me enseñaron a actuar instintivamente en condiciones de batalla. Si ves algo sospechoso que crees que puede estar mal, no te detienes para confirmarlo. Dispara primero, confirma después. Es una actitud cínica, lo reconozco, pero salva vidas. Toma por ejemplo el caso que nos ocupa. Si hubiera sido una persona inocente buscando un lugar para sentarse y cenar, me habría sentido terriblemente avergonzado de lanzarle un cenicero. Me habría visto obligado a pedirle disculpas, pero estaría vivo. Pero, si hubiera dudado al tratar de identificar sus intenciones, estaría muerto y bien muerto.

—Entiendo lo que dices. Te das cuenta de que me enfrento a otro lado tuyo. Antes solo conocía al amante esposo, el padre amoroso, el amable y gentil Alan. Ahora, tengo frente a mí al luchador, al guerrero. Sabía que fuiste soldado. Aun así, es un poco inquietante verte bajo una luz tan diferente.

—Espero que no me ames menos por ello, Livy.

—Eso es absolutamente imposible. Nadie te ama como yo, Alan. De hecho, estoy orgullosa de ti y me siento bastante protegida.

—Mmm, ¿los tortolitos desean que me vaya para tener más intimidad?

Estábamos absortos el uno en el otro y habíamos olvidado por completo al pobre Fernando.

—Por supuesto que no, Fernando. Por favor, concédenos el placer de tu compañía por el resto de la velada. Déjame ver si tienen *bourbon* en este lugar. ¿Quieres una *caipirinha*, Livy?

—No, creo que esta vez probaré tu *bourbon*.

—Buena chica. Todavía acabaré convirtiéndote en una verdadera neoyorquina. Bueno, dejemos atrás la emoción de los acontecimientos y tratemos de disfrutar el resto de la noche. Mañana continúa la investigación y debemos visitar al inspector Carvalho por la mañana.

CAPÍTULO 16

Una aventura nocturna

A la mañana siguiente, como me lo había solicitado, me presenté en la oficina del inspector Carvalho de la Policía Federal.

—¿Le importaría repetirme la historia de anoche, señor Leary? Tengo curiosidad por saber cómo, estando desarmado, pudo escapar con vida de uno de los asesinos más despiadados de este territorio. Además de eso, lo desarmó y lo redujo. Estoy impresionado.

—No hay nada más que añadir a lo que ya le he relatado, inspector. — Traté de recapitular los acontecimientos de la noche anterior.

—Me alegra que usted y su esposa escaparan ilesos anoche, señor Leary. Como tuvo la desafortunada oportunidad de vivir en sus propias carnes, estos tipos, cuando se ven amenazados, no se detienen ante nada para defenderse. Matar no significa nada para ellos. Por cierto, ¿cómo está su esposa? ¿Se ha recuperado?

—Está mucho mejor, gracias. Olivia se quedó en el hotel. Estaba pensando en hacer un recorrido esta tarde para ir a visitar el encuentro de las aguas del Amazonas con el río Negro.

—Ah, bien. Le encantará. Es todo un espectáculo. Las aguas son de colores muy distintos y permanecen sin mezclar durante varios kilómetros. Volviendo a nuestra historia, creo que lo hizo usted increíblemente bien. Por cierto, el hombre tiene un feo hematoma en el hombro. Debió tirar el cenicero con mucha fuerza.

—Sí, por suerte ninguno de mis compañeros de béisbol bebedores de cerveza estaba cerca para verlo. Me habría convertido en el blanco de sus interminables bromas.

–Me parece que no le entiendo, señor Leary.

–¿Conoce el juego del béisbol, inspector?

–Claro, lo he visto jugar. No conozco las reglas, pero sí, estoy familiarizado con el juego.

–Apunté a su cabeza, pero fallé. En medio de la conmoción, no pude lanzar bien.

–Si le hubiera golpeado en la cabeza, podría haberlo matado.

—Posiblemente.

—Mmm, mejor que no lo hiciera. Habría acarreado complicaciones adicionales.

–¿Le dijo quién lo contrató, inspector?

–Sí. Al principio se mostró un poco reacio, pero su cenicero le produjo varios hematomas y no se sentía demasiado bien. ¿Me sigue?

–Completamente. Estos ceniceros son muy traicioneros. A veces se fragmentan en el aire, golpeando el cuerpo en varias partes, al igual que múltiples ojivas –bromeé.

–Algo así. Capta las cosas con rapidez. En cualquier caso, lo contrató un tipo de Belem que actúa como una especie de agente consignatario. Ya les he pedido a nuestros compañeros de esa ciudad que lo visiten y le aprieten las tuercas para descubrir quién está detrás del ataque. Lo que encuentro curioso es el por qué. ¿Se puso usted en contacto con AR Comércio, Alan?

–Sí –confesé–. Tenía que hacer algo, inspector. Esos tipos tenían que saber que sospechamos que estaban involucrados en el envío de las piezas de oro. Funcionó. Les preocupó hasta el punto de atentar contra mi vida. Ojalá sigan cometiendo errores, lo cual puede jugar a nuestro favor.

—Lamento decir que esto me preocupa, Alan. Recuerdo claramente que le dije que se mantuviera alejado de esos tipos. Su contacto con ellos podría dar al traste con nuestra investigación y no puedo tolerarlo. Debo decirle una vez más que se abstenga de hacer nada sin nuestro conocimiento y aprobación. De lo contrario, tendré que tomar medidas más severas, y eso no me gustaría.

–Entendido, inspector. A partir de ahora me comportaré.

–Espero que así sea.

–¿Tiene noticias sobre la orden de registro de AR Comércio, inspector?

–Me temo que todavía no. El tribunal sigue analizando mi solicitud.

—¿Cuándo espera tenerla?

—Con suerte, en uno o dos días más, pero no puedo garantizárselo.

—De acuerdo. En ese caso, si no tiene más preguntas, me gustaría irme.

—Desde luego, señor Leary. Por favor, manténgase en contacto. En el instante en que se conceda la orden de registro, se lo comunicaré.

Dejé al inspector Carvalho y fui buscar a Fernando. Había ido a ver a Felipe para conocer a otros policías de la ciudad. Había decidido no participar en mi conversación con Carvalho porque prefirió familiarizarse más con la Policía Federal de Manaos. Lo encontré en la oficina de Felipe.

—Terminé mi reunión y tengo que irme. ¿Te gustaría venirte conmigo o prefieres quedarte más tiempo?

—Iré contigo, Alan.

Nos excusamos y dejamos a Felipe.

Ya de regreso en el auto, le expuse a Fernando mi preocupación por el progreso de la investigación de la Policía Federal, que en ese momento parecía depender de obtener una esquiva orden de registro. Hasta donde yo sabía, podían transcurrir semanas antes de que un juez de un tribunal local, con mejores cosas que hacer, se tomara la molestia de examinar las razones para solicitar la orden y tomara alguna medida. No podía esperar tanto. Pensé en tomar el asunto en mis propias manos, a pesar de las advertencias del inspector Caravalho. Empecé a diseñar un plan para entrar sin autorización a las instalaciones de AR Comércio y buscar pruebas. Fernando se opuso rotundamente a mi idea.

—Por favor, no lo hagas, Alan. Es muy arriesgado, además de ser totalmente ilegal. ¿Sabes que te pueden matar si te atrapan? Según la ley brasileña, ni siquiera irían a la cárcel por matarte. Tú serías el intruso y ellos se estarían defendiendo.

Vaya, hombre. Esto significaba que, si actuaba prestando atención al riesgo y a todos los detalles de la ley, tal vez la investigación no llegara nunca a su fin. Entendía que la policía impusiera sus límites. Era su trabajo. Fernando, sin embargo, estaba de mi lado. Él debía entenderlo. Pero no conocía mi impaciencia. Después de todo, él también había sido policía. No podía obviar su capacitación.

—No me importa. De todos modos, tengo que hacerlo, a menos que me haga a la idea de pasar varias semanas en esta ciudad, lo que sería imposible para mí, para mi esposa y para la investigación. No te estoy pidiendo que me ayudes, Fernando. No deseo implicarte en esto si algo sale mal.

—Mierda, Alan. Solo te estoy dando un consejo, pero si tienes que hacerlo, por supuesto que te ayudaré. Estamos juntos en esto.

—Bien. En ese caso, tengo que conseguir un par de cosas. Debo encontrar una ferretería para comprar algunas herramientas y una tienda de informática. Necesito un disco duro para copias de seguridad. Vamos a buscar esos artículos.

El resto del día pasó rápido. Usé mis herramientas recién adquiridas para fabricar algunos objetos que necesitaría más adelante. Tuve que cortar, doblar y limar, y usé la habitación de Fernando para hacerlo, lejos de la atención de Livy. A primera hora de la tarde, todo estaba listo para mi inminente aventura. Regresé a mi habitación para descansar y después invitar a mi esposa a cenar. Sabía que tendría problemas para convencerla de que me dejara salir por la noche sin llevarla conmigo. Temía que llegara el momento de decírselo.

—¿Por qué no puedo ir contigo?

—Porque será demasiado peligroso. Tendría que preocuparme por ti todo el tiempo y eso nos pondría a los dos en peligro. Seguro que no quieres eso.

—No estarás pensando en ir a un club de *striptease* o a un bar de prostitutas como ese asqueroso tugurio al que fuiste justo después de que nos conocimos, ¿verdad?

Mi esposa recordaba el bar de chicas al que había ido en Brasil porque estaba situado cerca de la escena de un asesinato. Acababa de conocer a Livy, pero ella no quería que fuera y se enfadó mucho porque fui allí.

—No, claro que no, y lo si recuerdas, eso fue por trabajo. No fui por diversión. No voy a esa clase de lugares, Livy. ¿No confías en mí?

—Oh, confío en ti, por supuesto. En quien no confío es en los demás.

—¿Quiénes son los demás, cariño?

—Las otras chicas. Eres demasiado deseable.

—¡Ah, Livy! Esto es absurdo. Sabes que te amo y no tengo ojos para ninguna otra mujer.

—Eso bien puede ser cierto, pero si detecto el más leve olor a un perfume diferente cuando regreses, te habrás metido en un buen problema, un problema muy grande. Preferirás enfrentarte a un jaguar amazónico hambriento antes que vértelas conmigo.

–Ven aquí, Livy. No tengas celos. No hay ninguna razón para ello. Es solo trabajo, y no voy a ir a ningún tugurio de mala muerte, como dices tú. En realidad, no te llevo conmigo porque sería peligroso para ti.

–Bien, ten mucho cuidado y vuelve pronto. No dormiré hasta que regreses.

—Tenemos tiempo para cenar antes de que me vaya. Bajemos y cenemos con Fernando.

Nos lo tomamos con calma durante la cena. No quería llegar demasiado temprano al edificio de AR Comércio, prefería esperar a que su rutina nocturna hubiera empezado. Había que permitir que el personal de seguridad se adaptara a sus tareas habituales antes de intentar entrar en secreto. Le dije a Fernando que condujera despacio y estacionara el vehículo lejos de la puerta de entrada, oculto entre los árboles. Lo dejamos allí y caminamos hasta llegar a la valla que rodeaba el edificio. Me separé de Fernando con mi bolsa de herramientas y examiné el lugar, caminando sigilosamente alrededor de la verja. Afortunadamente, no había perros. Vi una entrada lateral, que parecía fácil de franquear. Había dos guardias que se turnaban para dar la vuelta al edificio. Lamentablemente, no había un patrón definido en sus movimientos que yo pudiera discernir. De vez en cuando, uno de los guardias dejaba la garita de entrada y realizaba un paseo de inspección. Sin embargo, advertí que el recorrido nunca duraba más de quince minutos. Regresé al lugar donde estaba Fernando.

–Encontré una forma de entrar al edificio. Está al otro lado. Vamos para allá.

Se levantó y me siguió, llevando las herramientas a un lugar frente a la puerta que había visto.

–Así es como lo vamos a hacer. Primero, sincronicemos nuestros relojes y pongamos los teléfonos en modo vibración. Acércate a la fachada principal y escóndete donde puedas ver la puerta de entrada y el camino de acceso. Llámame una vez cada treinta minutos, y cada vez que veas al guardia salir por la puerta para recorrer el perímetro. Cuando llames, descolgaré el teléfono, pero no digas nada a menos que sea el guardia que está pasando. En ese caso, di solo una palabra: guardia. Esto me ayudará a controlar el tiempo y la posición del guardia. Y, por supuesto, llámame también si ves algo inusual o inesperado.

–Entendido, Alan. Déjamelo a mí.

Fernando fue a hacer guardia en la fachada principal. Le di unos minutos para que llegara a su posición, y entonces abrí la bolsa para sacar un cortador de alambre grande. Con cuidado, corté una abertura en forma de L en la malla de alambre. A continuación, me puse guantes y una capucha que había hecho con una de las medias de nailon de mi esposa. No tenía tiempo para estar pendiente de las cámaras de seguridad y no quería que me identificaran. Me escurrí a través de la valla, tirando de la bolsa detrás de mí. Doblé hacia atrás la solapa de malla de alambre, tratando de disimular el agujero de la cerca lo mejor que pude. No era un trabajo perfecto, pero pasaría desapercibido en el caso de una inspección no demasiado minuciosa. No había luna, lo cual iba a mi favor. Crucé el espacio que había entre la valla y la puerta lateral, corriendo medio agachado.

La puerta estaba cerrada con un simple candado. Usé el cortador de alambre para abrirlo y entré con sigilo, encendiendo una linterna que había traído y teniendo cuidado de apuntar hacia abajo, para que la luz no se pudiera detectar desde el exterior. Estaba en el interior de un almacén de techo alto, lleno de cajas, bolsas y mercancías diversas. Eso no era lo que buscaba. De todos modos, decidí echar un vistazo, pero no encontré nada de interés. Estaba a punto de dar la vuelta e ir a la oficina cuando vi una caja con las letras pintadas en un lateral: *Castanhas do Pará* (nueces de Brasil). Eso merecía una inspección más detallada. Usé una palanca que encontré cerca para abrir la tapa superior de la caja. Estaba vacía, pero había algo peculiar que no pude identificar. Entonces lo comprendí. El interior de la caja era demasiado poco profundo. Le di la vuelta y volví a utilizar la palanca para abrir la parte inferior. Había un espacio oculto bajo un falso fondo. Esto era importante, así que usé mi teléfono celular para tomar algunas fotos, sabiendo que a Carvalho le encantaría verlo. No sabía cómo iba a darle toda esta información sin poner en peligro mi posición. Había forzado la entrada, un delito según la ley brasileña. Tendría que pensar en algo, tal vez un mensaje anónimo.

En la parte delantera, a la izquierda del almacén, una puerta conectaba con la oficina, que a su vez daba al acceso principal de las instalaciones. La puerta tenía una cerradura tipo Yale. Había construido herramientas improvisadas para abrir cerraduras usando los alicates para doblar varios pedazos de un alambre grueso y limando sus extremos. Los usé para abrir la cerradura. El teléfono vibró una vez. Ni una palabra. Habían pasado treinta minutos. Fui directamente a la oficina de Rocha y encontré su puerta cerrada con otra cerradura de Yale.

El teléfono vibró de nuevo. Escuché una palabra: guardia. Entré a la oficina, me dirigí directamente al escritorio de Rocha y encendí su computadora. Me pidió una contraseña, pero ya me lo esperaba. Conecté mi pendrive en uno de los puertos USB y el disco duro externo en el otro. Apagué la computadora y la encendí nuevamente, iniciándola primero en modo seguro. Entonces, reinicié desde el pendrive usando el software desarrollado por Judith, nuestra experta en computadoras. Comencé a hacer una copia de seguridad del disco duro de Rocha. Sus datos estaban encriptados, pero esperaba que Judith pudiera descifrar el código. El teléfono vibró por tercera vez: había pasado una hora. La operación de copia tomaría treinta minutos o más, dependiendo de la cantidad de datos y la velocidad del procesador de la computadora. Mientras tanto, decidí echar un vistazo a los archivos de Rocha. No esperaba encontrar información importante. Eran demasiado listos para dejar algo por escrito. Aun así, como tenía que esperar a que el disco duro terminara de copiarse, decidí investigar.

El teléfono sonó por cuarta vez: guardia.

Tal y como esperaba, no encontré mucho en los archivos de Rocha. Examiné los documentos que había en las carpetas, pero todos daban la impresión de ser material comercial inofensivo. Advertí que algunas carpetas tenían pestañas de identificación con nombres propios inusuales como Efruz, Burak, Kartal, Rizzo... No sabía su significado. Sonaban como nombres turcos e italianos, probablemente clientes de AR Comércio. No tenían un significado que se pudiera deducir de inmediato, pero decidí anotar los nombres que había encontrado.

El teléfono vibró una vez más.

—Alan, tienes que salir de ahí. Ha llegado alguien y está entrando en el edificio. Te descubrirán.

Colgué y me volví hacia la computadora. Todavía quedaban dos minutos para terminar la copia de seguridad. Tenía que esperar. Felipe volvió a llamarme.

—Alan, ¿pero qué te pasa, hombre? Lárgate de ahí. Ya han cruzado la valla y están estacionando el auto. Estarán dentro en un minuto.

Miré la pantalla de la computadora. El proceso estaba terminando. Esperé hasta que finalizó, tiré de mi pendrive y desconecté el disco duro. No me molesté en apagar la computadora, simplemente tiré del cable de alimentación para desenchufarlo de la pared y corrí hacia la puerta que había usado para entrar en el edificio. Oí que se abría la puerta de la oficina principal. Cuando salí del edificio, uno de los guardias pasaba por su recorrido habitual. No me había visto todavía, pero lo haría en unos segundos y yo estaría acorralado entre él y el grupo que entraba por la puerta principal. Me quité la capucha y los guantes, y lo guardé todo en un bolsillo.

–Eh, tú, ¿qué crees que estás haciendo? Ven aquí inmediatamente –le ordené, hablando en voz alta con el tono de autoridad más convincente que pude articular. El guardia dejó de caminar, perplejo por la repentina aparición de una persona que le daba órdenes. Vaciló, sin saber muy bien qué hacer. Caminé rápidamente hacia él, y antes de que recobrara el sentido común y reaccionara, le lancé un puñetazo. Cayó medio inconsciente y le quité la pistola de la funda.

–Quédate en el piso. No grites, o te dispararé –dije, y corrí hacia la abertura de la cerca. Escuché un grito detrás de mí, pero no me volví para mirar. Atravesé la cerca y comencé a correr. Saqué el teléfono y llamé a Fernando.

–¡Corre hacia el auto! Tenemos que irnos a toda prisa. Hay gente persiguiéndonos.

Había dejado caer las herramientas, pero el disco duro y el pendrive estaban a salvo conmigo. Llegué a nuestro auto casi a la vez que Fernando.

–Dame las llaves, por favor. Yo conduciré, Fernando.

Encendí el motor y pisé a fondo, mirando por el espejo retrovisor para comprobar si nos seguían. No vi los faros de ningún vehículo que nos persiguiera y, después de un rato, comencé a respirar más tranquilo. No nos persiguieron y pudimos regresar a nuestro hotel sin más incidentes.

CAPÍTULO 17

ADIÓS A MANAOS

La acción de esta noche casi había fracasado, pero no tenía demasiada fe en obtener resultados de la orden de registro de la Policía Federal. Contaba con la información que Judith extraería de los datos copiados en el disco duro cuando regresara a nuestra oficina de Nueva York. Al salir del auto para entrar al hotel, Fernando me detuvo.

–¿Vas a entrar con ese revólver a la espalda, Alan?

Maldita sea, me había olvidado por completo. Debería haberlo tirado por el camino de regreso.

–Me olvidé de tirarlo. Lo dejaré en la guantera y me desharé de él mañana.

Giré la llave de la puerta de mi habitación del hotel y entré lo más silenciosamente que pude para no molestar a Livy, pero no estaba dormida. Estaba en la cama, todavía despierta.

–Alan, ¿eres tú?

–Sí, cariño, he vuelto.

Fui a sentarme en su lado de la cama.

–¿Qué te parece volver a casa mañana, cariño?

Ahora Livy estaba completamente despierta.

–¿De verdad, Alan? Sería maravilloso volver a ver a Larissa.

–Puedes empezar a preparar las maletas mañana por la mañana. Veré qué vuelos hay. —Livy estaba sentada en la cama y la rodeé con mis brazos—. Huele —le dije—, sin perfume.

—Es cierto, no hay perfume, pero hueles a sudor. Ve a darte una ducha, por favor.

–Sí, señora. No te muevas. Vuelvo enseguida.

Fue la ducha más rápida de mi vida.

–¿Cómo huelo ahora, señora? ¿Más a su gusto?

–Mmm... Sí, hueles muy, muy bien –murmuró Livy con la nariz hundida en mi cuello–. Y te extrañé mucho. Lamento haber sido desagradable y haberte hecho pasar un mal rato esta noche.

–Bueno, se me ocurre una forma en la que podrías redimirte.

–¿Qué tendría que hacer?

–Permíteme que te lo muestre.

—Alan, me haces cosquillas.

La mañana siguiente nos sorprendió en medio de una oleada de acción emocionada. Nos íbamos a casa. Después del desayuno, Olivia estaba ocupada preparando las maletas y yo no me despegaba del teléfono, buscando los vuelos, llamando a mi oficina y a mi hermana Jessica. Quería que le pidiera a nuestro hermano que enviara su automóvil a buscarnos al aeropuerto. Jessica se alegró al enterarse de nuestro regreso, pero también estaba un poco triste porque tendría que devolver a su sobrina a sus padres.

–Larissa es una alegría, Alan. Me tiene fascinada. Creo que te la voy a robar.

–Bueno, hermanita, eso lo tendrás que negociar con su madre. Sin embargo, no te recomiendo que lo intentes siquiera. Livy puede ser una leona cuando se trata de su hija.

–¿Qué? ¿Qué le pasa a Larissa? –quiso saber Livy al oír mencionar del nombre de nuestra hija.

–Relájate, Livy. Larissa está bien. Estaba bromeando con Jessica, eso es todo.

–Déjame hablar con ella. —Extendió la mano para tomar el teléfono—. Jessica, hola. ¿Dónde está Larissa? ¿Está bien? ¿Come bien? ¿Cómo se siente? Por favor, déjame hablar con ella.

Madres...

Satisfecha al saber que nuestra hija estaba bien, y después de intercambiar un par de palabras tontas con Larissa, mi esposa me devolvió el teléfono y continuó con el equipaje. Lo curioso es que no recordaba que hubiera traído tanto equipaje cuando salimos de Nueva York.

–Qué raro.

–¿Qué es extraño, Livy?

—No encuentro una de mis medias. Solo veo un par. Falta el otro.

–Quizás solo metiste un par cuando nos fuimos de casa.

–No, las usé en el Colca. Hacía frío y me las puse. No puedo creer que una criada de hotel se haya llevado solo un par. Si alguien los quisiera, se habría llevado los dos. No tiene sentido. Qué molestia. Tendré que volver a comprobarlo entre las cosas que ya he empacado. Quizás el par desaparecido me pasó desapercibido entre otras prendas.

–No te molestes, Livy. Olvídalo. Compraremos medias nuevas cuando lleguemos a casa.

Mi esposa todavía sacudía la cabeza, desconcertada por el misterio de las medias que desaparecían. ¿Debería decirle lo que había hecho? Mejor no; no creía que se lo tomara a la ligera y tendría que dar demasiadas explicaciones. Si Livy se enteraba de mis hazañas de la noche anterior, habría tenido que soportar una larga charla sobre lo imprudente que había sido y me habría recordado que tenía una hija y una familia a la que cuidar. No, definitivamente no. Finalmente pude asegurarme dos plazas en *business* en un vuelo nocturno. Tendríamos que hacer trasbordo en Miami, lo cual no era muy cómodo, pero sí mejor que quedarnos un día más en Manaos. Además, estaba ansioso por dejar el disco duro en las manos expertas de Judith.

–Livy, tengo que ir a reunirme con Fernando. Después debo ir a despedirme de los inspectores Carvalho y Felipe, y agradecerles su ayuda. Además, tengo que devolver el auto de alquiler. Pediré una limusina en el hotel para nos lleve al aeropuerto. Debería estar de vuelta sobre las dos.

–Te esperaré, cariño. Estaré ocupada con las maletas y es posible que salga a por algunas cosas que he olvidado comprar.

Puse los ojos en blanco. ¿Comprar más cosas, de verdad?

Me encontré con Fernando en el vestíbulo y salimos del hotel para ir a la Policía Federal. Le hablé de nuestros planes de partida inminentes y discutimos su desvinculación del trabajo. Todavía necesitaba su ayuda para mantener una conexión con la Policía Federal de Manaos y para advertirme de cualquier desarrollo de los acontecimientos relacionados con nuestro caso. Carvalho había prometido ponerse en contacto en cuanto tuviera noticias, pero me parecía que la relación profesional entre antiguos compañeros facilitaría a Fernando el seguimiento de la investigación. Le sugerí que se quedara uno o dos días más en Manaos antes de regresar a Río, si era posible, hasta que concedieran la orden de registro y la policía tuviera los resultados de la búsqueda. Dejaría instrucciones en nuestro hotel para cargar sus gastos a mi tarjeta de crédito. Le ofrecí dejarle algo de efectivo para cubrir sus necesidades durante los días adicionales, pero se negó, alegando que se lo cobraría a nuestra oficina después de regresar a Río.

Nuestra reunión en la Policía Federal fue breve. Aparte de los comentarios amables de rigor («Por favor, contáctenos si va alguna vez a Nueva York», «Quedamos a su disposición y estaremos encantados de poder atenderlos»), solo era cuestión de darles las gracias y despedirnos. Ya me había ocupado de todas mis obligaciones. Tenía muchas ganas de disfrutar de un momento de paz con Livy antes de las incomodidades del aeropuerto y del viaje.

Detuve el auto en un semáforo. Estaba charlando ociosamente con Fernando, recordando los acontecimientos de este caso y del anterior en el que habíamos trabajado juntos. Casualmente, miré por la ventanilla a mi izquierda. Una motocicleta con dos pasajeros circulaba a nuestro lado. El hombre que iba sentado atrás estaba sacando un objeto largo de debajo de su abrigo. Mi reacción fue instintiva. Pisé el acelerador con fuerza y cruzamos disparados el semáforo en rojo. Los automóviles chirriaron intentando evitar una colisión. Las bocinas sonaron, seguidas de maldiciones de conductores airados. No me importó. El motociclista nos alcanzó y nos disparó. Sentí el impacto de las balas en la carrocería del auto: pum, pum, pum. Las balas se estrellaron contra el parabrisas trasero y el vidrio se hizo añicos. Curiosamente, los disparos no venían acompañados de un ruido muy fuerte. Era más como una tos violenta y muy rápida. Debían estar usando una pistola automática con silenciador.

Nos habíamos alejado un poco de la motocicleta, que al parecer tuvo problemas para sortear el semáforo. Pero seguían detrás de nosotros y no me hacía ilusiones. Sería imposible quitarnos de encima una motocicleta con el automóvil pequeño y de poca potencia que conducía, especialmente en terreno urbano. Entonces recordé el arma del que había olvidado deshacerme.

—Fernando, Saca el arma de la guantera y dispara.

Fernando se asomó por la ventanilla y disparó dos veces contra nuestros asaltantes. Esto no los disuadió, pero los retrasó un poco, lo que nos permitió ganar unos segundos preciosos. Me escabullí entre el tráfico de una calle perpendicular, con la esperanza de perder de vista la motocicleta, conduciendo en zigzag para evitar colisiones frontales. Fue un error. Por el espejo retrovisor vi que la motocicleta venía por la acera para alcanzarnos. Nos dispararon de nuevo. Sentí que una bala pasaba silbando junto a mi cabeza. No pasaría mucho tiempo antes de que nos alcanzaran a Fernando y a mí, y probablemente caeríamos asesinados por una de esas balas. Fernando siguió disparando, pero estaba claro que íbamos peor armados. Además, la pistola pronto se quedaría sin balas. Si queríamos escapar, tenía que hacer algo desesperado. Di una sacudida escandinava para girar en una calle lateral sin perder demasiada de nuestra reducida ventaja respecto a la motocicleta. Inmediatamente después de girar en la esquina, realicé una maniobra de giro con freno manual, que hizo que el auto girara en la dirección opuesta a su trayectoria original. Cuando la moto apareció por la esquina, yo ya iba en su dirección. Pisé el acelerador para embestirlos.

Mi maniobra inesperada sorprendió al conductor de la moto. Giró a gran velocidad para esquivarme, virando prácticamente sin desplazarse. El giro repentino sorprendió al matón que iba sentado en la parte trasera de la motocicleta. Perdió el equilibrio y cayó de la moto. Era demasiado tarde para detenerme. Lo atropellé. Sentí el terrible bache al pasar por encima del cuerpo. El motociclista no se detuvo y dejó de perseguirnos para huir. Conduje unos metros más. Por el espejo retrovisor vi el cuerpo destrozado y ensangrentado del hombre al que acababa de atropellar. Se había terminado. Bajé la cabeza y me quedé quieto unos segundos para controlar los nervios. Esta vez habíamos escapado por los pelos.

Oí que se acercaban las sirenas de los vehículos de la policía y salí del auto. Fernando estaba limpiando el arma que había usado. Se acercó al tirador caído y le metió la pistola en el cinturón, una forma inteligente de deshacerse de ella. Con suerte, el arma podría estar registrada como propiedad de AR Comércio. No lo había pensado. Me acerqué a echar un vistazo. El arma utilizada por el matón estaba a unos metros de él. Era una pistola automática AR calibre 45 con silenciador, no muy precisa pero mortal a corta distancia.

—Dame las llaves, Alan.

–¿Por qué, Fernando? ¿Para qué las necesitas?

–Mira, si preguntan, yo era el que conducía y atropellé a ese hombre.

–No puedo dejar que cargues con la culpa. No sería justo.

–Alan, si te identifican como la persona responsable, te obligarán a permanecer en Manaos durante semanas hasta que se aclaren todas las formalidades. En mi caso será diferente. Soy un policía que mató a un asesino en defensa propia. Es lo que se supone que debemos hacer, matar a los malos. En mi caso, los trámites serán mucho más breves. Además, soy brasileño y no me voy del país, como estás a punto de hacer tú. Créeme, es lo mejor que podemos hacer. No te preocupes. No tendré ningún problema.

Entendí la lógica de la decisión de Fernando y no tenía ningunas ganas de que me retuvieran en esa ciudad.

—Muchas gracias, Fernando. Te debo una.

Había llegado un coche patrulla y los agentes venían en nuestra dirección con las armas en la mano.

–Cálmense, agentes. Policía Federal –dijo Fernando, mostrando su placa. Los dos agentes enfundaron sus armas y se acercaron a hablar con nosotros.

–¿Que pasó aquí?

–Dos hombres en una motocicleta intentaron matarnos. Huimos tratando de escapar, pero nos persiguieron. Me las arreglé para sorprenderlos a la vuelta de esta esquina. El conductor de la motocicleta escapó, pero el tirador, que yace muerto ahí, cayó de la moto y lo atropellé accidentalmente.

Teníamos nuestro automóvil en un estado horrible, lleno de agujeros de bala, ventanillas rotas y al menos una llanta pinchada. Iba a ser un infierno explicarlo cuando fuera a devolver el auto. Esperaba que tuvieran seguro para cubrir ese tipo de daños. ¿Me creerían si afirmaba que había sufrido un ataque de feroces termitas del Amazonas? No pensé que se lo fueran a tragar.

–¿Por qué intentaban matarlos? –preguntó uno de los agentes.

–Me temo que no puedo decirle el motivo –respondió Fernando–. Asuntos de la Policía Federal. Llame al inspector Antonio Carvalho de la PF. Aquí tiene su número de teléfono.

–Lo haré, pero deberán venir con nosotros a la comisaría. Este automóvil es una prueba. No se puede mover antes de que lleguen los equipos forenses y lo aclaren. Le pediré a ese Antonio Carvalho que se reúna con nosotros en la comisaría.

Acompañamos a los agentes a la comisaría, donde tuvimos que repetir la historia o, mejor dicho, Fernando tuvo que repetirla. Media hora después, Carvalho se unió a nosotros.

—Señor Leary, parece que tiene una gran habilidad para atraer a personas que intentan matarlo. ¿Cómo escapó de este intento?

—De hecho, Fernando es el responsable de eso. Se las arregló para neutralizar a los asesinos él solo.

Carvalho nos miró a Fernando y a mí.

—¿Por qué será que no me lo creo? Sin ánimo de ofender, Fernando.

—No me ofendo —sonrió Fernando.

—Mmm, me estoy convirtiendo en un gran admirador de sus habilidades, señor Leary. Algún día, tendrá que contarme *cómo no derrotó* a los malos en esta ocasión.

Era mi turno de sonreír.

—Estaré encantado de hacerlo, inspector. Un día de estos.

—Bueno, aclaremos este lío para poder soltarlos. Tiene que tomar un avión esta noche. Me temo que tendrá que hacerse cargo de un poco más de burocracia, Fernando. Intentaré mantenerlo al mínimo posible. Regresemos a mi oficina. Por cierto, tengo buenas noticias. El juez por fin concedió la orden de registro. La recibí solo unos minutos después de que salieran de mi oficina. Hoy haremos una visita a AR Comércio.

—Es una noticia realmente buena, inspector.

Al menos una buena noticia, aunque de valor práctico limitado a estas alturas.

—Informaré a Fernando de todos los resultados que obtengamos del registro. Espero que podamos encontrar algo útil para su caso, señor Leary.

La esperanza es lo último que se pierde. Veamos qué encuentra la policía.

Carvalho no nos retuvo demasiado tiempo en su oficina. Solo tuvimos que aclarar algunas formalidades. Incluso me ayudó con el vehículo. Llamó a la empresa de alquiler para informar del incidente y decirles que tendrían que retener el automóvil como prueba. Nos despedimos de nuevo, después de lo cual pude volver al hotel, donde, como temía, Livy no estaba precisamente contenta con mi tardanza.

—¿Por qué tardaste tanto, Alan? Me muero de hambre. Dijiste a las dos, y ya son más de las cuatro de la tarde.

—Lo siento, nena. Tuve problemas con el auto. Te lo compensaré. Puedes tomar dos *caipirinhas*.

—No me hace gracia, Alan. Vamos a comer. Empaqué todo y estoy lista.

—Fantástico, vamos.

Fernando vino al aeropuerto para despedirse y desearnos un regreso sanos y salvos. Después de un rápido paso por los controles de inmigración, aduanas y seguridad, subimos al avión. Por fin nos íbamos a casa. Apenas podía creerlo. Me acomodé en mi asiento, preparado para descansar durante el vuelo de seis horas que teníamos por delante.

—¡Olivia, esta noche nada de jueguecitos sucios a una milla de altitud, por favor! Necesito descansar de verdad.

—Mmm, está bien. Aguafiestas.

PARTE 2

INTERMEZZO

Mientras hablábamos recorríamos la deslumbrante llanura,
ahora casi desnuda de árboles,
y encontrábamos que el suelo iba tornándose cada vez más blando.
Luego, la arena aumentó
y las piedras se hicieron más escasas hasta que
pudimos distinguir los colores de los diversos estratos:
pórfido, verde esquisto, basalto. Al final,
era arena blanca casi pura, bajo la cual
yacía una capa más endurecida

—*Los siete pilares de la sabiduría*, T. E. Lawrence.

CAPÍTULO 18

LA TRAVESÍA

Los dos primeros días de su larga caminata desde Colca a Cusco transcurrieron sin problemas. El terreno era principalmente llano, con mucho pasto para las llamas y pequeños arroyos para reponer su provisión de agua. Su único recelo era la posibilidad de ser detectado por otros viajeros, ya que se veía todo a gran distancia en ese paisaje sin obstáculos, o por el aire. Este último era su mayor temor. No esperaba una reacción rápida de las autoridades, pero sabía, no obstante, que un vuelo sobre ese terreno lo avistaría fácilmente. Debatió consigo mismo si descansar de día y viajar de noche, pero abandonó la idea. No podía arriesgarse ni siquiera a una pequeña caída o a meterse en una zanja o un hoyo. Una pierna rota o un esguince de tobillo le afectaría gravemente o incluso podría obligarlo a abandonar su viaje. No, tendría que moverse a la luz del día. Afortunadamente, sus temores de ser detectado no se materializaron; no vio a ningún otro viajero y no hubo sobrevuelos. Sus únicos problemas graves en esos dos días fueron la altitud, a la que aún no se había adaptado por completo, y el frío de la noche. Había traído consigo un suministro de hojas de coca verde y algunas tabletas para soportar el mal de altura. Aun así, sentía sus efectos y tuvo que soportarlos durante los primeros días. Para pasar las noches, tenía que construirse con piedras un refugio sin techo y abierto por un lado, para protegerse del viento. Las piedras reflejaban el calor de la pequeña fogata que se había visto obligado a encender. Sin el fuego, habría muerto con toda seguridad. El fuego también alejaba a las indeseables serpientes y a los escorpiones. El frío era difícil de soportar.

Llevaba el atuendo del indio asesinado, que era bastante abrigado, pero no se podía comparar con una buena prenda de plumas.

En la tarde del segundo día llegó a su primer obstáculo terrestre serio, la garganta de Supay. Era un abismo profundo y estrecho en el límite entre la meseta que había cruzado y las estribaciones de las montañas que le cerraban el camino a Cusco con su formidable altura. La garganta se extendía durante kilómetros a lo largo de una línea casi recta frente a las montañas. Necesitaría varios días para rodearla, y era demasiado profunda y sus paredes demasiado escarpadas para superarla sin equipo de escalada. Además, nunca podría bajar por una pared y trepar por la otra tirando de dos llamas. Tenía la intención de dejar libres en esta vertiente a las llamas que no llevaban la carga. Eran animales estúpidos y no regresarían a su lugar de origen. Con la hierba y el agua que tenían a su disposición, probablemente se quedarían por la zona al menos hasta que un puma las atacara.

Sabía que había un paso para cruzar sobre el abismo, un puente de piedra natural que se extendía a ambos lados del precipicio. Una vez, en su época en Sendero Luminoso, lo habían utilizado para evadir la persecución de la Guardia Nacional peruana. Pero solo tenía un vago recuerdo de su ubicación exacta, que creía que estaba más o menos a la mitad de la longitud del abismo. El problema era que no sabía dónde estaba ese punto en relación con su posición. Tenía una brújula y un pequeño GPS para guiarse. Pero en este caso eran inútiles. No tenía ni idea de cuáles eran las coordenadas del puente.

Lanzó una moneda al aire. Si salía cara, caminaría hacia el norte. Si salía cruz, iría al sur. Cara. Se dirigió al norte. Su suerte no lo abandonó. Encontró el puente al cabo de unos kilómetros. Era una forma de cruzar, pero no era un paso fácil para los pusilánimes o los de pie inseguro. El puente no podía tener más de cincuenta centímetros de ancho y su superficie era irregular, con piedras de diferentes formas. Se prolongaba durante unos buenos treinta metros, y a ambos lados no había nada más que una caída al precipicio. Las llamas son bestias de patas seguras, ya que su hábitat natural son los riscos y los senderos de montaña. Ató su llama líder a la que iba detrás y la empujó hacia el puente. Fue tras ellas, agarrándose a la cola del animal que tenía delante. No miró a los lados, sino que mantuvo los ojos fijos en las patas traseras de la llama, observando con atención por dónde pisaban. Después de cruzar, bajó la cabeza y respiró profundamente un par de veces. Sí, era toda una experiencia. Había sido terrible la primera vez que lo había cruzado años atrás, y ahora le había parecido igual de malo o peor. No tenía intención de hacerlo una tercera vez.

Durante los siguientes tres días vagó por las montañas, siguiendo senderos y escalando, y a veces se vio obligado a retroceder cuando progresar se volvía imposible a causa de un pico infranqueable o un desfiladero imposible de cruzar, pero siempre avanzando hacia su destino final. Debió haber recordado añadir protector solar a los artículos que llevaba. La implacable radiación, sin una sola nube bajo un brillante cielo azul y sin el filtro de una atmósfera espesa, estaba teniendo un efecto terrible. Se había cubierto la cara con tela dejando una rendija estrecha para los ojos, y se envolvió las manos con jirones arrancados de su camisa, tratando de protegerse lo más posible. Sin embargo, había desarrollado quemaduras solares graves y dolorosas, que trató de aplacar sin mucho éxito con grasa de cocinar.

No había mucho para que comieran las llamas, y cada vez que encontraba un parche de pasto de altitud que resistía las inclemencias del tiempo en un barranco protegido, tenía que detenerse para permitir que las dos llamas pastaran esa vegetación no demasiado nutritiva. El agua también era escasa y debía compartir lo poco que tenía con los dos animales. No había arroyos ni fuentes, solo nieve que había que calentar para conseguir unas cuantas tazas de agua.

Tres días después de haber cruzado la garganta de Supay y cinco desde que había abandonado el campamento del Colca, emergió de las montañas, y Cusco y los cerros más bajos aparecieron ante su vista. Estaba exhausto, con ampollas en los pies y varios kilos más delgado, pero estaba vivo, y sus llamas también habían sobrevivido con su preciosa carga. Había recorrido más de 400 kilómetros por uno de los terrenos más accidentados de este planeta. Decidió acampar y descansar antes de su caminata final hasta Cusco.

A la mañana siguiente, comenzó su descenso y pronto se unió a una creciente procesión de habitantes locales que llevaban sus mercancías a Cusco para su venta y comercio. Su piel se había vuelto tan oscura por la exposición al sol que solo su altura lo delataba como un extraño a este grupo, lo que trataba de disimular caminando ligeramente encorvado.

Llegó a las afueras de la ciudad a primera hora de la tarde. Tenía que encontrar un lugar para descansar y lavarse. No podía ir a un hotel normal. Nunca lo aceptarían en esas condiciones. Tenía que encontrar un albergue de los que usaban los nativos locales. Siguió a las personas que entraban a la ciudad y pronto dio con un posible alojamiento, una casa con un letrero que decía: «Posada Puno». Cuando llegó, encontró a un niño sentado junto a la puerta.

—*Joven, llama a tus padres. Quiero alojarme en tu albergue.*

El niño entró y al poco rato salió una pareja para hablar con él. Después de algunos regateos que le obligaron a pagar el doble del precio habitual, logró asegurarse una habitación. Dijo que se quedaría durante al menos dos días y, después de llevar su equipaje a la habitación, les preguntó si podían vender sus llamas. Ellos aceptaron encargarse de la venta. Les dio algo más de dinero para que le compraran tres maletas, algo de ropa y artículos de aseo básicos, como una navaja de afeitar y crema, jabón, un peine nuevo y un cepillo de dientes.

La habitación que le dieron era muy pequeña, con una ventana que se abría a un patio interior. El baño estaba afuera, al final de un pasillo. Después de recibir los artículos que había pedido, lo primero que hizo fue ducharse y afeitarse. Luego pidió algo de comer y beber, les dijo que se deshicieran de su ropa vieja y se desplomó en la estrecha cama que había en la habitación. Durmió más de dieciséis horas seguidas, se despertó, comió un poco más y volvió a dormirse. Al día siguiente, tuvo que cambiar los dólares y soles que tenía por reales brasileños. Usó una de sus identificaciones falsas a nombre del ciudadano brasileño Feliciano Silva. Después de su segunda noche en la posada, se sintió lo suficientemente descansado como para continuar el viaje. Alquiló un automóvil económico para toda una semana y se fue de Cusco para siempre. Su siguiente destino sería Porto Velho, a orillas del río Madeira, ya en Brasil.

CAPÍTULO 19

De las montañas a la selva

Antes de salir de Cusco, todavía debía encargarse de algunas cosas: primero, tenía que comprar ropa suficiente para llenar las tres maletas. En segundo lugar, debía conseguir una sierra de mano fina para metal. Por último, necesitaba latas de pintura en aerosol de color gris mate. Estas tareas le consumieron buena parte de la mañana, y ya eran cerca de las once cuando finalmente abandonó la ciudad. Como de costumbre, hacía buen tiempo, pero a esa hora y en esa estación del año no podía contar con demasiado tiempo de luz diurna. Tenía que encontrar un lugar para pasar la noche. Se detuvo en una gasolinera, no porque necesitara combustible para el auto, sino para preguntar por un posible alojamiento. Necesitaba encontrar un lugar para pasar la noche que tuviera estacionamiento cerrado para el automóvil, un espacio oculto a los ojos curiosos donde pudiera trabajar en las piezas de oro. Le indicaron una familia que había tenido un camión y tenía un garaje vacío, con habitaciones en la primera planta. Era perfecto, y después de algunas negociaciones, alquiló el garaje con todas las habitaciones. No quería compartirlo con nadie en el improbable caso de que otro viajero apareciera buscando alojamiento. Condujo su auto al garaje y cerró las puertas. Las habitaciones de arriba eran modestas, pero servirían para pasar la noche. Sin embargo, el espacio para el automóvil era perfecto para sus necesidades. Desenvolvió el báculo de oro y usó la sierra para metal que había comprado en Cusco para cortarlo en tres piezas de aproximadamente la misma longitud. Le disgustaba dañarlo, era un verdadero sacrilegio, pero no había otra manera de ocultarlo con su forma alargada original entre la ropa de las maletas. Después de entregar las piezas a su traficante, tendría que restaurarlo un profesional.

A continuación, utilizó las latas de pintura en aerosol para aplicar una capa gris sobre cada una de las piezas de oro que había traído. Era una pintura de secado rápido y la dejó reposar durante algún tiempo. Después de terminar, contempló el resultado general y quedó satisfecho con su trabajo. Probó la adherencia de la capa de revestimiento. No se despegaría fácilmente. Habría que eliminarla con un disolvente para pintura. Tomó la ropa que había comprado para acomodar las piezas en las maletas, asegurándose de que estuvieran bien empaquetadas y no se movieran. Después de dar por terminado el trabajo, todavía le quedaban algunas horas para descansar hasta la mañana.

Se despertó temprano, antes del amanecer, para continuar su viaje. Tenía por delante unos seiscientos kilómetros hasta llegar a la frontera brasileña. Casi un tercio de esta distancia sería de bajada desde el altiplano de Cusco, casi 3.500 metros hasta alcanzar el nivel de la cuenca del Amazonas, a menos de cien metros sobre el nivel del mar. El camino de montaña era angosto y estaba lleno de curvas cerradas donde la velocidad para conducir con seguridad rara vez podía mantenerse por encima de los sesenta kilómetros por hora. Si no se detenía excepto para repostar, esperaba llegar a la ciudad fronteriza brasileña de Assis Brasil al final de la tarde o temprano esa misma noche. Quería cruzar la frontera durante el horario laboral habitual. Esa era su mejor opción para evitar problemas, especialmente si había otros vehículos cruzando además del suyo.

La parte montañosa de la carretera requería toda su atención mientras conducía, pero el paisaje era hermoso, con los majestuosos picos nevados sobre las escarpadas montañas de los Andes. Este paisaje acabó rápidamente, y le pareció que duraba menos de lo esperado. La parte llana del viaje fue otra historia. Era aburrida y le exigía hacer un gran esfuerzo para no quedarse dormido. En la localidad de Puerto Maldonado llegó por fin al río Madeira, que en ese punto se llama Madre de Dios. Se estaba construyendo un nuevo puente, pero todavía se cruzaba el río sobre una vieja barcaza. Esto le dio la oportunidad de descansar de la conducción y, mientras esperaba su turno para abordar la barcaza, tomó un café fuerte sin azúcar para mantenerse despierto, de esos que vendían los vendedores ambulantes en grandes termos que llevaban en carretillas de mano. Hasta ese momento había hecho buen tiempo y solo doscientos veinte kilómetros lo separaban de la frontera, otras tres horas y media de conducción. Llegaría a Assis Brasil alrededor de las cinco de la tarde, tal como había planeado.

A las cinco y veinte de la tarde llegó a Inapari, en el lado peruano del río Acre, que marcaba la frontera entre los dos países. Primero tuvo que registrar la salida de su automóvil del lado peruano, trámite efectuado por unos cuantos agentes de la aduana de ese país. Allí tuvo su primer problema.

–Veo que su vehículo fue alquilado en Cusco, señor Silva.

–Correcto. Voy a encontrarme con mi esposa, que está en el pueblo brasileño de Epitaciolandia con su madre muy enferma. Le llevo algo de ropa y efectos personales. Su madre tiene una enfermedad terminal y mi esposa debe quedarse con ella más tiempo del esperado. Yo tendré que regresar a Cusco pasado mañana. No puedo dejar de trabajar por mucho tiempo.

–¿A qué se dedica, señor Silva?

–Soy ingeniero de minas. Trabajo para una empresa estadounidense en Perú, Horizon Mining.

–Ya veo. Pero necesita un permiso especial de la compañía de alquiler para cruzar la frontera con su automóvil.

–¡Vaya! No me dijeron nada. ¿Cómo pudieron ser tan irresponsables? Les va a caer una buena bronca cuando regrese.

–Me temo que no podrá cruzar la frontera con su automóvil, señor Silva.

–¿Qué? Eso no puede ser. Mi esposa necesita los artículos que traigo. Será terrible si me veo obligado a regresar sin darle sus cosas. También son para su madre. ¡Esa estúpida gente del alquiler de autos! No irá a permitir que mi esposa y yo suframos las consecuencias de su error. Por favor, no lo haga.

—Bueno, podría llamarlos y preguntarles si le autorizan a conducir su automóvil a Brasil.

–Sí, por favor, hágalo. Le estaría muy agradecido si lo hiciera.

La agente le dijo que esperara y fue a llamar a la empresa de Cusco. Regresó después de unos minutos.

–Lamentablemente, no contesta nadie el teléfono en Cusco. No pude comunicarme con nadie. Tendrá que regresar mañana para que volvamos a intentarlo.

–Ah, señorita, por favor, no me pida que haga eso. Llevo más de doce horas conduciendo sin descanso. Quiero llegar a casa y ver a mi esposa. Sabe que es solo una formalidad. No me haga perder otras ocho o diez horas para llegar a casa.

Mientras hablaba, colocó dos billetes de cincuenta soles dentro del documento doblado de autorización del auto y lo empujó en su dirección. Ella lo miró durante unos segundos, debatiendo en su interior cómo responder, y finalmente decidió aceptar su soborno. Tomó el formulario, sacó el dinero, selló el documento y se lo devolvió sin decir una palabra. Él le dio las gracias y regresó a su auto.

La siguiente prueba tuvo lugar en la aduana brasileña. Detuvo el automóvil, apagó el motor y entregó el formulario de autorización del auto y su identificación brasileña al agente de aduanas.

–Bienvenido a casa, señor Feliciano. ¿Tiene algún artículo que declarar?

—Ninguno, agente. No tengo nada que declarar. Solo llevo pertenencias personales.

–Muy bien. Por favor, abra el capó y el maletero, señor Silva.

Un guardia uniformado se acercó a su auto. Tenía un perro atado para olfatear el vehículo y su equipaje en busca de drogas. Le pidió que saliera para someterse también a la inspección del perro.

–¿Puede abrir sus maletas, señor Silva?

Obedeció y el agente de aduanas registró la maleta que estaba encima. Sacó una de las piezas de oro, una taza cubierta por la pintura gris metalizada.

–¿Qué es esto? –preguntó.

–Es una taza de metal, una reproducción de un objeto inca –dijo inocentemente.

—Es muy pesado.

–Pues claro. Es una aleación de peltre con estaño y plomo. Colecciono estos artículos.

—Ya veo. De todos modos, debo revisar las piezas. No es habitual ver artefactos como estos en la aduana.

–¿Cómo lo va a hacer, inspector? Es tarde. Tendrá que esperar hasta mañana para encontrar a alguien que pueda hacer las comprobaciones. Por favor, no me deje aquí por algo sin importancia. Debo reunirme con mi esposa en Epitaciolandia esta noche. Mi suegra tiene una enfermedad terminal. Debo estar allí si fallece.

—Entiendo con su difícil situación, señor Silva, pero es poco lo que puedo hacer. Incluso aceptando su afirmación de que los objetos están hechos de una aleación de peltre, seguiría existiendo el problema de aplicar y cobrar los impuestos aduaneros correspondientes.

—Para mí es importante llegar junto a mi esposa lo antes posible. Estoy dispuesto a arriesgarme a pagar en exceso los impuestos adeudados. Puedo dejarle el dinero, suplicando su comprensión y generosidad. ¿Podría usted, por favor, pagar por mí los impuestos mañana, cuando abra la oficina de aduanas? —Extendió al policía un fajo de billetes por un total de dos mil reales. Vio cómo la codicia superaba su desgana inicial.

Tomó el dinero y cerró la maleta.

—Puede irse, señor Silva. Le deseo un buen viaje en la parte de trayecto que le queda.

Le dio las gracias, cerró el maletero, volvió al asiento del conductor, encendió el motor del auto y salió de la aduana. Soltó un suspiro de alivio. Hasta ese momento lo había conseguido. La distancia total por carretera de Assis Brasil a Porto Velho es de 786 kilómetros. Después de cruzar la frontera, todavía era temprano, aún no eran las siete de la tarde. Decidió seguir hasta Epitaciolandia, a ciento diez kilómetros de allí, antes de detenerse para pasar la noche.

Al día siguiente temprano se dirigió a Porto Velho. Le aconsejaron que se llevara una garrafa de combustible adicional, ya las pocas gasolineras que había de camino podían estar fuera de servicio. Era un consejo sabio. No había prácticamente nada entre las dos ciudades. Si la ruta desde el pie de las montañas peruanas hasta la frontera había sido aburrida, la carretera de Epitaciolandia a Porto Velho era indescriptiblemente soporífera. Donde antes había bosques tropicales, ahora no había más que tierra devastada, con la vegetación original talada para abrir terreno para la ganadería extensiva. Afortunadamente, la noche anterior había encontrado un hotel razonable y había podido descansar. Cubrió los seiscientos cuarenta kilómetros restantes en aproximadamente ocho horas y avistó el río Madeira a las tres de la tarde. Había llegado a Porto Velho.

Condujo hasta el centro de la ciudad e hizo una seña con la mano al primer taxi que vio entre el tráfico. Le pidió por señas que se acercara y se detuviera. Estacionó su auto detrás del taxi y fue a hablar con el taxista.

–Hola, ¿sabe de dónde salen los barcos fluviales a Manaos?

–Sí, amigo –respondió–. Se refiere al puerto de Cai n'Água.

–¿Me puedes llevar allá?

—Por supuesto. Suba.

—Solo un minuto. Tengo que traer mi equipaje.

–Esperaré, pero no debería dejar su auto ahí. Le pondrán una multa.

–Ah, volveré más tarde para moverlo.

El taxista se encogió de hombros para demostrar su despreocupación y él fue a buscar sus maletas. Dejó las llaves del auto dentro de la guantera y cerró las puertas.

–Está bien, estoy listo. Vámonos.

Aquel lugar no merecía el nombre de puerto. Su colorido nombre, que en portugués significa «Caer en el agua», lo dice todo de su verdadera naturaleza. Es solo una ribera alta y empinada a la que están amarrados los barcos. Se imaginaba que, cuando estuviera húmeda, sería fácil resbalar y caer al agua al intentar descender. Le dijo al taxista que se detuviera en un lugar cercano desde donde podía ver dos barcos amarrados más abajo.

–¿Sabe dónde se compran los pasajes para esos barcos? –le preguntó.

—Creo que tiene que preguntar en los barcos.

–Entonces espéreme aquí. Voy a bajar a preguntar. Le pagaré cuando regrese. —Se fue antes de que el taxista pudiera protestar y se dirigió al barco más cercano. El embarque se realizaba a través de un tablón de madera largo y plano que hacía las veces de muelle y se prolongaba desde la margen del río hasta el barco. Había un hombre sobre la cubierta, cerca de la puerta de embarque.

—Estoy buscando transporte a Manaos –gritó.

—Este barco se detiene en Santarem —le respondió–. El barco atracado más adelante llega a Manaos.

Le dio las gracias y repitió el procedimiento con el siguiente barco.

—Hola. Deseo comprar un pasaje a Manaos.

–Bien, nosotros navegamos hacia allá –le respondieron–. ¿Cómo desea hacer la travesía, en la cubierta común o en un camarote?

—Un camarote, por favor.

—Cuesta trescientos reales por camarote doble y cuatrocientos por ocupación individual.

—Me quedo con el individual, por favor.

–De acuerdo, pero estamos reparando el barco y no zarparemos hasta dentro de dos días. Puede pagar ahora, pero tendrá que regresar en cuarenta y ocho horas para embarcar.

–¿No podría esperar la salida a bordo? –preguntó.

–Le costará otros cien.

—Me parece perfecto.

—Entonces puede traer sus cosas y ocupar el camarote. El pago es por adelantado, en efectivo.

–Eso también me parece bien. Regresaré con mi equipaje.

Regresó a su taxi y, con la ayuda del conductor, subió las maletas al barco. Pagó el pasaje a la persona que había negociado con él y que resultó ser el capitán del barco. Le mostró su camarote, una cabina diminuta con dos literas, un inodoro y una ducha. Después de meter las maletas, prácticamente no quedaba espacio. Un ventanuco que daba al exterior evitaba que el camarote fuera intolerablemente claustrofóbico. Esta sería su casa durante al menos la próxima semana. Pero iba camino de lo que sería, con suerte, su última etapa en Brasil.

CAPÍTULO 20

EL VIAJE EN BARCO

El barco partió de Porto Velho con un retraso de tres días. Se estaba impacientando mucho, limitado a permanecer en su minúsculo camarote para tener el oro bajo vigilancia permanente. Finalmente zarparon rumbo a Manaos en la mañana del tercer día. El número de pasajeros se había multiplicado durante los últimos días. Estaba impresionado y un poco alarmado al comprobar cuánta gente había a bordo. La mayoría de los pasajeros se acomodaron en la cubierta abierta, donde colgaron sus hamacas y se dedicaron a comer. Sorprendentemente, no eran un grupo demasiado ruidoso. Por las noches, siempre había algo de música a cargo de una sola guitarra o una armónica.

Se mantuvo aislado y se abstuvo de mezclarse con los demás, comiendo siempre en el camarote. Se hizo amigo de un grumete, João. Le daba propinas para que le sirviera, y el chico siempre se mostraba solícito en traerle los mejores platos y guardarle una cerveza fría y un café caliente. Por lo general, salía del camarote durante unos minutos por la mañana y de nuevo por la tarde. En el comedor había libros viejos que habían pertenecido a antiguos pasajeros. João le trajo algunos, y aprovechó sus momentos en el exterior para hacer ejercicio y leer sentado en una parte de la cubierta abierta que daba al pasillo de acceso a los camarotes. Así se aseguraba que nadie intentaba entrar en el suyo. A veces le pedía a João que le sirviera un *gin tonic* o un *whisky*. Las bebidas alcohólicas tenían que pagarse aparte, por supuesto, y él siempre añadía a la cuenta una generosa propina para João. El viaje se hizo más soportable y, por primera vez en semanas, pudo relajarse y dejar atrás el estrés físico y emocional de los últimos días. Después de su agotadora travesía por los Andes, la tensión en la frontera, la incertidumbre y el temor a ser descubierto antes de la salida del barco, finalmente pudo darse el placer de relajarse un poco. Le gustaba especialmente contemplar las puestas de sol, que en esta región eran muy hermosas. Además, de vez en cuando avistaba bandadas de pájaros sobrevolando el barco: loros ruidosos, coloridos guacamayos, extraños tucanes de enorme pico y flamencos de cuello largo. Esa era la vida silvestre que se podía observar desde el barco. No vio caimanes ni bestias de cuatro patas como tapires o capibaras. Por lo general, navegaban demasiado alejados del bosque que cubría las márgenes del río, lo que descartaba cualquier posibilidad de avistar monos. Era curioso que la vida silvestre se pudiera ver mucho más fácilmente en bosques y campos de clima templado que en una selva tropical, donde permanecían ocultos a los ojos humanos. Pero la calma y la paz eran cualidades que nunca podía dar por sentadas.

El barco hizo dos breves paradas por el camino para cargar y descargar mercancías y pasajeros, primero en el puerto de Humaita y luego en Manicore, dos pequeños pueblos en la ribera del río Madeira.

La víspera de su llegada a Manaos, João fue a buscarlo.

—Escuché a dos tipos hablar de robarlo y matarlo. Debieron ver que embarcó con tres maletas, o alguien se lo dijo. Deben pensar que viaja con muchas cosas, cosas valiosas. Esos tipos son muy malvados. Viajan en los barcos solo para robar a las mujeres, los ancianos y los débiles. Nadie se queja porque todos los temen. Ya han matado a varias personas. Vine para advertirle.

—Gracias, João. Estoy en deuda contigo y no lo olvidaré.

Era una noticia realmente mala. Obviamente, tenía que defenderse, pero si mataba a esos dos, esto le crearía complicaciones. Tendría que dar explicaciones a la policía de Manaos, y no deseaba hacerlo ni podía permitírselo. Aún tenía su cuchillo y un viejo revólver oxidado que había encontrado en el campamento del Colca. Pero la pistola haría demasiado ruido y el cuchillo dejaría mucha sangre.

—Necesito pedirte otro favor, João. ¿Conoces estas brochetas de carne que usan los cocineros para hacer barbacoa?

João asintió.

—Necesito que robes uno de esos pinchos de la cocina y me lo traigas. ¿Crees que podrías hacer eso por mí?

–Sí, se lo traeré, señor Silva.

—Eres un buen chico, João. Como dije, tendré una gran deuda contigo.

João se fue y regresó unos minutos después con un pincho de los que se usan para perforar la carne e insertar el relleno y el condimento. Tenía forma de varilla puntiaguda, de unos cuarenta centímetros de largo y con un mango en un extremo.

–Esto es perfecto, João. Es incluso mejor de lo que tenía en mente. ¿Crees que te meterás en problemas si no lo devuelves?

–No lo creo, señor Silva. No espero que se den cuenta si falta.

–De todos modos, João, toma este dinero. Puedes comprar uno nuevo si se quejan.

–Gracias, señor Silva.

–Ah, João, esto debe quedar entre tú y yo. No se lo menciones a nadie. ¿De acuerdo?

–No se lo diré a nadie. No me gustan esos tipos. Espero que se ocupe de ellos.

Se preparó para recibir la indeseable visita durante la noche. Se sentó en su litera y colocó las armas a mano. Sabía que esperarían para asegurarse de que todos los pasajeros y la mayoría de la tripulación estuvieran durmiendo antes de intentarlo. Tenía que permanecer despierto.

Apagó las luces de su camarote. Sentado en la oscuridad, esperó a que amainaran los sonidos y ruidos del barco. Después de un tiempo, cesaron la música y las voces provenientes de la cubierta inferior. El sepulcral silencio únicamente lo rompía el agua que discurría bajo el casco y el ocasional grito de un pájaro nocturno. Llegaron sobre las once. Oyó pasos ahogados acercándose a su puerta. No fueron demasiado cuidadosos. Se oía el tintineo de pequeñas piezas metálicas. Entonces oyó el ruido provocado por la manipulación de la cerradura de su puerta. Se levantó en silencio. Fue a la puerta. El intruso estaba usando una herramienta para forzar el cerrojo. Ese era el tintineo que había oído segundos antes. Presionarían la puerta hasta que cediera. Notó el momento exacto en que la cerradura se iba a romper y, de repente, abrió la puerta. El ladrón perdió el equilibrio y entró a trompicones en el camarote. Lo golpeó en la sien con el revólver. El hombre cayó inconsciente al interior. Lo sorteó deslizándose de lado y fue a por su compañero, que estaba de pie en el pasillo, a unos pasos de distancia. El segundo hombre tenía un cuchillo que intentó usar. Detuvo la estocada y luego le introdujo la brocheta para carne por debajo de las costillas, empujando hacia arriba hasta alcanzar los pulmones. El asaltante dejó caer el cuchillo por la sorpresa y el dolor. Usó su propio peso para empujar y sujetar a su atacante contra la pared. Colocó una mano sobre la boca del tipo, presionando firmemente con la palma y usando dos dedos para pellizcarle la nariz. El ladrón estaba herido de muerte y perdió fuerzas rápidamente. Los pulmones se le estaban encharcando con su propia sangre; se ahogaría en menos de un minuto. Lo sostuvo en alto un instante más y luego dejó que su cuerpo se deslizara suavemente hacia el piso. Dejó la brocheta para carne hundida en su pecho. Hubo muy poco derramamiento de sangre y una mínima hemorragia externa. La hemorragia fue principalmente interna. Se volvió hacia el otro tipo, que yacía en el piso de su camarote. Le había golpeado la cabeza con mucha fuerza, pero aún respiraba. Agarró al hombre por la espalda, lo envolvió alrededor de la cintura con las piernas y con el brazo le rodeó el cuello en un gesto de dominio absoluto. Lo sostuvo así durante unos minutos. El hombre se revolvió cerca del final, pero se mantuvo firme y lo mató. Había terminado. Toda la acción no había durado más de cinco minutos y se había desarrollado en un silencio casi total. Esperó unos minutos más para recuperar fuerzas y arrastró los cuerpos, uno a uno, y los arrojó por la borda. Esperó para ver si las salpicaduras de los cuerpos al golpear el agua se habían oído por encima del ruido del motor del barco. No oyó nada. Si no se enganchaban en el fondo del río, los cuerpos acabarían apareciendo, pero, aunque subieran a la superficie, quedarían irreconocibles después de haber sido atacados por pirañas y caimanes. Además, esperaba estar muy lejos para entonces.

CAPÍTULO 21

EL FLETE

Había conseguido llegar a Manaos. Tenía un contacto local que le había proporcionado el comerciante de arte, y él se encargaría de enviar las piezas arqueológicas a Europa sin llamar la atención de las autoridades. Tenía su dirección y su número de teléfono. Inmediatamente después de desembarcar, decidió hacerle una visita. Consiguió uno de los taxis que esperaban a los clientes en el puerto y, después de cargar su equipaje, le dio al conductor la dirección de AR Comércio y le pidió que lo llevara allí. Lo estaban esperando. Tan pronto como llegó, descargaron su equipaje y lo condujeron hasta el señor Antonio Rocha, dueño y gerente general de AR Comércio.

—Señor Feliciano Silva, creo que este es el alias que está usando actualmente, bienvenido. He tomado las medidas necesarias para enviar sus productos a nuestro amigo común en Europa. ¿Puedo ver las piezas?

—Sin problema. Están en mis maletas.

—Solo un minuto. —Rocha procedió a llamar a su secretaria—. Lleve el equipaje del señor Silva a la trastienda, por favor.

Siguió a Rocha a una habitación que había en la parte trasera de la oficina. Colocaron sus tres maletas en el piso. Las abrió y comenzó a sacar los objetos con cuidado.

—Una idea muy inteligente la de pintarlos —dijo Rocha—. Supongo que la pintura se puede quitar fácilmente.

—Por supuesto. Cualquier disolvente de pintura servirá.

—En ese caso, déjeme mostrarle cómo se van a enviar.

Siguió a Rocha nuevamente hasta un almacén anexo al edificio de oficinas. Se detuvieron frente a unas cajas de madera marcadas en los laterales con las palabras *Castanhas do Pará* (Nueces de Brasil).

–Las piezas irán al fondo de las cajas, sujetas por una malla de alambre y cubiertas por las nueces. Al principio pensé en usar un doble fondo, pero abandoné la idea. Es demasiado fácil detectarlo. Todavía tengo una o dos de esas cajas por ahí, pero no voy a usarlas. La malla de alambre es una solución más simple y elegante. Y es más difícil de detectar. Si alguien comienza a sondear el fondo con una varilla, tendría que golpear exactamente en la parte superior de una de las piezas para notar algo. Incluso en ese caso, un bulto detectado podría atribuirse a un montón de nueces pegadas unas a otras a causa de la humedad.

–Sí, es una medida inteligente –concedió.

–Haré embarcar las piezas mañana. Hoy ya es demasiado tarde.

AR tenía los contactos necesarios en el puerto. Harían la vista gorda y dejarían pasar el cargamento a cambio de la pequeña contribución monetaria habitual.

–Mañana tendremos el turno de trabajo correcto. Embarcaremos el doble de cajas que las declaradas en el conocimiento de embarque. La mitad de las cajas saldrán de Manaos para ser descargadas en Curazao. En ese puerto, el capitán recibirá un nuevo juego de documentos para las cajas restantes que aún queden a bordo, indicando Génova como su destino final.

–Ya veo. Entonces, a todos los efectos, el barco parecerá estar transportando una cierta cantidad de cajas de nueces de Brasil con destino a Curazao. Aquí en Manaos, no habrá indicación de otro destino. Pero para las autoridades portuarias italianas, el nuevo conjunto de documentos cambiado en Curazao mostrará unas cajas cargadas en Manaos y enviadas a Génova.

–Exacto. Aquí en Manaos controlamos estas cosas. Comprobarán la carga con perros para asegurarse de que no estemos embarcando drogas. Ese es realmente el único delito no permitido por la aduana. El resto les da igual. Después de todo, es un puerto libre.

–¿Cómo se manejará el asunto en Génova? ¿Qué pasa allí?

–Eso ya queda bajo la responsabilidad de nuestros amigos italianos.

Su trabajo es asegurarse que la mercancía pase por la aduana sin ningún problema.

–¿Y cómo viajo yo? Se supone que debo acompañar a las piezas.

—Y así lo hará. Tengo nuevos documentos que lo identifican como miembro de la tripulación del barco.

–¿También puedo embarcar mañana?

–Si lo desea, sí. El barco lleva otros cargamentos. Pueden pasar uno o dos días hasta que zarpe. Estaría más cómodo en un hotel. ¿No necesita nada? ¿Una chica, tal vez?

–No, gracias. Embarcaré mañana.

–Como quiera. ¿Le gustaría ir a un hotel esta noche?

–¿Podría dormir aquí en alguna parte?

—Se puede arreglar.

Al día siguiente, con las piezas de oro bien aseguradas a bordo y con él cómodamente instalado en el camarote del propietario del barco, el tramo final de su aventura estaba a punto de comenzar. Navegaría a Italia, donde le esperaba una nueva vida. Apenas podía creer que su aventura estuviera llegando a su fin.

PARTE 3

Conclusión

¿Qué tenía que ver esa flor con ser blanca?
¿El camino azul e inocente lo cura todo?
Lo que llevó a la araña afín a esa altura,
¿Entonces dirigió la polilla blanca hacia allá en la noche?
¿Qué si no el diseño de la oscuridad para atemorizar?
Si el diseño gobierna en algo tan pequeño.

—*Diseño*, Robert Frost

CAPÍTULO 22

De vuelta en Manhattan

Por fin estaba en casa. Había sido un viaje agotador, saltando de un lugar a otro y casi nunca quedándonos más de un día o dos en la misma ciudad, exponernos a la gran altitud, que me atacaran matones de diversa índole y que me dispararan dos veces. Todo esto habría sido aceptable si no fuera por mi fracaso al no haber logrado el propósito de mi búsqueda. Nos habían contratado para esclarecer la desaparición de John Engelhard y demostrar su inocencia. Las pruebas recopiladas parecían apuntar a todo lo contrario: que John había cometido los asesinatos y había robado los objetos incas de oro. Esa mañana tenía una reunión en mi oficina con mi socio Tony y Anton Deville, nuestro cliente. No esperaba una cálida reacción de este último. Lo más probable era que rompiera nuestro contrato.

Mi esposa iba a venir conmigo. Después de la reunión íbamos a tomar el tren a White Plains. Nos habían invitado a una barbacoa en casa de uno de mis antiguos compañeros de los SEAL. Ian McDowell había resultado herido en acto de servicio durante la primera Guerra del Golfo y estaba confinado a una silla de ruedas. Sin embargo, no por eso había decaído su ánimo. Había rehecho su vida y ahora trabajaba desde casa como restaurador de obras de arte. Había invitado a otros amigos del ejército y a sus esposas. Dudé si llevar a Livy. Este grupo era muy diferente a ella. Livy llevaba los últimos dos años viviendo en Nueva York y se había adaptado muy bien. Aun así, mis amigos eran un grupo bullicioso e irreverente, de una cultura totalmente diferente a la suya. Se lo mencioné.

—Entonces, ¿cuál es el problema, Alan? Lo entiendo. Es una reunión de chicos. Ve. Me quedaré con Larissa. Tal vez visite a tu hermana.

–Bueno, Livy, en realidad me gustaría que vinieras.

—No te sigo, Alan. Quieres que vaya a esa barbacoa, pero me das argumentos para que no vaya.

–No, no, no es eso. Es más complicado.

–Explícate, por favor. Haré un esfuerzo por seguir tu razonamiento –dijo Livy con sarcasmo.

—Esto es muy vergonzoso. Me encantaría presumir de ti, ¿sabes? Matar a esos tipos de envidia con mi preciosa, impresionante y sofisticada esposa.

—Bueno, estoy dispuesta a seguirte el juego, y gracias por los elogios. Eres parcial, por supuesto, pero aun así comprobar que tu esposo piensa eso de ti es una sensación fantástica.

—Pueden bromear contigo. Como dije, son irreverentes, pero no desagradables. No te tratarán mal ni te harán pasar un mal rato.

Esperaba que mis amigos intentaran burlarse de Olivia. Me aseguraría de que no la presionasen demasiado.

—Tranquilo, puedo enfrentarme a algo así —dijo Olivia.

–Otra cosa, cariño: las esposas.

–¿Qué pasa con las esposas, Alan?

–Son las típicas esposas estadounidenses de clase media que viven de los salarios de la Marina. Son personas agradables y poco sofisticadas.

—Capto el mensaje, Alan: que no me vista demasiado elegante.

–Eso es. Tomaremos el tren a White Plains y un taxi desde allí hasta la casa de Ian. No quiero conducir. Siempre se bebe en estas reuniones. Y te vienes conmigo a la oficina. Tengo una reunión con mi cliente antes de irnos.

—Siento llegar un poco tarde, Tony.

–No pasa nada, Alan. Deville aún no ha llegado. Tienes un mensaje; dos, en realidad. Una señora llamada Anna Maria de Arequipa dijo algo sobre los jeeps. No lo entendí, pero es posible que tenga sentido para ti, y también un tal inspector Moreno de Porto Velho te envió unas huellas dactilares.

–Esas deben ser las huellas dactilares del asesino que tomaron del vehículo abandonado. Usaba el nombre de Feliciano Silva, pero la policía comprobó que era una identificación falsa. Podrías pedirles a tus amigos de la policía de Nueva York y del FBI que comprueben las huellas en su base de datos.

—Lo haré, Alan, y te diré si encuentran una coincidencia.

Me volví hacia mi socio.

—¿Tienes el mensaje de Anna Maria?

—Creo que sí. —Tony se sentó frente a su computadora y regresó con una copia impresa. Lo leí rápidamente.

—Eso es interesante.

—¿Qué?

—Me dice que se encontraron tres Land Rover en el lugar incendiado, pero que solo debía haber dos. Dos de los guardias regresaron a Arequipa la víspera de los asesinatos conduciendo uno de los jeeps. Todavía está verificando la información, pero esto indica que hay un elemento no contabilizado en nuestro rompecabezas.

—Sí, eso es importante —coincidió Tony—. Si es correcto, otra persona y no Engelhard pudo haber cometido los asesinatos.

—O podría ser un cómplice, o alguna persona asesinada y enterrada por Engelhard lejos del campamento.

—O al revés, Engelhard es el que está muerto y enterrado —contribuyó Tony.

—Exacto. Debemos esperar a que concluya la investigación de Anna Maria. Si la información es correcta, tendremos que pedir a la policía peruana que lleve a cabo una búsqueda con perros fuera del área de acampada por si pudieran encontrar otro cuerpo enterrado.

—¿Dijo cuánto tiempo tardaría en comprobarlo?

—No, no lo dijo. Si no contesta en los próximos días, la llamaré. Mientras tanto, tendremos que trabajar con lo que tenemos. Traje un disco duro para que lo analice Judith. Es una copia espejo del disco duro de la computadora de AR Comércio. Son los que sacaron de contrabando las piezas de oro desde Manaos. Los datos están encriptados, pero espero que pueda hackear la protección y descifrar el código.

Nos informaron de la llegada de Deville a la oficina.

Deville tenía el mismo aspecto que la última vez que lo había visto, vestido con un traje negro carbón muy formal y con el mismo bastón con pomo de marfil. Sus tenebrosos ojos negros poseían su habitual mirada inquietante, atenta, que no se perdía nada y era capaz de perforarte. Después de las formalidades iniciales, me lancé y solté una larga diatriba describiendo mi viaje, todo lo que había descubierto, las pruebas que apuntaban a Engelhard como el probable culpable y que la policía peruana estaba convencida de ello.

—Advierto su decepción con el resultado, señor Deville. Después de todo, usted contrató nuestra agencia para demostrar la inocencia de John Engelhard. Si decide dar por terminado nuestro contrato, lo entenderemos.

—Todo lo contrario, señor Leary. Deseo que continúe más que nunca. Entiendo que todas estas pruebas que pesan en contra de John son circunstanciales. Sigo convencido de su inocencia.

—De hecho, esta mañana obtuvimos nueva información que podría generar dudas sobre la culpabilidad de John Engelhard. —Le expliqué a Deville el mensaje que había recibido de Anna Maria sobre los Land Rover.

—¿Ve lo que quiero decir, señor Leary? No pierda la esperanza. Continúe investigando. Tendrá todo mi apoyo para lo que necesite.

—Permítame hacerle una pregunta, señor Deville: ¿Sabía que John usaba la identidad de una persona fallecida? ¿Que el verdadero John Engelhard falleció hace varios años?

—No, no lo sabía. Estoy muy sorprendido.

Deville era un tipo de persona muy fría. Afirmó sentir sorpresa, pero su apariencia exterior no lo delató. Me pregunté si estaría jugando con nosotros.

—¿Sabe si a nuestro John Engelhard alguna vez le tomaron las huellas dactilares, tal vez para algún registro de la empresa?

—No lo creo, pero lo comprobaré.

De nuevo sonaba falso. ¿Cómo podía no saber algo tan simple como eso de su jefe y supuesto amigo?

—¿Conoce a alguien llamado Feliciano Silva?

—No. ¿Por qué?

—Este es el alias que usaba el asesino cuando le seguí la pista desde Cusco.

—Lamento no poder ayudarlo. No conozco a ningún Feliciano Silva.

—Me gustaría entrevistar a los otros dos vicepresidentes de Horizon. ¿Podría pedirle a Helen que nos concierte una reunión?

—Yo puedo organizar la reunión. Helen ha dejado la empresa.

—¿En serio? ¿Cuándo fue eso?

—Unos días antes de que usted regresara a Nueva York. Por cierto, no creo que obtenga mucha información de Robert Burn o Eduardo Peña, especialmente de Eduardo. Estaba de vacaciones cuando ocurrieron los crímenes. Regresó a la compañía brevemente, pero renunció poco después. Al parecer, consiguió un puesto mejor y decidió irse. La primera vez que vine a su oficina, ya no trabajaba en Horizon. Creo que decidió que, sin John, las perspectivas de futuro de la empresa no eran lo bastante atractivas para él.

—Entiendo. Entonces me conformaré con hablar con Robert y con el segundo al mando de Eduardo.

—Ese es Michael Justin. Le pediré a la sustituta de Helen, la señora Ferrer, que organice una reunión. Ella le llamará a usted.

—Entonces esperaré a que llame.

—Creo que también debería entrevistar a Thomas Lowell. Era el principal banquero de John y tenía con él muchos tratos comerciales. Ciertamente, podrá proporcionar información útil.

—Está bien. ¿Podría concertarme también una cita con él?

—Por supuesto, señor Leary. Le informaré después de ponerme en contacto con Thomas y fijar una fecha. Y, como dije antes, su agencia sigue contando con mi total apoyo. No me gustaría que abandonaran esta investigación. Continúen por favor. En cuanto a los recursos que necesite, no se preocupe. Los tendrá.

—Bueno, ¿qué opinas de la reunión? —preguntó Tony después de la partida de Deville.

—Esencialmente, que todavía tenemos un trabajo. Veamos qué tenemos que hacer para continuar con esta investigación.

—No parece que podamos contar con muchos datos —dijo Tony.

—Tendremos que esperar las noticias de Anna Maria. Si confirma la historia del jeep, habría que admitir la existencia de una persona más que hasta ahora no habíamos detectado, y que podría ser víctima, cómplice o el mismo asesino. No creo en la posibilidad de la existencia de un cómplice vivo. Tanto en Cusco como en Porto Velho solo me hablaron de una persona.

—Podrían haber ido por caminos distintos.

—En ese caso, ¿por qué dejar allí el Land Rover? No tiene sentido que hayan viajado por separado. Apuesto a que la policía encontrará un cadáver no muy lejos del campamento. No creo que el asesino se tomara la molestia de cavar una tumba profunda; probablemente solo un pequeño pozo, suficiente para mantener alejados a los carroñeros. Los perros no tendrán ningún problema para encontrarlo.

—De acuerdo, ese es un tema. ¿Qué más?

–Sabemos casi con certeza que el asesino viajó desde Manaos con las piezas de oro. Creo que sería reacio a separarse de su botín. El barco se dirigía a Génova y al Pireo. Habrá atracado en uno de esos puertos. Seguro que no se quedó en Curazao. Deberíamos alertar a la Interpol en Italia y Grecia. Claro que también puede haberse ido a otro país partiendo de esos dos lugares, pero tengo el presentimiento de que se quedó en Italia. Recuerdo que la policía peruana y los chicos de los museos mencionaron a varios marchantes de arte conocidos por realizar transacciones ocasionales con objetos robados, en Roma y en Oriente Medio.

–Hablaré con mis amigos de la policía de Nueva York. Veré si tienen algún contacto en la Interpol en esos lugares.

–Cuando lo hagas, Tony, diles que la policía peruana ya ha emitido una orden de busca y captura contra John Engelhard por esos crímenes.

–Está bien, lo haré.

—Continuando con el tema anterior, tengo curiosidad sobre lo que Judith es capaz de extraer del disco duro que traje. Espero que sea algo útil para la investigación.

–Sé que ya está trabajando en eso, Alan.

–Y Tony, por favor, esfuérzate todo lo que puedas con las huellas dactilares. Si el tipo vivía en los Estados Unidos, o incluso si vino de visita, sus huellas dactilares deben estar archivadas en algún lugar.

–Como te dije, le pediré a mi amigo de la policía de Nueva York que busque en sus archivos y en el FBI. Obviamente, dado que no se ha cometido ningún delito en este país, no se puede solicitar oficialmente. Tiene que manejarse como un favor, pero haré especial hincapié en su urgencia y les pediré que busquen en otros archivos si no encuentran nada en su búsqueda inicial.

—Excelente. Ahora, si me disculpas, debo ir a una barbacoa con Livy.

–Ah, por eso tu esposa ha venido contigo a la oficina esta mañana. Entonces ve y disfruta.

Me reí, recogí mis cosas y me despedí de Tony.

CAPÍTULO 23

CON AMIGOS Y COMPAÑEROS DE ARMAS

El taxi nos llevó desde la estación de tren de White Plains hasta un barrio residencial de clase media. La casa de Ian era una casita de dos plantas de color blanquecino en la mitad de una calle jalonada de casas parecidas con jardines delanteros comunes. Le pagué al conductor y rodeé el vehículo para abrir la puerta del taxi para Livy. Caminamos hasta la puerta principal de la casa y llamamos al timbre. Una dama rubia y menuda vino a abrirla.

–Debes ser Agnes, la esposa de Ian. Yo soy Alan, uno de sus compañeros de servicio. Esta es mi esposa Olivia. Olivia, Agnes –dije, haciendo las presentaciones.

–Ian estará muy contento de verte, Alan. Habla mucho de ti. Olivia, es un placer conocerte.

–Encantada de conocerte también, Agnes.

–Aggie para los amigos, por favor. Pero entra, por favor. La barbacoa está en el patio trasero. Todos están allí.

Seguimos a Agnes hasta su patio trasero. Oí las voces de un grupo de personas y me llegó el olor de la barbacoa. Ian había colocado unas mesas al aire libre detrás de la casa, donde un pequeño grupo de adolescentes y niños comía y hablaba en voz alta. Los invitados mayores estaban en un grupo ligeramente separado, donde, además de Ian, reconocí a otros dos amigos de mi época en el servicio activo. Aggie llamó a Ian, quien giró su silla de ruedas para mirarnos mientras nos acercábamos y nos saludó efusivamente.

–Alan, amigo mío, ¿cómo estás, hombre? ¿Tengo que hacer una fiesta cada vez que quiero que me visites?

–Hola, Ian. Permíteme presentarte a mi esposa Olivia.

Ian se volvió hacia Livy.

–Jesús, señorita, ¿quieres que llame a la policía? Debe haberte secuestrado, ¿verdad? Una mujer tan hermosa como tú nunca, jamás, se casaría por su propia voluntad con un tipo tan feo como Alan.

—Muy gracioso, Ian.

Livy sonrió.

–Te lo agradezco, Ian, pero no me secuestró. Lo encontré un poco perdido en Brasil. Sentí compasión por él. Pero no te preocupes. Estoy tratando de mejorarlo.

–No sabía que Brasil tenía mujeres tan hermosas. Tal vez debería mudarme allí –bromeó Ian.

–Ah, sí, ¿y qué hago yo entonces? –protestó Agnes con fingido enojo.

–Tú vendrás conmigo, obviamente. ¿Cómo podría vivir sin ti, cariño? Pero ven, Alan, déjame presentarte a los demás. Ya debes haber visto a Paul y Hendricks. Ahora son oficiales comisionados, ambos comandantes. Vamos a hablar con ellos.

Hendricks y Paul se pusieron de pie cuando nos vieron acercarnos a su mesa.

–¡Vaya, Paul! ¿Ese tipo de ahí no se parece a nuestro antiguo compañero Alan Leary? –se burló Hendricks.

–Es un poco difícil de decir. Se parece a ese tipo. No, no lo creo. Este está más gordo y mucho más fofo. Ningún antiguo SEAL respetable tendría ese aspecto.

–¿Ustedes dos, señoras, han terminado ya de divertirse a mis expensas? Esta es mi esposa, Olivia.

–Pobre dama –bromeó Paul–. Tan hermosa y mentalmente deficiente. Tiene que serlo, ¿verdad? De lo contrario, ¿cómo pudo haberse casado con él?

Vinieron a abrazarme y Paul habló con mi esposa.

–Por favor, disculpa nuestros modales, Olivia. Estábamos bromeando. Nos gusta mucho tu esposo. Realmente creo que él salió ganando con vuestra unión, pero tú tampoco lo hiciste tan mal. Alan es un tipo decente y de fiar. Creo que será un buen esposo. Si fracasa, avísanos y le disparamos un tiro.

—Por favor, no. No quiero perderlo.

—Bueno, pareja, esta es mi esposa, Mary –dijo Hendricks, señalando a la dama que se nos había unido.

–Hola, Olivia. Hola, Alan –saludó.

—Hola, Mary —la saludamos en respuesta.

—Mi esposa está en algún lugar dentro de la casa con mis hijos —añadió Paul.

—Olivia, deja que te aleje de tu esposo —dijo Agnes—. Quiero presentarte a las demás esposas. Todas están interesadas en conocerlos a Alan y a ti. Se mueren por preguntarte. ¡Es tan romántico! Tú también, Mary. Ven con nosotras. Dejemos a los caballeros con sus conversaciones tontas de chicos.

Paul fue a buscarnos unas cervezas y todos nos sentamos a la mesa para ponernos al día con nuestras experiencias recientes y para recordar viejos tiempos, las ocasiones fáciles y las épocas de problemas, los peligros que habíamos superado juntos, nuestros éxitos y nuestros fracasos. Continuamos hablando de lo que cada uno de nosotros estaba haciendo en la actualidad. Fue un encuentro agradable entre amigos que habían pasado mucho tiempo sin verse. Ahora todos estábamos casados. Nos habíamos convertido en hombres de familia formales. Recordamos con cierta melancolía nuestras locas aventuras que ahora pertenecían al pasado, no porque quisiéramos revivirlas sino porque nos hacían conscientes del inexorable paso del tiempo. No nos estábamos volviendo más jóvenes, la desgracia de los hombres que siempre habían estado en forma y habían vivido experiencias emocionantes y peligrosas, muy superiores a las que cualquier persona normal habría vivido. Los otros tres se habían mantenido más en contacto y querían saber a qué me había dedicado yo. Les hablé de mi empresa de detectives y también de algunos de los casos en los que había trabajado. Conté la historia de cómo conocí a mi esposa mientras investigaba un caso en Brasil y mencioné el caso que me ocupaba en esos momentos. Querían saber más detalles y me vi obligado a proporcionar un informe minucioso de nuestro viaje al Perú y a Brasil. Su curiosidad no quedaría satisfecha a menos que les diera todos los detalles.

–¿No le rompiste el cuello a ese idiota que intentó matarte en el restaurante? –preguntó Paul–. Debes estar volviéndote un blandengue.

—Sí, menos mal que te redimiste matando a esa escoria que ametralló tu auto. Lástima que el otro escapó –añadió Hendricks.

—Creo que tu hombre escapó a Italia –me dijo Ian—. En el negocio de la restauración de arte, se oyen muchas historias sobre tratantes de arte corruptos. Está claro que Europa no carece precisamente de gente así. Me han dicho que este tipo de delincuentes abunda en varios países. Sin embargo, al escuchar tu historia, debo concluir que ese tipo obtuvo ayuda profesional para sacar de contrabando los objetos de oro. Tenía que estar planeado con mucha anticipación, probablemente por el propio perista de arte. Si ese comprador de obras de arte robadas se encontrara en otro país que no fuera Italia, ¿por qué utilizar un barco que navega con destino a Génova? En ese caso habría usado una embarcación diferente, una que lo hubiera llevado al puerto más cercano a su destino.

–¿Y si tuviera un acuerdo especial con un agente de aduanas corrupto en Génova? –contribuyó Paul.

–No, un tratante de objetos robados capaz de organizar una operación tan compleja habría desarrollado las conexiones necesarias en su puerto de escala más cercano –respondió Ian.

–Pienso exactamente lo mismo que tú, Ian –convine–. Sin embargo, es reconfortante saber que otra persona llega a las mismas conclusiones de forma independiente.

–¿Qué vas a hacer ahora, Alan?

–Tengo algunas pistas que puedo seguir y voy a alertar a la Interpol para que esté atenta ante cualquier desarrollo posterior en Europa, y en Italia en particular.

–¿Recuerdas al tipo de las fuerzas aéreas especiales británicas SAS que conocimos durante la guerra Irán-Irak? ¿Cómo se llamaba? –le preguntó Paul a Hendricks.

–Creo que era Emmet –respondió Hendricks–. Es un colega.

–¿Qué?

–Esa es la palabra que usan allí. Colega, no compañero.

–Ah, gracias. Decía que lo último que supe de Emmet fue que trabajaba para la Interpol. Es un colega decente, como me corrigió Hendricks. Lo localizaré y hablaré con él. Creo que todavía tengo su número de teléfono.

–Eso sería estupendo, Paul. ¿Crees que nos ayudará?

—Con toda seguridad. Al fin y al cabo, somos antiguos compañeros de armas. Eso es lo que hacemos: nos cubrimos las espaldas unos a otros. ¿Qué quieres que le diga?

–Podrías decirle que voy a llamarlo para explicarle mi problema. Le agradecería mucho que mantuviera una vigilancia discreta sobre los compradores de arte y objetos arqueológicos robados más conocidos. No debería haber muchos en Italia. Ya deben estar buscando a Engelhard, como les pidieron los peruanos. Sería estupendo si pudiera obtener una orden para intervenir sus teléfonos, aunque entiendo que puede ser difícil sin un motivo grave.

—De acuerdo, Alan. Se lo diré.

Nuestra conversación derivó hacia otros temas más mundanos y ligeros: cómo les estaba yendo a los Yankees, quién jugaría en el próximo Torneo de las Estrellas en julio y cosas así. Vi a Livy al otro lado del patio, charlando animadamente con el grupo de esposas. Parecía que la estaban interrogando, turnándose para hacerle preguntas. Me planteé por un segundo si debía disculparme e ir a salvarla, pero Livy daba la impresión de estar bien, sonriendo de vez en cuando. El contraste de Livy con las otras mujeres era impresionante. Era mucho más hermosa: alta y delgada, pero con un cuerpo bien formado, cabello negro y ojos de color esmeralda que resultaban aún más llamativos por la aplicación sensata de un maquillaje muy ligero. Vestía de forma sencilla pero elegante. Era algo digno de contemplar, visiblemente tranquila ante el claro bombardeo de preguntas. Cuando comenzaba a mirarla con esos ojos me quedaba tan fascinado por mi joven y hermosa esposa que tendía a olvidar lo que sucedía a mi alrededor.

–¿Hola? ¿Sigues aquí?

Volví la cabeza a regañadientes. Ian me estaba hablando y los otros dos me miraban divertidos.

–Sí –respondí.

–¿A quién estabas espiando con tanta intensidad? –bromeó Hendricks.

—Espero que no haya sido a mi esposa. –Ian siguió con la broma. Los demás rieron entre dientes.

Estaba un poco desconcertado. Era vergonzoso que tu grupo de amigos te pillara comiéndote con los ojos a tu propia esposa. Así que me limité a sonreír en respuesta.

–Bueno, no te preocupes por nosotros –añadió Paul, dándome un puñetazo burlón en el hombro–. Solo te estamos tomando el pelo, y también tenemos un poco de envidia. Esta chica realmente te tiene bien enganchado y, por lo que parece, te encanta. Es agradable de contemplar.

Quería saber qué había sucedido durante la conversación que Livy había mantenido con las otras esposas. De regreso, tomamos un tren que estaba lleno y tuve que refrenar mi curiosidad durante la media hora que tardó el expreso en cubrir la distancia entre White Plains y la Estación Central de la ciudad. Iba a ser complicado encontrar un taxi que nos llevara a casa. Decidimos tomar el metro, que también estaba lleno de gente, pero afortunadamente llegó rápidamente a nuestra parada en el Upper East Side. Naturalmente, lo primero que hizo Livy al entrar en nuestro apartamento fue ir a ver a nuestra hija. Entró llamándola por su nombre, y Larissa apareció corriendo para saludarnos con el andar tambaleante de los niños pequeños que acaban de aprender a caminar. Una Claudia atenta, dispuesta a atrapar a Larissa en caso de tropiezo, la seguía a poca distancia. Livy abrió los brazos para abrazar a Larissa y levantarla, besando juguetonamente a nuestra risueña hija. Me acerqué a ellas para saludar también a Larissa y participar en la diversión. Las besé a las dos y jugué con ambas un rato antes de dejarlas para ducharme y cambiarme, dispuesto a pasar una noche tranquila y pacífica en casa.

—Entonces, ¿me vas a contar lo que has hablado con las otras mujeres durante la barbacoa? Dabas la impresión de estar muy... animada.

—No te puedes imaginar su curiosidad. Querían saber muchas cosas sobre Río y Macaé, la ciudad donde vivía antes, y obviamente querían saberlo todo sobre nosotros.

—¿Todo? —pregunté alarmado.

Livy se rio.

—Casi todo. No iba a contarles los detalles más picantes.

—Ciertamente espero que no.

—Me preguntaron cómo nos conocimos, cómo empezamos a salir, qué había sentido cuando te conocí. Fue un poco desconcertante. En algunas ocasiones, fingí que no había oído la pregunta.

—Pobre amor. Lo hiciste admirablemente bien. Estuve a punto de ir a salvarte, pensando que no podrías hacer frente al aluvión de preguntas. Pero luego razoné: «No, Livy puede valerse por sí misma». Estoy orgulloso de ti. —Abracé a mi esposa y la besé en la cabeza.

—Estaban especialmente interesadas en las playas. Habían oído hablar de los bikinis tan escasos que llevan las chicas en Brasil. Querían saber si yo también los usaba cuando vivía allí.

—¿Qué les dijiste?

—La verdad, por supuesto. Los usaba, como hacen todas las chicas. Una de ellas preguntó si también íbamos en topless.

—No, de verdad. Eso ya va más allá de la simple curiosidad. Es desagradable.

—No me importó. Les dije que nunca iríamos en topless. La idea era mostrar todo lo que se pudiera sin mostrarlo todo. Siempre dejamos algo para la imaginación, incitando a los chicos a que se esfuercen por descubrir qué hay oculto.

—Bien por ti. Eso les enseñará una lección.

—No estaban avergonzadas en lo más mínimo. Una me preguntó si tú te habías dedicado a la tarea, y yo respondí que por supuesto, y que te recompensé por el esfuerzo.

—Livy, eres imposible, pero absolutamente encantadora. Probablemente dejaste a las pobres mujeres muy alteradas. Estoy seguro de que sus maridos no lo tendrán fácil cuando lleguen a casa y traten de poner en práctica lo que les has contado.

Livy soltó una risita.

—¿Crees que fui demasiado atrevida?

—No cariño. Estuviste perfecta. Estoy orgulloso de ti.

CAPÍTULO 24

LA ENTREVISTA

–¿Qué? Espera, no. No te levantes, por favor. Quedémonos más tiempo en la cama.

Comprendí que no era fin de semana ni un día de fiesta. Aun así, ¡me sentía tan bien quedándome en la cama!

–¿No tienes que ir a trabajar hoy, Alan?

–Sí, más tarde. Solo tengo que hacer una visita a la oficina de Horizon después del almuerzo.

—Bueno, yo tengo cosas que hacer. —Livy estiró los brazos—. ¿Qué quieres, Alan?

—Adivina.

Livy sonrió.

—Ah... bueno, entonces deja que te ayude.

–Mmm, qué bien, cariño.

—Shss... No hagas tanto ruido. Vas a despertar a Larissa. Y Claudia nos puede oír.

–No, no nos oyen. Paredes gruesas –murmuré.

Livy soltó una risita.

–Te hago responsable de dar las explicaciones más tarde.

–Ahora es mi turno –dije. Besé los labios de Livy, la línea de su mandíbula, el hueco de su cuello, y seguí explorando hacia abajo.

–Baja, Alan –murmuró Livy–. Un poco más abajo. ¡Allí! Mierda... ¡Ay, eso duele!

–Lo siento cariño. Déjame besarlo. Mmm, hueles bien.

–Es ridículo, nadie huele bien allí.

150

–Tú sí.

–¿Si? ¡Ah, no pares! No te atrevas a parar.

–Dios, quién hablaba de hacer ruido.

Livy se rio.

–¿Y de quién es la culpa?

Había estado bajo muchísima tensión con esta investigación tan complicada. Era agradable librarse del estrés de vez en cuando. Era la única forma de seguir adelante, de perseverar en la búsqueda de una explicación.

Llegué a la oficina poco antes del mediodía y había noticias nuevas. Judith había avanzado en el descifrado de los archivos del disco duro. Había decidido contratar la ayuda de un pirata informático conocido suyo que la ayudaba ocasionalmente en trabajos similares. Esperaba que el trabajo de descifrar el código que protegía los archivos pudiera completarse en poco tiempo. La segunda información nueva de importancia era la identificación positiva de las huellas dactilares tomadas del automóvil de Porto Velho. Según el FBI, pertenecían a un ciudadano cubano, Fernando Peralta, que había huido a Miami en los años setenta. Asistió a la universidad en los Estados Unidos y luego se fue a Sudamérica. Durante un tiempo, fue sospechoso de estar involucrado en el tráfico de drogas a Estados Unidos para financiar las actividades terroristas de Sendero Luminoso en el Perú y en Ecuador. Visitó los Estados Unidos un par de veces, pero nunca se probó nada en su contra.

La última noticia provenía de Anna Maria. Confirmaba que se habían encontrado tres Land Rover abandonados en el campamento. Esto, unido a la identificación de las huellas dactilares, podría proporcionar una prueba concluyente de la culpabilidad o inocencia de Engelhard. Pero primero la policía peruana debía encontrar otro cuerpo cerca del campamento. Me senté a escribirle un mensaje al inspector Pedro Nuñes de Arequipa, detallando estos hechos y adjuntando el expediente con las huellas dactilares. Le expliqué lo importante que era encontrar el cuerpo para comparar las huellas. Tenía una sensación muy fuerte de que Engelhard no era el asesino. «Esto complacerá a Deville», pensé.

La oficina de Horizon Mining estaba cerca de la nuestra, solo unas calles más al sur, en la Tercera Avenida. Llegué temprano para mi entrevista, pero no tuve que esperar. El señor Robert Burn, el director financiero de la empresa, vino a la recepción para saludarme.

–Ah, señor Leary, lo estaba esperando –dijo afablemente–. Vayamos a mi oficina. Allí estaremos más cómodos.

Le di las gracias y lo seguí a una sala espaciosa que daba a la Tercera Avenida. Estaba amueblada con una gran mesa de trabajo con superficie de vidrio y dos sillas de cuero negro colocadas delante. Tras la mesa había una silla más grande e imponente, también de cuero negro y con respaldo alto, destinada al ocupante de la oficina. En un lado de la sala había un conjunto compuesto por un pequeño sofá beige y dos sillas auxiliares marrones más pequeñas. El conjunto tenía delante una mesa baja de té con un jarrón de cerámica y una pequeña escultura decorativa de bronce. Las paredes estaban cubiertas con fotografías enmarcadas de minas. Me señaló uno de los sofás y se sentó frente a mí.

–¿En qué puedo ayudarlo, señor Leary?

–Estoy investigando la desaparición del presidente de su empresa, el señor John Engelhard, como estoy seguro que ya sabe. Necesito hacerme una idea más clara del tipo de persona que es o que fue el señor Engelhard. Debí haber venido antes, pero el viaje al Perú era urgente y me impidió visitarle antes.

–Sí, todo este asunto es muy triste. Mi empresa y mis colegas extrañaremos a John, ya que contábamos con su conocimiento del mercado y su asombroso olfato para las oportunidades. Es una gran pérdida.

–El señor Anton Deville cree que John todavía está vivo –apunté.

—Ah, bueno, es un optimista.

–¿Sabía que la policía peruana lo considera el autor de los asesinatos ocurridos en ese país?

–No lo sabía, pero puedo decirle que es una idea ridícula. John nunca mataría a nadie. Nunca he conocido a una persona más agradable que él. Era muy humano, siempre buscando el bienestar de sus empleados y compañeros de trabajo. No puede imaginarse las condiciones laborales imperantes en algunos de los países donde operamos. John nunca se aprovechó de ello. Se mantuvo firme a la hora de exigir que tratáramos a nuestros empleados en el extranjero de la misma manera que tratamos a los de este país, ofreciéndoles las mismas condiciones y beneficios.

—Impresionante —dije.

–La postura de John era motivo de irritación para nuestros competidores, porque se veían obligados a ofrecer a sus empleados condiciones similares a las nuestras. No, señor Leary, créame. John nunca mataría a otro ser humano.

–Ya veo. ¿Sabía que vivía bajo una identidad falsa, que el verdadero John Engelhard falleció hace mucho tiempo?

–¡No! Eso no puede ser. Me sorprende muchísimo. —Robert Burn se sentó más erguido en el sofá, con las manos extendidas sobre los brazos. Al parecer, la noticia lo había dejado conmocionado—. ¿Está seguro, señor Leary?

Observé su reacción. Si era falsa, entonces era un actor excelente.

–Completamente. No hay duda. La única pregunta es quién era realmente. Qué clase de persona era, qué tipo de vida vivió antes de convertirse en el propietario multimillonario de un imperio minero. De hecho, ese es el motivo por el que estoy hoy aquí, para ver si sabía algo de su pasado, de su vida anterior a Horizon.

—Lo siento. No puedo ayudarlo en ese tema. Socialmente, John era una persona muy reservada. No confiaba en nadie; no hablaba de su vida personal. No se abrió a los demás. Helen, su secretaria, era la más cercana a él. Ella habría sido la única de la empresa que podría haber respondido a cualquier pregunta sobre su vida personal. Lamentablemente, ya no trabaja para nosotros.

–Sí, lo sé. Según tengo entendido, Engelhard no estaba casado. Aun así, alguien tiene que haberlo conocido mejor. Era muy rico. ¿No contrató a un ama de llaves, o tal vez a un mayordomo? ¿Dónde vivía?

–Aquí mismo, en la ciudad. Tenía un apartamento en Park South, un lugar cómodo, no demasiado grande ni ostentoso. Vivía bastante modestamente para un hombre con sus posibles. Tenía una señora de la limpieza que iba todos los días para hacer la casa y prepararle algo para comer por las noches, aunque creo que la mayoría de los días cenaba fuera. Siempre que tenía invitados, contrataba ayuda externa, un servicio de catering.

—Este tal John Engelhard parece un verdadero enigma.

—Bastante.

–¿Disfrutaba con la compañía femenina?

–John no era homosexual, si es lo que está insinuando. Tuvo una serie de novias y compañeras. Era razonablemente atractivo. Se mantenía en buena forma y tenía una característica particularmente irresistible: una billetera muy gruesa. Él se aprovechaba de eso, ¿y por qué no?

—¡Claro! ¿Por qué no? Entonces, ¿no cree que pueda ser el asesino?

—Señor Leary, independientemente de lo que piensen o digan otras personas, esté absolutamente seguro de que John no mataría ni una mosca. No estaba en su naturaleza. Pondría la mano en el fuego por él, porque no es un asesino.

–Gracias por dedicarme su tiempo, señor Burn. Creo que comprendo mejor el carácter de John después de nuestra conversación.

Burn parecía totalmente seguro de la inocencia de Engelhard. Eso iba un poco en contra de mis instintos. No tenía suficientes datos para descartar al tipo como el asesino.

—De nada. Ha sido un placer.

–¿Podría pedirle a alguien que me anuncie al señor Michael Justin, su vicepresidente interino de Minería? También me gustaría hablar con él.

—Por supuesto. Un segundo, por favor. —Levantó el teléfono e hizo un par de llamadas para avisar a Michael Justin y pedir a alguien que me llevara hasta él.

–Señor Leary, esta es Alicia. Le llevará a ver a Michael. Adiós y, por favor, llámeme si puedo ser de más ayuda.

Seguí a Alicia hasta mi siguiente reunión. Me llevó a una sala considerablemente más pequeña y con una decoración más sencilla. Michael Justin se levantó de su mesa y vino a mi encuentro.

–El señor Alan Leary, supongo.

«Genial, un bromista», pensé.

—El único y verdadero –confirmé–. Dejé mi rifle de caza con su secretaria, si eso le parece aceptable.

Michael se rio.

–Venga. Tome asiento, señor Leary.

–Tengo entendido que está sustituyendo a Eduardo Peña, señor Justin.

–Eso es correcto. Peña nos dejó hace un mes aproximadamente.

–Me gustaría hacerle algunas preguntas.

–Estaré encantado de contestarlas, pero debe comprender que yo no tenía una relación cercana con el señor Engelhard. Peña, mi jefe en esa época, sí la tenía. Yo era solo un gerente. En las pocas ocasiones en las que hablé o tuve contacto con el señor Engelhard, me dio la impresión de ser una buena persona. Siempre se mostraba educado, era callado y un poco distante, pero ese debe ser un comportamiento habitual para una persona de categoría olímpica cuando habla con un simple mortal. Tenía una reputación entre el personal de tratar bien a sus empleados y de ser muy justo.

—Comprendo que esta pregunta es injusta, pero ¿cree que Engelhard es capaz de matar a alguien?

—A juzgar por su personalidad en público, tendría que decir que no, rotundamente no. Sin embargo, nunca se sabe lo que hay dentro de un ser humano. Tal vez la imagen que proyectaba era falsa, un barniz que cubría una naturaleza más oscura y violenta.

—Interesante análisis. ¿Cuál es su impresión de Anton Deville?

—Esto que quede entre nosotros. Creo que es el tipo más extraño que he conocido. Engelhard y él formaban una extraña pareja, el misterioso y el siniestro.

—Entiendo a qué se refiere.

—Creo que esto último resume lo que podría decirle sobre John Engelhard.

—Muy bien. ¿Qué me puede decir de su antiguo jefe Eduardo Peña?

—Estaba bien, supongo. Sin duda, un ingeniero de minas competente y experimentado. Adquirió la ciudadanía estadounidense. No nació en Estados Unidos. No sé de dónde procedía, probablemente de algún lugar de Sudamérica. Sin embargo, fue a la universidad en este país. Tiene una licenciatura en Ingeniería de Minas de la Escuela de Minas de Colorado.

—Interesante. ¿Cómo era como persona?

—Severo, muy rígido en sus acciones. No era injusto, pero tampoco era un individuo agradable. Si hacías tu trabajo y eras diligente, no tenías ningún problema con él.

—¿Estaba casado? ¿Tenía familia?

—No estaba casado y no sé si tenía familia. No hablaba mucho con sus subordinados, solo lo necesario para transmitir sus instrucciones sobre cómo hacer el trabajo.

—Está describiendo a una persona con la que resultaría muy difícil trabajar.

—Como le dije, si hacías tu trabajo correctamente y en el tiempo requerido, no tenías problemas con él.

—¿Sabe por qué se fue?

–Al parecer, recibió una oferta mejor y tal vez tenía dudas sobre el futuro de la empresa sin Engelhard. Olvidé mencionar que Engelhard y Peña tenían una relación estrecha. Engelhard era probablemente el único amigo que tenía en Horizon. En realidad, fue el propio Engelhard quien lo trajo a la empresa.

–¿Sabe para quién trabaja ahora?

–No, se mostró muy reservado respecto a ese tema. No creo que se lo haya contado a nadie, al menos a mí no.

Hablé con Michael Justin un poco más antes de irme de Horizon. Era tarde para regresar a la oficina, así que decidí irme directamente a casa.

Livy me dio la bienvenida con un abrazo y un beso.

–Hola, amor, ¿cómo fue tu día hoy? ¿Hiciste algún progreso con tu investigación?

–Nada importante. Estamos esperando nuevas noticias. Los peruanos tienen que encontrar un cadáver más. Judith ha avanzado un poco, pero aún tiene que descifrar el disco duro. Mientras tanto, es un trabajo aburrido: hablar con la gente, ese tipo de cosas. Pero olvidemos toda esta monotonía y hablemos de temas más ligeros. ¿Te gustaría salir a tomar algo y cenar, ir a ver una película, tal vez?

–Esta noche no. Estoy cansada. Me desperté demasiado temprano esta mañana –dijo Livy, con ojos llenos de picardía–. Deseo descansar bien, por si vuelve a ocurrir lo mismo mañana.

—Lo siento, amor.

–No lo sientas. Lo disfruté, pero ¿qué te pasó, Alan? ¿Fue por lo que les dije a las esposas de tus amigos? ¿También te afectó a ti, cariño?

Apreté a Livy entre mis brazos y le susurré al oído:

–Preciosa y encantadora diablilla, no te burles demasiado de mí. Uno de estos días, me va a estallar el corazón. Te amo. Me posees totalmente y lo sabes. —No dijo nada, pero el placer y la pasión que había en sus ojos fueron suficiente.

CAPÍTULO 25

VISITA A UN BANQUERO

Deville había confirmado mi reunión con Thomas Lowell al día siguiente, y fui a verlo a su elegante oficina en Wall Street. Estaba situada en la planta veintitrés de un edificio de oficinas, con una vista fantástica del extremo sur de Manhattan. La sala era grande y estaba decorada con mucho gusto. La pared que tenía detrás de su escritorio estaba cubierta por estantes llenos de libros. En las demás paredes había colgados algunos cuadros. En una de las esquinas, una escultura de bronce iluminada por focos que salían del techo descansaba sobre un pedestal que me llegaba a la altura de la cintura. Todo desprendía riqueza, sin duda para impresionar a cualquiera que lo visitara por primera vez. Después de las presentaciones preliminares y de comunicarle la intención de mi visita, comenzó a contarme lo que sabía de John Engelhard.

—John Engelhard inició su imperio minero con la adquisición de un modesto depósito de cobre en el Perú hace doce años. Yo lo conocí seis años después. En ese corto espacio de tiempo, había progresado desde productor regional sin importancia a levantar un conglomerado internacional de metales básicos.

—¿Qué es un metal básico? Puede que le parezca una pregunta ingenua, pero no tengo absolutamente ningún conocimiento sobre este tema.

—Discúlpeme, señor Leary. Seré más cuidadoso en mi explicación. De todos modos, en el negocio minero, los metales básicos son el cobre, el zinc, el plomo y el níquel. A veces, estos metales se encuentran combinados en minerales complejos. Horizon se dedica principalmente al cobre y al zinc. Recientemente han comenzado a diversificarse hacia el mineral de hierro.

Nuestro banco ha sindicado un paquete de financiación muy importante para su nuevo proyecto de mineral de hierro en Kazajistán.

–¿Cómo crecieron tan rápido las actividades de Engelhard? ¿No son doce años un período de tiempo demasiado corto para la transformación que menciona?

—Por supuesto. Es sorprendentemente corto.

–¿Cómo lo logró? ¿Su negocio era increíblemente rentable? ¿Compró otras empresas del sector?

–Quiero que comprenda que tenía una relación profesional de banquero con John y sus empresas. Le proporcionamos préstamos y contrataba con nosotros su cobertura. No dispongo de una imagen completa de su crecimiento. Durante nuestra relación, ciertamente fue un cliente rentable y, de hecho, adquirió otras propiedades. Sin embargo, tengo entendido que tuvo una suerte increíble y era extremadamente eficiente en su trabajo de exploración minera. Era algo bien sabido en la industria y también un motivo de envidia entre sus competidores.

–¿Podría ampliar este tema, señor Lowell, y proporcionarme más detalles?

–Verá, señor Leary, la exploración de minerales es una actividad arriesgada. Por lo general, se lleva a cabo en dos etapas: primero, la exploración remota para definir las áreas objetivo más atractivas, y a continuación el trabajo de campo. La ciencia moderna ha proporcionado a los mineros herramientas muy potentes. Hoy en día, cualquiera puede adquirir imágenes de satélite para comenzar a definir una macrorregión para los estudios preliminares. A continuación, normalmente se realizan reconocimientos aéreos, utilizando radares de diferentes longitudes de onda y escaneados en busca de anomalías magnéticas. Una vez seleccionadas ciertas áreas, los equipos de campo se encargan de realizar estudios geoquímicos, geofísicos, toma de muestras y otras técnicas. ¿Le estoy aburriendo con todo este galimatías técnico, señor Leary?

–En absoluto. De hecho, es bastante interesante e instructivo. Por favor, continúe.

–Muy bien. A pesar de todas las técnicas que acabo de describir, la exploración de minerales está lejos de ser una ciencia exacta. En conjunto, las grandes corporaciones mineras gastan miles de millones de dólares al año en exploración. Aun así, el promedio de éxito es relativamente bajo. Creo que los pequeños buscadores de metales han encontrado tantos depósitos minerales como los descubiertos por campañas de exploración de un millón de dólares, basándose únicamente en la información recibida por el boca a boca, o incluso por casualidad.

—Increíble. ¿Y los grupos mineros continúan gastando de buena gana grandes sumas de dinero en esas campañas de exploración?

—Pues sí. Consideran este gasto como parte de su costo de producción. Se puede pensar en ello como el equivalente corporativo a buscar el caldero de oro al final del arco iris. Y unas cuantas veces han logrado hacerse ricos. Hay bastantes ejemplos de esto último.

—De acuerdo, ahora lo entiendo mucho mejor. Pero, ¿qué relación tiene esto con la expansión inusualmente rápida de Engelhard?

—Muy sencillo. Todos los trabajos de exploración realizados por las empresas de John han tenido éxito.

—¿Todos ellos? —pregunté.

—Sí, todos sin excepción. Era casi como si el hombre pudiera oler el metal en el terreno. Tenía una suerte increíble. Es motivo de asombro para todos los de este negocio. Su éxito es legendario. Al parecer, él mismo dirigía el trabajo. Indicaba a sus geólogos dónde buscar, y a un descubrimiento le seguía otro. Eso, más que ninguna otra cosa, fue lo que impulsó su rápido crecimiento.

—Por favor, no se ofenda por mi pregunta. Si tenía tanto éxito, ¿por qué necesitaba bancos?

—Es una pregunta válida. La respuesta es simple: para cubrir los intervalos intermedios de tiempo. Es posible que tenga una fortuna en el terreno, pero, para poder transformarla en efectivo, necesita fondos para abrir la mina y construir carreteras y puertos. Ahí es donde entramos nosotros, proporcionando el dinero necesario. Básicamente vendemos dinero, señor Leary. La mercancía de la empresa minera son los metales; la nuestra es el dinero.

—Está claro —le dije. Estaba aprendiendo mucho sobre la naturaleza del negocio de Engelhard. De una cosa estaba seguro. El dinero no parecía ser uno de sus problemas.

—Por todos estos motivos, no prestamos tanto dinero a las empresas mineras de John Engelhard como nos habría gustado. Era demasiado solvente. Su inventario de efectivo era bastante abundante. Sin embargo, hemos sido muy activos concediéndole cobertura.

–Ah, sí. Antes ya mencionó la cobertura. ¿Podría explicármelo, por favor?

–Siempre el detective curioso, ¿verdad? Bien, permítame que se lo intente explicar. Se puede especular con cobertura, pero su verdadero propósito es la protección del precio. Garantiza que un comprador de metal que lo adquiera hoy no perderá dinero en caso de que el precio baje cuando lo venda en el futuro. En realidad, esta cobertura no es habitual para las empresas mineras. Se consideran naturalmente cubiertas durante toda la vida útil de la mina. Para ellos, la cobertura solo entra en juego cuando necesitan pedir prestado para abrir la mina. Incluso entonces, es posible que no la utilicen.

–Siendo así, ¿por qué compraba la cobertura Engelhard?

–Porque era comerciante de metales además de minero. Compraba y vendía metales, y necesitaba protegerse de una forma u otra, si los precios entraban en *contango* o en *backwardation*.

–¡Alto! Ahí me ha perdido. Explíquemelo otra vez, por favor. Esta vez para que lo entienda.

Lowell sonrió.

–Lo siento. Sigo olvidando que no pertenece al sector. Decimos que la situación es de *contango* cuando el precio futuro es superior al actual. Como su nombre indica en inglés, el *backwardation* es la situación inversa, cuando el precio actual es más alto que el futuro o, lo que es lo mismo, el precio va hacia atrás. Puede realizar diferentes procedimientos de cobertura en uno u otro caso.

–Suena terriblemente complicado –admití.

—Un poco, y esto es solo parte de las cosas que se pueden hacer. También está el arbitraje, la fijación de precios y otros medios que se pueden emplear.

–La fijación de precios parece sencilla, pero ¿qué es el arbitraje?

—Las dos bolsas de materias primas metálicas más importantes son la Bolsa de Metales de Londres, la LME, y la COMEX de Nueva York. A veces, los metales se compran a un productor en Europa y se cotizan en la LME. Más adelante, pueden venderse a un consumidor de Estados Unidos que desee cotizar el metal en COMEX. En el mismo día puede haber una diferencia en los precios cotizados para cada intercambio. Esta diferencia suele ser pequeña, pero puede llegar a ser muy significativa en determinadas condiciones. Se puede contratar protección contra esta diferencia o incluso beneficiarse de ella, aumentando su resultado neto. En economía, la operación que permite hacerlo se llama arbitraje.

—Interesante.

—Olvidé decirle lo impresionantemente preciso que era John en sus predicciones de mercado. Debe haber tenido un equipo de analistas fantástico a su servicio. Nunca se equivocaba. Después de un tiempo, confiábamos tanto en él que comenzamos a seguir sus movimientos. De ese modo obtuvimos unas ganancias muy cuantiosas para el banco.

—Lamento preguntar, pero ¿se le permite hacer eso?

—No hay conflicto ético si se informa al cliente y se le pide permiso, y eso hicimos.

Había sido una reunión muy educativa. Me estaba haciendo una idea mejor de la persona a la que había estado siguiendo. Además, me pareció interesante conocer el tipo de relación casi incestuosa que mantenían estos dos jugadores del poder del dinero. Engelhard necesitaba la liquidez, que Lowell se complacía en proporcionar al tipo de interés adecuado. Al mismo tiempo, Lowell estaba haciendo una fortuna, probablemente a título personal, gracias a la información bursátil que obtenía de sus operaciones con Engelhard. Me preguntaba si la SEC miraría aquellas transacciones con buenos ojos, a pesar de las garantías de Lowell, asegurando que todo era legal. Sin embargo, el informe de Lowell contribuyó a reafirmar mi creencia en la inocencia de Engelhard. Era difícil imaginar que alguien tan rico y de tanto éxito cometiera un asesinato para robar objetos de oro. Por muy valiosos que fueran, era una miseria si se comparaba con su riqueza. Lowell parecía convencido de que John Engelhard no podía ser un asesino, una opinión que compartían Robert Burn y algunas personas más. Hoy no había nada más que hacer. Le di las gracias a Lowell por recibirme y salí de su oficina.

CAPÍTULO 26

El disco duro

Me desperté con el timbre del teléfono y me di la vuelta en la cama, apartando suavemente el brazo que Livy tenía estirado sobre mi pecho para contestar.

—Hola —dije en voz baja.

—Alan, soy Emmet Colin. Soy amigo de Paul y Hendricks. Lamento llamarte a esta hora. ¿Te he despertado?

–Ah, sí, debes ser el miembro del SAS que trabaja para la Interpol en Roma. No hay problema, me estaba levantando –mentí–. Paul me iba a dar tu número de teléfono y pensaba llamarte. Es muy amable de tu parte que me hayas llamado, la verdad.

–Es un placer, Alan. Me alegra serte útil. Esos colegas son buenos amigos míos. Tal vez te hayan dicho que nos divertimos mucho juntos. Paul se puso en contacto conmigo y me explicó tu problema. Como te dije, es un buen amigo y considero que sus amigos son también mis amigos.

—Es muy amable por tu parte.

–Ni lo menciones. Además, es mi trabajo. Recibimos una solicitud de la policía peruana para arrestar a John Engelhard como principal sospechoso de seis cargos de asesinato. Entiendo que tú también lo estás buscando.

Livy se despertó con el ruido de la conversación telefónica.

–¿Quién es, Alan?

—Ssh –murmuré, cubriendo el micrófono con la mano–. Vuelve a dormir, cariño. Te lo explicaré más tarde.

—Mmm. —Livy se giró hacia el otro lado y volvió a sumirse en su sueño interrumpido.

Volví a hablar con Emmet.

–Perdona la interrupción, Emmet. Tienes razón. Busco a Engelhard, pero por motivos distintos a los de los peruanos. Verás, yo creo que Engelhard es inocente. Tengo otro sospechoso para los asesinatos, un hombre llamado Fernando Peralta. —A continuación, le expliqué los últimos descubrimientos.

Después de mi explicación, algo larga, Emmet murmuró:

–Ya veo. Evidentemente, también buscamos las piezas arqueológicas robadas. Paul me explicó cómo los dos llegaron a la misma conclusión: que las han transportado a Italia.

–Así es –confirmé.

—Bueno, llevamos un tiempo vigilando a algunos anticuarios sospechosos de comerciar con obras de arte y artículos históricos robados. Con todos los yacimientos arqueológicos que se están descubriendo en Italia, te puedes imaginar el problema que es esto aquí. Ya hemos puesto a varios de esos sinvergüenzas entre rejas, pero algunos siguen sueltos. Uno de los más importantes es un sujeto llamado Giovanni Benedetti que trabaja aquí, en Roma. Tenemos indicios claros de sus actividades delictivas, pero todavía no hemos podido probar nada en su contra. Evidentemente, es un ladrón muy inteligente.

–Espera un segundo, Emmet. Voy a por algo para escribir. Quiero anotar tu teléfono, correo electrónico y dirección. Te voy a enviar todo lo que tengo de este caso: una lista y fotos de los objetos robados, huellas dactilares, datos disponibles sobre John Engelhard y Fernando Peralta, el paquete completo. También voy a redactar un informe detallado para ponerte al día sobre todos los detalles de la investigación realizada por mi oficina y por la policía peruana. Me gustaría que tuvieras toda la información. Es posible que tenga que hacerte una visita en un futuro próximo.

–Será un placer, Alan. Ven cuando lo consideres necesario. Esperaré tu material. Mientras tanto, voy a vigilar de cerca a Benedetti y pediré a mis colegas de otras ciudades italianas que estén atentos a cualquier novedad.

–Gracias, Emmet. Ahora, si me disculpas, voy a buscar lápiz y papel. —Me levanté. Livy ya estaba completamente despierta y sentada en la cama. Le hice una señal para que se quedara y fui a buscar lo necesario para escribir.

–De acuerdo, Emmet, dime tu dirección y datos de contacto.

Intercambiamos algunas bromas, prometiendo mantenernos en contacto, y luego colgué.

–¿Quién era? –preguntó Livy.

–Un amigo de Paul, un antiguo soldado británico que ahora trabaja para la Interpol en Roma. Me va a ayudar con el caso.

—Entiendo. —Livy dio unos golpecitos sobre mi lado del colchón, haciéndome una seña para que me sentara a su lado.

Contemplé a Livy, recién despierta pero fresca, hermosa sin ningún tipo de maquillaje, el cabello negro liso le caía en suaves ondas hasta sus hombros, con esa increíble mirada de juventud que siempre me había asombrado y alterado: por un lado la atracción, el deseo de hacerle el amor; por otro, el sentimiento injustificado de estar haciendo algo malo, de amar a una mujer demasiado joven. Tenía que seguir recordándome la verdadera edad de Livy: ya no era una adolescente inmadura, sino una mujer hecha y derecha, una madre, mi amor. Estaba increíblemente hermosa sentada así, con su camisón casi transparente revelando el contorno de su cuerpo, la oscuridad de sus pezones. Su imagen me paralizó como a un pájaro atrapado ante la visión de una serpiente. No podía moverme aunque quisiera. Livy rompió el encantamiento.

–¿Qué? ¿Por qué me miras así? ¿Hay algo malo en mi?

–No, cariño. No hay nada malo en ti. Es solo que te encuentro increíblemente hermosa. No puedo dejar de mirar.

–Alan, por favor... estás consiguiendo que me sonroje.

Esto no puede ser normal. Livy no es la primera mujer con la que he estado. Ya había estado casado antes, por el amor de Dios. Pero la forma en que la veía...tan suave, tan seductora, tan deliciosa, ¡tan deseable! Tenía que estar perdiendo la cabeza, aunque en el buen sentido.

–Ven aquí –le dije, saliendo de mi ensueño para abrazarla.

Dos horas después, cuando llegué a la oficina esa mañana, Susan, nuestra recepcionista, me comunicó que Judith estaba esperando para verme. Inmediatamente supuse que por fin había descifrado el código que protegía el disco duro.

–Por favor, dígale a Judith que venga a mi oficina, Susan.

Me dirigí a mi despacho, ansioso por saber qué había encontrado en los archivos cifrados.

—Buenos días, Alan.

—Hola, Judith. Entre y siéntese. Tengo curiosidad por saber qué ha podido sacar de ese disco duro. Dígame.

—Al final el código era más simple de lo que esperaba. Básicamente, se basaba en una simple permutación de letras, usando como clave…

—Ahórreme los tecnicismos, Judith. Vaya directamente a lo que encontró.

—Obviamente, no tiene mucho sentido para mí. Tal vez usted pueda comprender los datos mejor que yo. El material está principalmente en portugués, o eso creo. En realidad, no estoy familiarizada con ese idioma. Una parte más reducida está en español. ¿Qué idioma hablan allí, Alan?

—El portugués es el único idioma que se habla en Brasil. Supongo que algunas mercancías salen de Perú y Colombia a través de Manaos. Los ríos son una vía de transporte natural y, dependiendo de dónde se produzcan, es más barato enviarlas hacia el este que transportarlas hasta el Pacífico. Además está el tráfico de drogas, y se sospecha que esos tipos también andan metidos en eso.

—Ya veo. De todos modos, le hice una copia impresa de todo el material que había en la unidad. También la tengo en soporte electrónico, pero pensé que le resultaría más práctico tener una copia impresa. —Judith sacó dos carpetas grandes de una bolsa y las colocó sobre mi mesa.

Silbé.

—¿Todo eso? Necesitaremos un café. Va a llevar mucho tiempo revisarlo todo. Me temo que tendré que pedirle que se quede, Judith. Probablemente necesitaré su ayuda.

—De acuerdo, Alan. Vine preparada para quedarme.

Comencé a examinar el material. El primer archivo era una agenda con nombres, números de teléfono y algunas direcciones de correo electrónico. Advertí que había teléfonos de Brasil y de otros países, algunos de Europa, como Alemania, Holanda, Italia y Grecia.

—Judith, ¿podría enviar por correo electrónico a un amigo mío solo los registros telefónicos de Europa?

—No hay problema, Alan.

Garabateé una nota para Emmet, pidiéndole que comprobara los números para ver si encontraba alguno que le resultara familiar. Judith se excusó para ir a enviar el mensaje. Continué mi escrutinio de los datos. El siguiente archivo era una serie de copias de correos electrónicos. No tenían sentido para mí. De todos modos, tampoco esperaba encontrar referencias incriminatorias. Esos tipos eran demasiado inteligentes para hacer algo así. Esperaba detectar el nombre de una persona o lugar que pueda identificar. Después de más de dos horas de examinar atentamente el material, los ojos estaban comenzando a dolerme. Envié el mensaje y me volví hacia Judith, que había regresado.

—Necesito estirar las piernas, Judith. Salgamos. Podemos buscar algo de comer y caminar un poco. Venga. La invito.

Regresamos a la oficina cuarenta minutos después y reanudamos nuestro análisis. Ahora estaba leyendo una especie de libro mayor contable. Los archivos estaban identificados por un nombre y un producto: caucho, madera, nueces de Brasil…Cada uno tenía una serie de entradas o registros, y varios campos como fecha, cantidad, importe, etc. Uno de ellos me llamó la atención. Era un envío bastante pequeño de nueces de Brasil, solo diez cajas, ni siquiera un contenedor completo. El nombre del cliente era Rizzo, pero no había datos en la columna de importe o puerto de destino. Había algo en el nombre que traté de recordar. Entonces lo comprendí. En las prisas por salir de las instalaciones de AR Comércio, tuve el tiempo justo para escribir los nombres que había en las pestañas de las carpetas del archivador. Fui a buscar mis notas y, efectivamente, el nombre Rizzo aparecía allí. No significaba mucho en ese momento, pero podría tener importancia si lo unía a otras pruebas. Lamenté no haber tenido tiempo de examinar la carpeta de Rizzo mientras estuve dentro del edificio de AR Comércio.

Miré el reloj. Eran casi las cinco. Decidí dar por terminado el día. Íbamos a cenar en casa de Jessica y no quería llegar tarde.

–Dejémoslo por hoy –le dije a Judith–. ¿Va a venir mañana? –pregunté.

—Si quiere que venga, vendré, por supuesto.

—Venga, por favor. Todavía tenemos mucho material por examinar.

–Nos vemos mañana, Alan.

CAPÍTULO 27

El descubrimiento

Habían transcurrido dos días desde que comenzara a examinar el material del disco duro y enviara el correo electrónico a Emmet Colin. No había encontrado nada más que fuera interesante en los archivos. De todos modos, para asegurarme, había contratado la ayuda de Susan y Lorna para repasar el material de nuevo más a fondo. Sin embargo, no tenía muchas esperanzas de encontrar más pruebas. Una cosa me quedó clara. Había notado que contenía muchos datos para apoyar un caso de enjuiciamiento por tráfico de drogas. Hablé con Fernando sobre cómo enviar estos datos a la Policía Federal de Manaos sin implicarme en un delito de allanamiento. Me dijo que lo olvidara. Ellos también habían realizado una meticulosa búsqueda y habían confiscado su disco duro, entre otras cosas. Así que ahora tenía que esperar a que se desarrollaran los acontecimientos.

La noticia llegó por la tarde. Tony vino a darme el mensaje de la policía peruana. Habían encontrado otro cuerpo cerca del campamento, enterrado en una tumba poco profunda como yo había predicho. Sin embargo, el asesino le había cortado las yemas de los dedos y no las encontraron. Así que, por desgracia, no podíamos descubrir la identidad del cuerpo.

—Vaya contratiempo —me lamenté, sacudiendo la cabeza.

–Espera –dijo Tony–. Hay más.

Habían encontrado la pala utilizada para cavar la tumba. La habían arrojado cerca del cuerpo. El asesino había tenido mucho cuidado y había borrado todas las huellas dactilares. Sin embargo, había cometido un error. La policía hizo un trabajo minucioso al revisar la pala en busca de huellas, y encontraron una en la hoja de metal, cerca de la unión con el mango de madera. Al asesino se le había escapado esa. La policía comparó esa huella con las que les habíamos enviado y encontró una coincidencia. Así pues, el asesino era Fernando Peralta y el cuerpo encontrado pertenecía a John Engelhard. Tenía que informar al señor Deville.

—Bueno, Tony, creo que con esto cumplimos los términos de nuestro contrato. Deville no estará contento con la noticia que confirma la desaparición de Engelhard, pero al menos hemos sido capaces de limpiar su nombre. Evidentemente, Peralta también cometió los demás asesinatos.

—Esto nos deja sin trabajo —pensó Tony en voz alta—. Tenemos que decírselo a Deville. ¿Lo llamas tú o lo hago yo?

—Déjamelo a mí. Yo lo llamaré, Tony.

Deville se mostró impasible con la noticia. Ese hombre era realmente extraño.

—Creo que con esto concluye nuestro trabajo, señor Deville. Lamento mucho informarle de la muerte de Engelhard. Sé que tenía la esperanza de encontrarlo con vida. Sin embargo, me alegro de haber podido demostrar su inocencia. Espero que esto sea un consuelo para usted.

—Señor Leary, voy a modificar los términos de nuestro contrato. Deseo que encuentre a su asesino y se asegure de que responda ante la justicia. Si acepta este nuevo encargo, contará, como anteriormente, con mi total apoyo. Puede pedir lo que necesite. Si está en mi mano concedérselo, lo tendrá. No escatimaré en gastos hasta ver a ese criminal entre rejas.

—Muy bien, señor Deville. Acepto su oferta. Iré tras ese tal Fernando Peralta. Por cierto, tengo una idea bastante razonable de quién es. La persona de Horizon más cercana a John Engelhard era su vicepresidente de minería, Eduardo Peña. Entiendo que el señor Peña estaba de vacaciones en el momento del crimen. ¿Quién más, aparte de Peña, podría ser ese inspector de Horizon que se presentó en Arequipa y condujo el tercer jeep encontrado en el campamento? El asesino material. Solo Eduardo podía contar con la confianza de Engelhard y salirse con la suya con alguna excusa para presentarse inesperadamente en el Colca. Sospecho que Eduardo Peña y Fernando Peralta, el asesino, son la misma persona.

—Entiendo su razonamiento, señor Leary. Tiene sentido.

—Necesito que recopile toda la información sobre Peña que tengan en Horizon. Fotografías, permiso de conducir, número de pasaporte o fotocopia, seguro social, todo. Huellas dactilares, si las tuvieran.

—Me encargaré personalmente de ello. Le enviaré todo lo que pueda conseguir, señor Leary.

–Gracias. Pondré todo mi empeño en completar con éxito este nuevo encargo y atrapar a Peralta.

–Confío en usted, señor Leary. Sé que lo hará.

Poco tiempo después de hablar con Deville, recibí una llamada telefónica de Emmet Colin.

—Mi querido amigo, lo siento, no pude llamarte antes, pero me enviaste muchos datos que debía analizar.

–Ya lo sé. Perdona por abusar de tu buena voluntad, Emmet.

–En absoluto, para nada. Pero entre los números de teléfono encontramos dos que pertenecen a nuestro amigo Benedetti.

–¿En serio? Eso es bueno. ¿El nombre de Rizzo significa algo para ti, Emmet?

–Sí, por supuesto. Rizzo Antiquities es la empresa propiedad de Benedetti. Es una antigua tienda de antigüedades tradicional situada en Roma. Pertenecía a una familia respetable y honesta. Benedetti la adquirió por medios desconocidos hace dos o tres años. No se molestó en cambiar el nombre.

¡Bingo! Ese era sin duda el comerciante que había organizado el contrabando de las piezas de oro. Si Peralta no seguía en Italia, seguro que ese Benedetti conocía su paradero. Tenía que ir a Italia. Le expliqué mi problema a Emmet.

–Será un placer conocerte, Alan. ¿Necesitas que te ayude en algo? ¿Te reservo un hotel?

–No, gracias, Emmet. Me ocuparé de todo desde aquí. Yo también tengo ganas de conocerte. Adiós.

–Espera un segundo, viejo amigo. Avísame cuándo llegas exactamente y tu número de vuelo. Iré a buscarte al aeropuerto.

–No te molestes, Emmet. Tomaré un taxi.

—No es molestia. Insisto.

—En ese caso, gracias. Nos vemos en Roma.

Llegué a casa y Larissa vino corriendo a mi encuentro, seguida de cerca por Claudia.

–¡Papi, papi!

La tomé en brazos.

–¿Cómo está mi princesa, la niña más linda del mundo? –dije haciéndole cosquillas. Larissa se rio alegremente y puso la carita para recibir mi beso.

–¿Dónde está la señora Leary, Claudia? ¿No está en casa?

–No, señor Leary. Todavía no ha vuelto de la universidad.

–Ah, bueno, espero que llegue pronto –dije con un ligero tono de decepción. No me apetecía demasiado tener que decirle a Livy que me iba a Roma. A ella no le gustaría la noticia, estaba seguro.

Oí girar la llave en la puerta principal y me volví para saludar a mi esposa todavía sosteniendo a Larissa en mis brazos.

—Hola, nena.

Los ojos de Livy se iluminaron cuando nos vio a los dos en el vestíbulo de entrada.

–¡Hola! ¿Disfrutando con tu hija? –preguntó sonriendo.

–Más ahora que ha llegado la madre. Te echábamos de menos. Ven y únete a nosotros.

–Guárdame la invitación. Voy a darme una ducha rápida y regreso ahora mismo.

–Livy, me voy a Italia mañana por la tarde.

–Vaya, Alan, ¿tienes que ir? Odio cuando no estás junto a mí. Te extraño mucho.

–Yo también te extraño. Os añoro a los dos, pero debo ir. Espero poder terminar este trabajo. Quizás podríamos tomarnos unos días de vacaciones después de mi regreso, pasar un fin de semana largo en Vermont o en Maine, solo nosotros tres. ¿Qué opinas?

—Eso sería fantástico. ¿Tienes idea de cuánto tiempo estarás fuera esta vez?

–No deberían ser más de unos pocos días, una semana como máximo.

–Lástima que en esta ocasión no pueda ir contigo.

–Sí, lo sé. Te extrañaré mucho, a ti y a tus juegos alocados a una milla de altitud.

CAPÍTULO 28

En Roma

Me acomodé en mi asiento de clase *business* en el avión a Roma, preparándome para afrontar el vuelo de más de nueve horas que tenía por delante. Una de las azafatas, una guapa rubia con unas piernas estupendas, vino a ofrecer bebidas y a preguntarme si necesitaba algo. Llevaba una bandeja con pequeños vasos de jugo de naranja y copas de champán.

–¿Podría traerme un whisky escocés con hielo, por favor? –le pedí. Necesitaba un trago fuerte para ayudarme a dormir. Normalmente no duermo bien en los vuelos, y además echaba de menos a Livy. Me sentía raro no teniéndola cerca. La azafata me dedicó una sonrisa sugerente.

–Más tarde —me dijo—. Después del despegue, le traeré su bebida, señor Leary. —Sonrió de nuevo.

«Mala suerte, señorita, hoy no estoy de compras, por muy bonitas que tenga las piernas».

El avión rodó hasta la posición de despegue y, después de un ligero retraso esperando a que despegaran otros vuelos que iban por delante de nosotros, finalmente fue nuestro turno. El avión aceleró por la pista y empezó a despegar. Nos íbamos rumbo a Italia. La azafata regresó con mi whisky escocés después de que apagaran la señal del cinturón de seguridad.

–Aquí tiene, señor Leary. Llámeme si necesita algo más –dijo, sonriendo de nuevo.

–Mmm, gracias, señorita.

Mis pensamientos volvieron a Livy. Probablemente debido al coqueteo de la azafata. Recordé su tonta sugerencia del club del amor a una milla de altitud. Sonreí al recordarlo. En ocasiones, Livy se comporta como si fuera mucho más joven. Definitivamente es uno de sus mayores encantos; me hace sentir como si estuviera tratando con una hija, en lugar de una esposa.

Emmet me estaba esperando frente a la salida de la Terminal C, sosteniendo un cartel con mi nombre. Lo saludé.

—Hola, Emmet, soy Alan.

—Mi querido compañero, es un placer conocerte. ¿Tuviste un buen vuelo? Debes estar cansado.

–Estoy bien. Gracias, y el vuelo sin problemas. Incluso logré dormir un poco.

–Fantástico. Tengo mi automóvil afuera, en el estacionamiento del aeropuerto. Te llevo a tu hotel. Deberías refrescarte y descansar antes de comenzar a trabajar. Tenemos una reunión esta tarde con el inspector Carlo Albanese de la Polizia di Stato italiana. —Emmet agarró mi maleta y comenzamos a caminar hacia su vehículo—. Solo para tu conocimiento, INTERPOL tiene una Oficina Central Nacional en Italia, la cual forma parte del Servicio de Cooperación Policial Internacional. Esta última es una rama de la Dirección Central de la Policía Criminal de Italia, encargada de coordinar las investigaciones internacionales. La dirección está dirigida de forma rotatoria por un funcionario de alto rango de la Polizia di Stato, de los Carabinieri o de la Guardia di Finanza. Este año, la dirección está a cargo de la Polizia di Stato. Pero no dejes que te aburra con esto ahora. Sabrás mejor cómo funciona todo cuando conozcas a Carlo. ¿Dónde te alojas, Alan?

–Reservé una habitación en el Saint Regis –le respondí.

Emmet silbó.

–Recuérdame que solicite un trabajo en tu empresa cuando me retire de la Interpol.

–Estaré encantado de tenerte, pero ¿por qué?

–El Saint Regis Grand es uno de los hoteles más caros de Roma, totalmente fuera del alcance de un policía.

–Mi cliente me paga bien –me excusé un poco avergonzado. No quería dar una imagen elitista a Emmet.

–Seguro que sí.

Tardamos una hora en ir desde el aeropuerto hasta mi hotel. El tráfico en Roma es aterrador. Siempre que llegábamos a un cruce, los conductores parecían jugar a ver quién era el más gallina para decidir quién tenía derecho de paso. Cuando llegamos al hotel, comprendí la manifestación de asombro de Emmet. Era un lugar elegante. Entré para registrarme y Emmet me dijo que esperaría abajo, en el vestíbulo.

–Tómate tu tiempo, compañero. No te preocupes por mí. Tengo que leer algunos informes. Estaré aquí cuando bajes. Quizás deberíamos comer algo antes de ir a ver a Carlo.

Fui a mi habitación para darme una ducha, afeitarme y ponerme un traje formal y una corbata. Terminé de deshacer la maleta con los pocos artículos que había traído. Era demasiado pronto para llamar a casa, así que le envié un mensaje de texto a Livy: *Hola, amor, tuve un buen vuelo y llegué bien a Roma. Cuida bien de mi corazón. Lo dejé allí contigo. Besos a mis chicas, Alan.* Bajé para encontrarme con Emmet.

La oficina del inspector Carlo Albanese estaba situada en la Questura di Roma en la Via di San Vitale. Después de una segunda sesión de tráfico romano, llegamos a nuestro destino. Emmet mostró su identificación al guardia que estaba en el mostrador de recepción y entramos. Evidentemente, esta no era la primera vez que Emmet visitaba a Carlo Albanese. Nos detuvimos en una puerta con vidrio esmerilado en la mitad superior, y Emmet llamó antes de entrar. Un caballero bajo, delgado, de mediana edad, con cabello oscuro y gafas se levantó de su escritorio y vino a nuestro encuentro.

—Ah, *signore* Alan, lo estaba esperando —me saludó en inglés con un pronunciado acento italiano.

—Inspector Carlo, gracias por recibirme.

—*Please* –dijo, alargando la primera E y haciendo hincapié en la segunda–, no tiene que darme las gracias. Es mi trabajo. Pero siéntese. Debemos discutir el asunto de los asesinatos en el Perú y los objetos robados.

Carlo volvió a su asiento. Emmet y yo nos sentamos en dos sillas frente al escritorio.

–Ahora, si no le importa, Alan, me gustaría escuchar toda la historia de sus propios labios. Ya conozco los aspectos más importantes. Sin embargo, usted ha estado cerca e incluso ha vivido algunos de los acontecimientos. Estoy seguro de que podrá ofrecernos detalles importantes que ayudarán a nuestra investigación.

Relaté todo lo que sabía y todo lo que había hecho desde el momento de la primera visita de Deville a nuestra oficina en adelante, sin escatimar detalles, adelantando mis conclusiones y explicando cómo había llegado a ellas. De vez en cuando, Carlo o Emmet me interrumpían, pidiéndome que aclarara sus dudas y explicara puntos específicos. Me llevó casi una hora informar de todo lo que sabía. Al final, tanto Carlo como Emmet parecieron satisfechos con mi relato.

—Muy impresionante, Alan. Hizo un trabajo excelente.

—Gracias, Carlo.

–Ahora comprendo perfectamente por qué John Engelhard nunca habría cometido el crimen. No tenía ningún motivo para robar; además, ¿cómo pudo haber sobrevivido a la dura travesía por la montaña? Es una persona de ciudad. Incluso con sus antecedentes oscuros y su falsa identidad, no se ajusta al perfil. Pero Peralta es una historia diferente. Ese hombre tenía conexiones con Sendero Luminoso. Quizás él mismo había sido terrorista y estaba familiarizado con la orografía andina. ¿Y cree que Peralta y Eduardo Peña son la misma persona?

–Estoy casi convencido de ello. Es una conclusión lógica. Por cierto, Eduardo ha desaparecido. Dejó Horizon con la excusa de haber encontrado un empleo mejor. Sin embargo, no le dijo a nadie el nombre de la empresa para la que iba a trabajar. Parece que nadie sabe a dónde fue.

—Eso es muy interesante, Alan.

—Traje las pruebas que tengo —añadí. Le di a Carlo un CD que le había preparado—. En él hay fotografías de Engelhard y Eduardo Peña, huellas dactilares del vehículo de Porto Velho y la única huella encontrada en la pala desechada. También he grabado todos los datos que me proporcionó Horizon Mining sobre Eduardo, y los de Fernando Peralta tomados de los archivos del FBI.

–Esto será muy útil, gracias. ¿Cree que ese Peralta está en Italia?

—Estoy seguro casi al cien por cien de que desembarcó en Génova. No puedo garantizar que se quedara en Italia. Pero averiguamos que ese individuo, Benedetti, el dueño de Rizzo Antiquities, orquestó el contrabando de las piezas de oro. Debería estar al tanto del paradero de Peralta, aunque haya salido de Italia.

–Podríamos empezar pidiendo a las autoridades de inmigración que verifiquen si entró al país por Génova.

–Lo siento, pero no funcionará. Usó el nombre de Feliciano Silva mientras estuvo en Brasil, pero no salió del país con esa identificación. Quién sabe qué alias utilizó para desembarcar en Génova.

—Entiendo lo que dice.

–Lamentablemente, no hubo tiempo para comparar las huellas dactilares de Porto Velho con las de Eduardo antes de irme de Nueva York. De todos modos, no espero que se encuentre una coincidencia. Estoy seguro de que su identificación con el nombre de Eduardo Peña también era falsa.

—Sin duda —convino Carlo.

–Necesito su ayuda, Carlo, para extraer de Benedetti información sobre el paradero de Peralta.

–Me temo que tengo un problema con eso, Alan. Sabemos que Benedetti es un delincuente. Rico, pero un delincuente. También sabemos que trafica con objetos robados. Es un perista, como llaman ustedes a este tipo de delincuente en Estados Unidos, y creemos que también trafica con drogas. Por desgracia, no podemos probar nada en su contra. Es un individuo muy inteligente, con dinero para comprar buenos abogados. Tengo las manos atadas. No puedo obligarlo a que me dé la información que desea.

–Pero, si es un delincuente, ¿por qué no lo han atrapado todavía por sus actividades ilegales?

–Venga, déjeme mostrárselo. —Carlo se puso de pie, se acercó a un archivador y sacó una carpeta gruesa. Seleccionó algunos documentos y volvió a sentarse a su escritorio. Levantó el teléfono y dijo algunas palabras en italiano. Un momento después, entró una señora, recogió los documentos y se marchó—. Le he pedido a la secretaria que haga copias del material que me gustaría que leyera. Podrá hacerse una idea mejor del hombre y del tipo de problema al que nos enfrentamos.

—Entiendo.

–Benedetti es hijo único de inmigrantes eslovenos –continuó Carlo–. Nació cerca de la ciudad de Udine, en el norte de Italia, en un pequeño pueblo llamado Buttrio, para ser más precisos. Su padre era soldador en una de las grandes fábricas de maquinaria de la zona. Su carrera delictiva comenzó a una edad muy temprana. Abandonó la escuela y se convirtió en un problema terrible para sus padres. Sus primeros roces con la policía se debieron a una serie de delitos menores y al robo de vehículos, por los que fue puesto en libertad condicional cuando tenía dieciséis años. Poco después, se trasladó a Venecia, donde se metió en una trama de explotación y robo de turistas. Finalmente fue arrestado y cumplió una sentencia de cuatro años. Después de salir en libertad, se trasladó a Roma y entró al servicio de Dom Enrico Mateo, un antiguo jefe del crimen organizado con actividades en la prostitución, el tráfico de personas y las drogas. Un verdadero encanto, este Dom Mateo.

—Benedetti también —asentí—. Ya veo que es un tipo estupendo.

—A principios de los noventa, habíamos acumulado suficientes pruebas para desarticular la banda de Dom Mateo. Lo detuvimos y sigue cumpliendo una larga condena en una prisión italiana. Benedetti, sin embargo, quedó libre. No pudimos probar nada en su contra. Fue juzgado, pero lo declararon inocente por falta de pruebas.

—Fantástico.

—De todos modos, después de su encuentro con la justicia, Benedetti decidió orientar sus intereses a delitos menos evidentes. Creo que sacó la idea de traficar con objetos de arte ilegales de Dom Mateo, ya que este último era coleccionista de tales artículos y no le importaba adquirírselos a los marchantes con peor reputación. Con los años, Benedetti ha tenido mucho éxito en este campo. El tráfico de drogas es una consecuencia reciente del contrabando de obras de arte.

—Le agradezco que me cuente todo esto, inspector. No me malinterprete, pero no está relacionado con mi encargo ni con mi solicitud. Lo único que necesito es que apriete un poco las tuercas a Benedetti para descubrir dónde se encuentra ese tipo, Peralta. Aunque, por supuesto que estaré encantado si consigue localizar y recuperar los objetos robados. Sin embargo, mi obligación principal es para con mi cliente, y el cumplimiento de su deseo de encontrar al asesino de John Engelhard y llevarlo ante la justicia.

—Le comprendo muy bien, Alan. Sin embargo, no puedo exprimir a Benedetti, como dice usted, sin pruebas más contundentes.

Siempre me topaba con la misma burocracia policial. Era frustrante.

—Por favor, ayúdeme, inspector. Llevo meses en esta investigación y ahora presiento que estoy cerca de su conclusión.

—Lo que voy a hacer es emitir inmediatamente una alerta general para encontrar y detener a Fernando Peralta, alias Feliciano Silva. Informaré no solo a nuestro propio cuerpo de policía, sino también a los Carabinieri e incluso al Corpo Forestale.

—Será un proceso largo y probablemente destinado a fracasar si ha cambiado de apariencia y ya está usando otra identificación falsa —repuse desanimado—. Además, ¿qué pruebas adicionales necesita? Sabemos que esa empresa de Manaos, AR Comércio, es la responsable de sacar a Peralta y los objetos incas de Brasil. Tenemos el nombre del barco que usaron y que llegó al puerto de Génova. La empresa de Benedetti aparecía mencionada varias veces en sus archivos. ¿No es suficiente?

—Muy bien, Alan. Hagamos una pequeña visita al *signore* Benedetti —concedió Carlo después de meditar sobre mis palabras. Veamos si podemos presionarle un poco para intentar extraer algo de información, ¿de acuerdo? No soy muy optimista, pero vale la pena intentarlo.

—Deberíamos ir ahora —apuntó Emmet—. Su tienda está en el barrio del Trastevere y debe salir alrededor de las cinco. Ya son más de las tres y media y, con el tráfico, puede que nos lleve una media hora larga llegar allí.

—Bien, vámonos. Deje su auto aquí, Emmet. Vamos en una patrulla de la policía. Será más rápido, y también más oficial.

La tienda de Benedetti estaba situada en una callejuela del Trastevere. Desde la calle, su apariencia no impresionaba: dos escaparates estrechos con una puerta de entrada en el medio, en los bajos de un edificio de dos plantas. Estacionamos el vehículo frente a la tienda, directamente debajo de una señal de prohibido estacionar. Bueno, tal vez leí mal el letrero. Mi italiano es pésimo. Todos salimos del automóvil y entramos en la tienda. Era estrecha, pero muy profunda. Vi una pared trasera con una puerta, que probablemente era la entrada a un almacén. Había un mostrador largo a nuestra derecha atendido por una mujer de unos treinta años. Un hombre corpulento con cara de pocos amigos estaba sentado más atrás. La pared que había tras el mostrador estaba cubierta con estantes hasta el techo, en los que se exponía una gran variedad de objetos. La señora nos habló.

—¿En qué puedo ayudarlos, caballeros? ¿Están buscando algún artículo en especial?

—Deseamos hablar con su jefe —dijo Carlo.

El grandullón se levantó y se acercó a nosotros con aire beligerante.

—¿Quién quiere hablar con el *signore* Benedetti? ¿Quién es usted?

Carlo intercambió algunas palabras en italiano con el hombre, demasiado rápido para que yo siguiera la conversación, y le mostró su placa de policía. El hombre nos hizo una señal para que lo siguiéramos y nos dirigimos a la puerta que había visto en la parte de atrás. Al otro lado de la pared, una escalera daba acceso al piso superior. El hombre le gritó algunas palabras a alguien que estaba arriba y nos indicó que subiéramos. Al llegar arriba, vimos que un segundo matón, un tipo de mediana estatura pero fuerte, y con la cara llena de picaduras, custodiaba la entrada a la oficina de Benedetti. Cuando nos vio, fingió cachear a Carlo. Pero tanto Carlo como Emmet mostraron sus insignias y pronunciaron palabras muy duras. El hombre cedió y procedió a anunciarnos.

—Pasen, por favor, caballeros –llamó una voz desde el interior de la oficina–. ¿A qué debo el placer de esta visita?

Entramos en la oficina. Benedetti era un personaje de aspecto distinguido, de pelo cano y con gafas. Si caminara por la calle entre los viandantes, nadie excepto yo lo tomaría por un delincuente. Los peores siempre parecen los menos probables.

—Lamento no poder invitarlos a sentarse. Lamentablemente, no tengo suficientes sillas para todos.

—Deja ya las tonterías, Benedetti –le cortó Carlo–. No es una visita de cortesía. Nos quedaremos de pie. De todos modos, no estaremos mucho tiempo. Queremos hacerte algunas preguntas. Primero queremos que nos digas dónde podemos encontrar a este hombre. —Carlo colocó la fotografía del hombre, alias Feliciano, alias Peralta, sobre la mesa, delante de Benedetti, que la miró con mucha atención.

—No conozco a ese hombre. No lo he visto nunca.

—Ahórranos las mentiras, Benedetti. Sabemos que organizaste el transporte ilegal a Italia de los objetos incas que robó en el Perú. Sabemos exactamente dónde y cuándo atracó el barco en el que viajaba, y el nombre del barco. Solo estás empeorando tu situación al negarlo.

—Inspector Albanese, de verdad, si tiene pruebas concretas que apoyen sus acusaciones, arrésteme –dijo Benedetti desafiante.

—Podría hacerlo.

—Si me arrestan, saldré en unas horas. Lo sabe.

—Le pediré a la Guardia di Finanza que revise tu inventario para verificar la legalidad de todas tus operaciones.

—Por favor, hágalo, inspector. Dirijo un negocio honrado. No tengo nada que temer de la policía ni de las autoridades financieras.

Benedetti no se había tragado el farol de Carlo, que se veía totalmente impotente y no podía hacer nada concreto. Yo sabía que esa forma de hacer las cosas era inútil. A veces no se puede utilizar la legalidad para tratar con delincuentes como Benedetti. En su caso, se requerían medios poco ortodoxos para asegurar el éxito. Vi claramente que Carlo estaba furioso y avergonzado con su posición al verse desafiado por un estafador. Se sonrojó y se puso rígido, disimulando a duras penas su enfado.

–Ya veremos. Lo lamentarás, Benedetti.

–Quizás, pero si no tiene intención de arrestarme ni viene con una orden judicial para registrar mis instalaciones, tendré que pedirles que se vayan. No tengo nada más que decir. Váyanse, por favor.

–No te atrevas a decirnos qué debemos hacer. Ahora nos vamos, pero volveré con una orden judicial, un *mandato di perquisizione* —lo amenazó Carlo.

–Está bien, inspector. Estaré esperando su visita. Pero, como dije, no tengo nada que ocultar y nunca en mi vida he visto al hombre de las fotografías que me ha mostrado. ¡Jamás!

Salimos de la tienda de Benedetti con sensación de derrota. La táctica de Carlo para presionarlo había fallado.

–¿Ahora qué? –pregunté–. ¿Qué hacemos?

—Como ya le dije, esta visita no tenía ninguna posibilidad de conseguir que Benedetti nos dijera dónde está su hombre o que confesara un delito. Solo accedí a venir porque ahora ya sabe que nos tiene pegados a su trasero. Espero que se ponga nervioso y empiece a cometer errores. Convertiré la vida de Benedetti en un infierno. Todos los días sufrirá un registro por parte de uno de los cuerpos de policía. Acabará derrumbándose.

–Es posible –convine–, pero llevará mucho tiempo.

–Por desgracia, por el momento poco más puedo hacer. Sin pruebas, tengo las manos atadas.

—Entiendo.

–Deme uno o dos días para trabajarme a Benedetti, Alan. Venga a verme pasado mañana. Entonces volveremos a hablar sobre este problema y discutiremos las alternativas.

–De acuerdo, inspector. Le veré entonces.

Me despedí de Carlo después de regresar a la Questura. Emmet se ofreció a llevarme de regreso a mi hotel. No había nada más que pudiera hacer hoy. Por dentro, me moría de frustración. Con el tiempo la investigación policial daría sus frutos. El problema era cuánto tiempo sería necesario. Estaba muy impaciente y no me veía quedándome en Roma varias semanas. Probablemente tendría que regresar a Nueva York y esperar los acontecimientos allí. Siempre podía volver si la policía encontraba alguna prueba concreta. Pensaría en todo eso mañana.

CAPÍTULO 29

PREPARATIVOS

Carlo me había pedido que esperara dos días antes de regresar a la Questura. Mientras tanto, tenía intención de tomar ciertas medidas para avanzar en el caso. Por lo tanto, me quedé para pasar algo de tiempo libre en Roma. Emmet se había ofrecido a venir al hotel y mostrarme la ciudad. Le di las gracias, pero lo rechacé cortésmente. Sabía que tenía sus propios problemas de los que ocuparse y no podía imponerle que se ocupara de mí.

Había estado en Roma antes. Había pasado un fin de semana largo en esta ciudad cuando todavía estaba en el servicio activo y mi grupo SEAL estaba asignado a la Sexta Flota. De eso hacía más de una década. No creía que Roma hubiera cambiado mucho en ese tiempo. Sin embargo, no recordaba con claridad los lugares que había visitado en esa ocasión. Era mucho más joven, estaba soltero y no había pasado solo mucho tiempo. Evidentemente, en aquella época mis intereses eran muy diferentes. Ahora no puedo ni imaginar siquiera que otra chica pueda ser ni una décima parte de lo atractiva que es Livy para mí.

Tenía que hacer algunos recados. Elaboré un plan alternativo por si acaso la investigación policial fracasaba o se prolongaba demasiado. Simplemente no podía imaginarme atrapado en Roma durante un período prolongado de tiempo. Había leído el material sobre Benedetti que me había proporcionado el inspector Carlo. No me ayudó mucho, aparte de confirmar que era una persona muy peligrosa. Benedetti no tendría reparos en matar para protegerse y lograr sus objetivos. Tal vez tuviera que sacarle por la fuerza la información que necesitaba.

Me desperté tarde para poder llamar a casa, y salí del hotel inmediatamente después del almuerzo. Mi primera parada fue en una tienda que vendía armas y artículos de caza. Compré un paquete pequeño de perdigones de plomo, adecuados para cazar jabalíes según el vendedor. Después fui a una tienda que vendía material de seguridad y artículos policiales. Esa fue más complicada de encontrar. El conserje de mi hotel no me proporcionó información útil, pero en la armería obtuve mejores indicaciones. Compré unas esposas de plástico para las manos y los tobillos, y las añadí a mi bolsa de la compra. En una ferretería compré un trozo de cuerda delgada, de la que se usa para las persianas venecianas. Para acabar, compré un par de calcetines de algodón muy resistentes. Ya tenía todo lo que necesitaba. Tomé un taxi de regreso al hotel.

Después de darle una buena propina, el conserje logró conseguirme una entrada cara, probablemente comprada en la reventa, para un concierto de esa noche. No me importaba mucho el precio. Era una buena butaca de platea y necesitaba algo que hacer. Era mejor que pasar el tiempo bebiendo en un bar. Después de ducharme y ponerme el traje, todavía me sobraba tiempo. Decidí visitar la elegante zona comercial cercana a la plaza de España. Quería comprar regalos italianos para mis damas: Livy, Larissa y mi hermana Jessica. A la mañana siguiente, volvería a visitar a Carlo para que me pusiera al día de las novedades relacionadas con el caso.

CAPÍTULO 30

Todavía en Roma

Emmet vino por la mañana para llevarme a una reunión con el inspector Carlo Albanese. Nos estaba esperando con los resultados de sus últimas pesquisas para descubrir el paradero de Fernando Peralta y de las piezas de oro. Nos recibió en su oficina de la Questura di Roma situada en Via di San Vitale.

–Buenos días, Alan. Espero que ayer tuvieras la oportunidad de descansar, y quizás también de ver un poco de Roma.

—Gracias, Carlo. He descansado bien.

–Estupendo. Le diré lo que he encontrado durante este tiempo.

—Por favor, estoy deseando conocer sus noticias.

—Cuando le dejé, después de nuestra conversación con Benedetti, llamé a la Autoridad Portuaria de Génova para preguntar por el barco *The Nemea Lion*, que trajo las nueces de Brasil desde Manaos.

–Bien, ¿y?

–Los barcos que atracan en Génova deben presentar los nombres de todos los miembros de la tripulación a la autoridad portuaria. Después de hablar con ellos, descubrieron que uno de los tripulantes, una persona llamada Jason Christos, no regresó al barco cuando volvió a zarpar.

–Debe ser el tipo al que estamos rastreando. ¿Toman las huellas dactilares de la tripulación cuando salen de la zona del puerto?

–Lamentablemente, a diferencia de su país, no escaneamos las huellas dactilares. Me comuniqué con la compañía naviera en Grecia y encontraron una discrepancia. El barco no tenía un miembro de la tripulación llamado Jason, y además llevaba más equipaje del habitual. De hecho, el director de la compañía con el que hablé estaba muy molesto. Dijo que algo así no podía suceder sin el conocimiento del capitán del barco. Lo van a denunciar a la policía griega y será interrogado.

—Son buenas noticias. El capitán debía estar al tanto de todo para haber permitido que este Jason subiera a bordo en Manaos. Es un avance muy positivo.

–Sí, bueno. Actualmente el barco está en alta mar. Está regresando a Sudamérica. Tardará otros cinco días en llegar a puerto. La empresa no considera prudente modificar su rumbo y la policía griega accedió a interrogarlo por radio. El capitán será detenido tan pronto como llegue a puerto. Lo sustituirán y será enviado de regreso a Grecia para ser interrogado de nuevo.

–Ya veo. Para mí, esperar cinco días en Roma es mucho tiempo.

–Lo comprendo. Mientras esperamos, hay otras medidas que sí podemos tomar. El cargamento de nueces fue adquirido por una empresa de Perugia, Fratelli Cataldo Import and Export.

—Excelente.

—No exactamente. Esa empresa no existe. Lo verificamos en la Comuna de Perugia.

–¡Maldita sea! Estamos de vuelta en la primera casilla.

–No se desespere, Alan. Estos delincuentes siempre dejan algún indicio, por muy bien que intenten ocultar su rastro. La empresa no existe. Sin embargo, el agente de aduanas sí. La policía de Génova lo interrogará. Además, la autoridad portuaria está realizando un control de los camiones que entraron en el área del puerto el día que se descargaron las nueces. Se registran las matrículas de todos los camiones que acceden al puerto. Nuevamente, es lamentable que el sistema no esté informatizado. Las licencias deben comprobarse a mano y compararse con la documentación del cargamento. Esto llevará otras cuarenta y ocho horas. Una vez que lo tengamos, podemos ir tras la empresa de transporte o quienquiera que sea el propietario del vehículo en cuestión. Deme una semana como máximo, y encontraré a qué parte de Europa fue el cargamento de nueces.

–No sé qué decir, Carlo. Debe tener docenas de casos además del mío que merecen su atención. Está claro que interrumpió otras tareas importantes para dar prioridad a mi caso. Ha hecho mucho por mí. Ha sido muy amable y servicial. Debo darle las gracias.

–Ha sido muy eficiente, Carlo –coincidió Emmet–. En mi informe a la sede de la Interpol, mencionaré su ayuda y cómo apoyó nuestro trabajo.

–Ya basta, caballeros. Sé lo urgente que es este asunto para usted y además tengo una solicitud oficial de la Interpol para ayudarlo a encontrar al asesino y los objetos robados. Solo estoy cumpliendo con mi obligación.

–¿Cuál es nuestro próximo paso? –preguntó Emmet.

–Lamentablemente, tendrán que tener paciencia y esperar un par de días más, al menos hasta que tenga más noticias sobre la compañía de camiones. Me temo que el asunto con la compañía naviera y el capitán del barco llevará un poco más de tiempo. Me doy cuenta de lo ansioso que está por resolver este asunto y regresar a casa, Alan. Perdóneme. Eso es todo lo que puedo hacer.

–Por supuesto, Carlo. Como le dije antes, su ayuda es irreprochable, más de lo que podría esperar. En realidad, es más de lo que tiene la obligación de proporcionarme. —Parecía que mi alternativa de sacarle una respuesta por la fuerza a Benedetti era la única posibilidad viable que me quedaba.

Nos despedimos y dejamos al inspector Carlo. Emmet me llevó al hotel. Durante el camino de regreso me quedé en silencio.

–No te decepciones, Alan. Pasar unos días en Roma no está tan mal. Hay muchísimo que ver. Debes aprovecharlos y sacar el máximo partido al tiempo que pases aquí.

Estaba tan frustrado que era difícil expresarle mis sentimientos a Emmet. Así que me limité a responder:

—De acuerdo.

—¿Quieres que vuelva mañana, Alan? Podría mostrarte algunos de los monumentos.

–Agradezco tu oferta, pero no, gracias. Tengo la intención de aprovechar el día para descansar y escribir mi informe al cliente. ¿Por qué no me llamas mañana por la noche? Entonces podemos decidir qué hacer al día siguiente.

–Hecho. Pensaré en algo que hacer y te llamaré –repuso Emmet.

De regreso a mi habitación de hotel, comencé los preparativos. Reuní los artículos que había comprado el día anterior. Abrí el paquete que había comprado en la armería, vertí una pequeña cantidad de perdigones de plomo en uno de los calcetines de algodón y até el extremo abierto con un nudo apretado. A continuación, usé el cordón delgado para hacer una lazada alrededor de mi antebrazo y lo até al nudo del calcetín. Había improvisado una especie de maza, la cachiporra de un matón. Me puse la chaqueta y traté de mantener la porra oculta, sostenida por mi antebrazo ligeramente levantado. Al bajar el brazo, podía dejar caer la porra y agarrarla con la palma de la mano o dejarla caer un poco más para que el lazo del cordón se enganchara alrededor de mi muñeca. Practiqué el movimiento varias veces hasta que me convencí que podía hacerlo con una sacudida del brazo sin fallar. Estaba listo para actuar. Mi plan era arriesgado. Había muchas posibilidades de fracasar. Podía resultar herido o acabar en una prisión italiana. Pero no podía esperar a la policía. En tiempos desesperados, medidas desesperadas.

CAPÍTULO 31

La segunda visita

A la mañana siguiente, salí del hotel después del desayuno. No tenía intención de regresar. Antes de dejar la habitación, le pedí a la recepción que me consiguiera un automóvil con un conductor de confianza que hablara inglés. Usaría el vehículo durante todo el día.

–No hay problema, señor Leary. Puedo recomendarle un hombre muy fiable. Es muy honesto y un excelente conductor. Si no le importa esperar, intentaré localizarlo y ver si está disponible. Por favor, tome asiento mientras hago un par de llamadas. Vendré a buscarlo cuando tenga la confirmación. No debería llevar mucho tiempo.

Efectivamente, la recepcionista vino a buscarme media hora después en compañía de un hombre bajo, delgado y de cabello oscuro. La recepcionista me presentó al conductor.

–Este es Máximo Prieto, señor Leary, la persona de la que le hablé. Está de suerte. Está libre todo el día de hoy y puede ser su conductor.

»Máximo, este es el caballero estadounidense que le mencioné. Necesitaría sus servicios para llevarlo por Roma.

–¿Cómo está, señor Leary?

–Bien, gracias. Por favor, llámeme Alan.

Le di las gracias a la recepcionista del hotel, junto con una generosa propina por su ayuda. A continuación, hablé de la compensación con Máximo y llegamos a un acuerdo que aparentemente le dejó contento.

–Entonces, Máximo, ¿nos vamos ya?

—Por supuesto, Alan. —Máximo recogió mi maleta y nos fuimos al automóvil. Le di la dirección de la tienda de Benedetti.

Cuando entré a la tienda por segunda vez, la mujer que estaba detrás del mostrador me reconoció.

—*Bongiorno.*

–Hola, estoy aquí para ver al señor Benedetti –le dije.

Hizo una seña con la cabeza al guardia de seguridad que estaba sentado, y este se levantó y se acercó a mí.

–¿Quién es usted y qué quiere del señor Benedetti?

O el tipo era rematadamente tonto y no me recordaba de la visita anterior o simplemente estaba tratando de ser desagradable.

–Soy el inspector Leary de la policía de Nueva York –mentí–. Mis asuntos con su jefe no son de su incumbencia.

Me miró para decidir qué hacer. Afortunadamente, no exigió ver mi placa. Pero sí me recordaba de cuando había venido a la tienda con la policía italiana. Al final me hizo una señal para que lo siguiera, indicando la puerta de la parte de atrás. Se detuvo al pie de las escaleras del despacho de Benedetti, gritó unas palabras en italiano al otro matón que estaba arriba y me dijo que subiera.

Dejé caer el brazo. Girándome rápidamente en su dirección, lo golpeé en la sien con mi arma improvisada. Cayó sin hacer ruido. Volví a colocarme la porra casera en el antebrazo y subí las escaleras.

El otro hombre se adelantó para cachearme. Dejé que se acercara y empezara a cachearme buscando un arma. No le di ninguna oportunidad. Moviéndome rápidamente, repetí la misma acción que había realizado con su amigo. Balanceé el calcetín lleno de balines de plomo. Le golpeé de lleno en la cabeza. Lo agarré y lo dejé caer lentamente para evitar el ruido del cuerpo al caer. Tomé las esposas de plástico y le sujeté rápidamente los brazos a la espalda y los tobillos. Le quité la pistola, una Beretta de 9 mm, y un teléfono celular. Bajé y esposé también al otro hombre, además de quitarle la pistola y el teléfono.

Volví arriba y abrí la puerta del despacho de Benedetti. Levantó la cabeza de lo que estaba leyendo, alarmado al verme irrumpir en su oficina. Se recuperó rápidamente y rebuscó en uno de los cajones de su mesa. Fui más rápido que él. Cerré el cajón, pillándole la mano. Gritó de dolor con la mano atrapada. Le apunté con el arma que le había quitado a uno de sus hombres.

–Suelta lo que ibas a coger –le ordené–. Retira la mano lentamente o te dispararé.

Alivié la presión sobre el cajón, permitiéndole sacar la mano.

–Levántate. ¡Y aléjate de la mesa!

Dentro del cajón encontré una tercera pistola, que también me quedé.

–Pon las manos a la espalda –le dije–. Y no hagas ningún movimiento en falso, o te dispararé.

–¿Qué es todo esto? –preguntó Benedetti, recuperándose de la conmoción inicial.

–Yo hago las preguntas aquí –lo interrumpí–. Y tú contestas.

Le ordené que se pusiera de cara a la pared y le esposé las manos. Alejé su silla del escritorio y le dije que se sentara.

–No sé lo que pretendes, pero te arrepentirás de lo que estás haciendo –me amenazó.

Le golpeé en la cara con la pistola.

–¡Cállate!

Le aseguré los tobillos. Saqué el cordón de persiana veneciana y lo até a la silla. Lo cacheé, pero no estaba armado. Le arrebaté el teléfono y lo aplasté con el pie. A continuación hice lo mismo con los otros dos teléfonos que les había quitado a sus matones. Registré la oficina y su escritorio, buscando armas u otros teléfonos, pero no encontré nada más. Por último, arranqué de la pared el cable del teléfono.

–No te vayas a ninguna parte –bromeé–. Volveré pronto.

Bajé de nuevo y regresé a la tienda. La señora que estaba detrás del mostrador me vio regresar y me sonrió. Me acerqué, saqué el arma y la apunté con ella. Dejó escapar un gritito de alarma, mirando la pistola con los ojos llenos de miedo.

–No hagas ninguna estupidez y no saldrás herida –le dije–. Levanta las manos y sal de detrás del mostrador. —Me obedeció—. Ahora vas a cerrar la tienda. Baja los brazos y ve a la puerta principal. Recuerda, estoy justo detrás de ti. Si gritas o le haces alguna señal a alguien en la calle, te mataré. —Odiaba hacerle eso a la pobre mujer. Pero ella no conocía mis intenciones. Si descubría mi farol, estaba perdido. Sabía que lo que estaba haciendo era totalmente estúpido y temerario, pero estaba desesperado. No tenía la más mínima intención de quedarme en Italia varias semanas más y mucho menos meses. No podía esperar a que Benedetti se derrumbara bajo la presión policial. En ese momento, Peralta podría estar ya en Tombuctú, por lo que yo sabía. Tenía que hacerlo.

La mujer cerró la puerta principal y retiró los objetos de los escaparates, cerrando también sus puertas. Le dije que se diera la vuelta y le sujeté las manos con las esposas. Le ordené que fuera al baño y fui detrás de ella. Ya dentro, cerré la tapa del inodoro, hice que se sentara encima y también le até los tobillos. Salí y eché el cerrojo a la puerta del baño. Arranqué de la pared el cable del teléfono de la tienda y regresé a donde estaba el hombre de abajo para amordazarlo con jirones arrancados de su camisa. Repetí la operación con el hombre de arriba. Estaba listo para dedicarme a Benedetti.

Me miraba con ojos llenos de odio.

–Nadie me jode a mí, hijo de puta americano. Te vas a enterar. Haré que te maten.

Agarré mi calcetín de perdigones y le golpeé en la nariz. Se la rompí y comenzó a sangrar profusamente, empapando su camisa. Se desmayó. Cuando se despertó, la nariz se le había hinchado y solo podía respirar por la boca.

–Tal vez ahora podamos hablar con sensatez –dije–. Esto no es un juego y, si quieres seguir viviendo, responderás a mis preguntas sin ni siquiera intentar mentirme como hiciste con Carlo. Ahora dime, ¿en qué parte de Italia se esconde ese Feliciano, Peralta, Eduardo, o el nombre que esté usando ahora?

–No tengo nada que decirte, pedazo de mierda –respondió.

–Muy bien. Veo que quieres hacer las cosas más difíciles. A mí no me importa. –Presioné el cañón de la pistola contra la parte carnosa de su muslo y apreté el gatillo. El disparo sonó muy fuerte, pero durante mi primera visita había visto que la oficina estaba insonorizada. Con la puerta cerrada, no creía que nadie que pasara por delante de la tienda pudiera oír el disparo.

Benedetti chilló de dolor.

–¡Miserable hijo de puta americano!

–Deja que te repita la pregunta. ¿Dónde está Peralta?

—Que te jodan.

–De acuerdo. Esto es lo que voy a hacer. Te voy a disparar a la rótula. El dolor es insoportable, te quedarás cojo y tendrás que caminar con muletas para siempre. Ningún traumatólogo podrá arreglarlo. He visto ese tipo de heridas en la guerra. Las primeras cuarenta y ocho horas ninguna cantidad de analgésicos será suficiente. Es terrorífico. ¿Quieres probar? —Coloqué el cañón de la pistola sobre su rótula. La expresión beligerante de Benedetti desapareció y fue reemplazada por otra de terror.

–¡Detente! Te lo diré.

–Bien. Sabia decisión. Pero te lo advierto, ni se te ocurra darme información falsa. Apuesto a que no está muy lejos. Debe mantenerse en contacto contigo, ¿a que sí? Probablemente no has podido vender todos los artículos todavía. Si voy y descubro que me mentiste, volveré para matarte. No te puedes ni imaginar lo que te haré antes de morir.

–Ha alquilado una pequeña finca en un pueblo llamado Acquaviva. Está cerca de la ciudad de Montepulciano, en la Toscana. La finca tiene un nombre, Agroturismo Bella Vale.

–¿Ves qué fácil era? Ahora solo tienes que quedarte aquí un par de horas, hasta que llegue a ese lugar y confirme tu información. Si dices la verdad, llamaré a la policía para que venga a salvarte. Pero si me estás mintiendo... –No terminé la frase–. No esperes que se presente nadie mientras tanto. He tomado precauciones.

Salí de la tienda a toda prisa. Tenía que llegar lo antes posible al lugar que me había indicado Benedetti. Siempre existía la posibilidad de que algo saliera mal. Lo único que hacía falta para estropear mi plan era que Carlo u otro agente de policía le hicieran una visita sorpresa. Regresé al vehículo y le dije a Máximo:

–¿Puedes llevarme a un pueblo llamado Acquaviva? Está cerca de Montepulciano, en la Toscana.

—Pero *signore* Leary, eso está fuera de Roma y me dijeron que solo iríamos por la ciudad.

—¿A qué distancia está ese pueblo de aquí, Máximo?

—A unos ciento setenta y cinco kilómetros.

—¿Cuánto me cobrarías por llevarme y traerme?

Máximo se lo pensó por un instante y me respondió.

–Doscientos cincuenta dólares.

–¿Cuánto tiempo te llevará conducir hasta allí?

—Cerca de dos horas.

—Hazlo en una hora y media y te pagaré quinientos dólares. ¿Trato?

–Sí, señor. Por esa cantidad, volaré.

CAPÍTULO 32

LA TOSCANA

Máximo cumplió su promesa. Después de dejar atrás el tráfico de Roma y entrar en la autopista, pisó a fondo el acelerador. El velocímetro no bajó de los 170 kilómetros por hora. Nunca podría conducir así en una autopista de Estados Unidos o en ningún otro lugar, con la excepción de Alemania, donde no hay límite de velocidad. En Italia nos movíamos a una velocidad totalmente ilegal, pero no nos detuvieron. Llegamos a la salida señalizada para Acquaviva exactamente una hora y veinticinco minutos después de salir de la tienda de Benedetti en Roma. Durante todo el viaje no pude dejar de preocuparme por las cosas que podían salir mal. Benedetti podía haberme mentido. Tal vez no encontrara ninguna finca con el nombre de Bella Vale. O podía encontrar la finca, pero no a Peralta. Era muy probable que dentro de muy poco me encerraran en una celda italiana. La Polizia di Stato o los Carabinieri podían estar buscándome en ese mismo momento para arrestarme por el allanamiento y la agresión a dos ciudadanos italianos. Tenía la cabeza llena de posibles infortunios.

Después de llegar a nuestro destino, no pude evitar admirar el paisaje de la Toscana que nos rodeaba con todo su esplendor. Un amplio valle de colinas ondulantes poblado de olivos y vides con hileras distantes de altos cipreses dispersos por el paisaje. Acquaviva era un pueblo diminuto; la silueta baja de sus tejados apenas resaltaba en el horizonte de las colinas. A cierta distancia se divisaba Montepulciano con nitidez, una ciudad de cuento de hadas encaramada sobre una colina pedregosa, muy por encima del valle circundante. Tomé nota mentalmente de regresar con Livy y Larissa para conocer esta maravillosa región. Sería estupendo pasar unos

192

días despreocupados conduciendo por los lugares más distantes y viajando en bicicleta o haciendo senderismo hasta los más cercanos.

Sueños. Tendría que apartarlos de mi mente por ahora. Estaba deseando encontrarme con el hombre al que había estado persiguiendo durante tanto tiempo a lo largo de tres continentes. Entonces podría dar por terminada mi búsqueda y regresar a casa con mi familia.

Máximo consiguió indicaciones en una gasolinera y en el pueblo. Tuvo que preguntar en varios lugares hasta encontrar a alguien que supiera el lugar al que queríamos llegar. Regresó sonriendo cuando encontró nuestro destino. Subió al vehículo y encendió el motor.

—Está muy cerca —me dijo—. Incluso me han hecho un dibujo sobre cómo llegar. —Me mostró una hoja de papel con varias líneas dibujadas.

Condujimos otros diez o quince minutos por caminos comarcales sin pavimentar y nunca habríamos encontrado la finca de no ser por el dibujo que había conseguido Máximo. Nos perdimos un par de veces al equivocarnos en cruces no señalizados. Estaba empezando a impacientarme cuando finalmente llegamos. Dos pilares de mampostería con una puerta de hierro forjado marcaban la entrada a la finca. Un cartel que decía "Agroturismo Bella Vale" colgaba de un arco de hierro sostenido por dos columnas. Vi una casa de dos plantas a poca distancia de la verja. Era evidente que la planta superior contenía el espacio de vivienda, y el inferior parecía un cobertizo o un granero. Advertí que había algunos bungalós en el extremo derecho de la casa principal. «Casitas para huéspedes», supuse. Parecían desocupadas.

Le dije a Máximo que me esperara en el automóvil y fui a pie. Crucé la puerta de la verja y caminé hacia la casa. Todavía tenía una de las armas que les había quitado a los hombres de Benedetti. Me había deshecho de la otra al cruzar un puente. Quité el seguro y la amartillé, colocando una bala en la recámara. Caminé rápidamente hacia las escaleras que conducían a la planta de arriba. No había visto a nadie fuera de la casa o trabajando en los campos de alrededor. Cuando llegué a lo alto de las escaleras, descubrí que la puerta de la vivienda no estaba cerrada. Supuse que nadie prestaba mucha atención a la seguridad en una zona tan tranquila.

Entré lo más silenciosamente que pude. Caminé con cuidado, tratando de evitar el crujido de las tablas del piso o tropezar con obstáculos inadvertidos. Vi una habitación de tamaño medio con un porche cubierto a mi derecha que se abría a los campos. A mi izquierda, dos puertas daban acceso a lo que supuse que eran dormitorios. Delante de mí, al fondo de la habitación, había otra puerta que debía conducir al baño y la cocina. Me detuve para decidir qué hacer, qué habitación examinar primero.

De repente, mi presa, la persona a la que había estado persiguiendo, salió por una de las puertas. Se detuvo, sorprendido de verme allí. Su rostro expresó alarma ante mi presencia. Lo había encontrado. No era Feliciano, ni Peralta ni Eduardo Peña. El verdadero asesino nos había engañado a todos. La persona que estaba frente a mí no era otro que el señor John Engelhard, el expresidente de Horizon Mining, el multimillonario.

El instinto de Deville había estado en lo cierto desde el principio. Engelhard estaba vivo después de todo. Estaba sorprendido, estupefacto más bien. Apunté con mi arma a Engelhard y le ordené que levantara los brazos. Me obedeció.

—Se supone que estás muerto —le dije. Entonces, algo me golpeó por detrás y todo se oscureció.

CAPÍTULO 33

EL ASESINO

No sé cuánto tiempo estuve inconsciente. Cuando recuperé el sentido, estaba atado a una silla. Traté de liberarme, pero estaba firmemente sujeto. Engelhard había tomado mi arma y me estaba mirando. Para mi sorpresa, de pie a su lado estaba la secretaria, la señorita Helen Crawford. Ella era la que me había golpeado, evidentemente. Hice una mueca de dolor a causa del golpe en la cabeza.

–Espero que Helen no le haya hecho mucho daño, señor Leary. Eres Alan Leary, ¿no? Me dijeron que me estabas buscando.

Engelhard tenía una voz clara, firme y agradable. Sonreía de una manera casi amistosa. Continuó hablándome.

–Eres más inteligente e implacable de lo que pensaba. Te las arreglaste para escapar de dos atentados perfectos contra tu vida en Manaos, debo decir que llevados a cabo por dos asesinos muy eficientes. Me dejaste impresionado. Me quito el sombrero ante ti, Alan. Es bueno reconocer a alguien tan profesional como yo. Eres realmente bueno.

–Gracias por los elogios –repuse–. Pero no te llevarán a ninguna parte –logré bromear.

—Está bien que conserves el buen humor en las situaciones adversas. Me gusta.

–¿Qué le pasó al otro hombre, Eduardo Peña, Fernando Peralta o como se llame? –pregunté.

–Su verdadero nombre era Fernando Peralta. Y, por cierto, estás completamente equivocado. Eduardo Peña y Peralta son personas diferentes. Espero que Peña esté bastante contento en su nuevo trabajo.

No tuvo nada que ver con todo esto. Peralta era consultor geólogo de la empresa. Su trabajo le permitía mucha libertad para viajar y moverse. Estaba registrado en la empresa con otro nombre: Guilhermo Atrio. Supongo que con el tiempo alguien lo echará de menos, pero como su jefe Peña ya no está, probablemente les lleve un tiempo. Lo conocí cuando ambos estábamos con Sendero Luminoso, en el Perú. Él nunca fue un luchador o un soldado como yo. Fernando estaba en la administración; trabajaba con los hombres que se aseguraban que tuviéramos suficiente dinero para armas y suministros. Los que se ocupaban de los narcotraficantes, una actividad repugnante pero indispensable, se podría decir que un mal necesario. Sin embargo, era un buen geólogo y, cuando comencé Horizon Mining, lo contraté.

—¿Por qué mataste a toda esa gente para robar el oro? Eso no era nada para ti. Eres multimillonario. Entonces, ¿por qué?

—Ah, pero si yo no estaba interesado en el oro. Tenía que conseguir el alba, la túnica encontrada en la tumba. Representaba una nueva vida para mí. Era la anulación de un pacto contraído mucho tiempo atrás que no tengo intención de cumplir. Benedetti se quedó con todo el oro. Es el precio que cobró fue organizar mi transporte seguro hasta este país, proporcionarme otra identidad nueva y conseguirme esta villa. Debe haberte dicho dónde estaba. Tendré que mantener una conversación muy seria con él cuando terminemos aquí.

—¿Qué hay de la huella dactilar encontrada en la pala, la que coincide con la de Peralta? ¿Qué sucedió? ¿Obligaste al pobre hombre a cavar su propia tumba?

—No. De hecho, Peralta fue el primero al que maté de ese campamento. Me trajo la noticia y los detalles del descubrimiento. Un geólogo que trabajaba con él había encontrado la tumba. Hice un trato con Peralta. Me ayudaría a saquear la tumba y él podría quedarse con el oro. Yo solo quería la túnica. Era un hombre codicioso. No te sorprendas tanto. Sabía que llevaba años robándome, vendiendo información importante a mis competidores. Aceptó mi oferta de inmediato. Pero tenía la intención de matarlo desde el comienzo de nuestra aventura. Estaba empezando a saber demasiado sobre mí, y necesitaba a alguien a quien se pudiera responsabilizar por los crímenes. El nativo no formaba parte de la ecuación inicial. Apareció inesperadamente en el campamento. Le puse encima mis documentos. La huella dactilar de la pala fue un buen toque, ¿no crees? También coloqué las huellas que encontraron en el vehículo de alquiler. –Se rio–. La policía, ¡son tan eficientes!

Yo estaba horrorizado. Tenía los dedos de Peralta, y nunca se me ocurrió que hubiera usado sus huellas de ese modo.

–¿Por qué decidiste no utilizar la ayuda de Peralta? Supongo que habría facilitado tu repugnante trabajo, ¿no?

–Verás, Alan, llevo vivo mucho tiempo. Cuando tus abuelos eran niños, yo ya llevaba vivo muchos, muchos años. He librado numerosas batallas en muchas guerras diferentes. Entrené y me convertí en experto en todo tipo de artes marciales que puedas imaginar. Algunas las inventé yo mismo combinando técnicas de diferentes escuelas.

–Estabas seguro de ser capaz de manejar la situación tú solo.

–Exacto. Soy muy bueno, Alan. Sé que eres un soldado con un buen entrenamiento, pero podría matarte fácilmente solo con las manos, créeme.

–¿Te gustaría intentarlo? –pregunté desafiante–. Desátame y probamos.

Engelhard sonrió.

–Me volví un maestro en el manejo de todo tipo de armas. Para mí, matar a esas personas no significó nada –continuó–. El estúpido de Peralta pensó que podía ayudar. En realidad, la idea era simplemente ridícula.

–¿Por qué no le dejaste que se quedara con el oro? Aunque no necesitaras su ayuda para despachar a esas pobres almas, podría haberte ayudado a escapar.

–Como te dije, sabía demasiado. Era un lastre. No podía permitir que siguiera vivo. Podría haber sentido la tentación de hablar.

–¿Y Helen? –pregunté–. ¿Por qué está aquí?

–Somos amantes, señor Leary –dijo Helen, hablándome por primera vez–. Siento haberle golpeado. No podía dejar que se llevara a John.

Engelhard siguió hablando.

—Ahora que me he liberado de mi llamémoslo compromiso, puedo comenzar una vida normal. Envejeceré y, cuando llegue el momento, moriré como cualquier otra persona. Helen me ama y ha decidido compartir mi nueva vida. Tengo suerte. Su oportuna intervención hoy me ha salvado de que me arrestaras. En épocas anteriores, no habría tenido miedo de tu estúpida pistola de juguete. No habrías podido matarme. Era inmune a eso. –Sonrió–. Pero ahora puedo morir. No pude resistirme a ti por miedo a que me dispararas. Podrías haberme arrestado. Habría tenido que obedecerte. Habrías echado a perder todos mis planes tan cuidadosamente trazados.

—Lástima que ella apareció —dije.

—Será una lástima para ti, pero muy bueno para mí. Aunque me temo que debo dar por terminada esta conversación.

—¿Por qué? En realidad, la estoy disfrutando.

—Es hora de morir, Alan. Deberías haber dejado de perseguirme cuando tuviste la oportunidad, cuando no te dejé un rastro que seguir en Manaos, pero tuviste que insistir. Lo siento, pero no puedo dejarte ir con vida. Tú mismo has provocado esto. Debes entender que no es personal. Incluso creo que me gustas. En otras circunstancias, podríamos haber sido amigos.

—Difícilmente —repuse.

Engelhard sonrió y me apuntó con el arma.

—¡No lo mates! —gritó Helen, tratando de interponerse entre Engelhard y yo.

—¡Apártate, Helen! —exclamó Engelhard, quitándola de en medio y levantando el arma.

Yo sabía que algún día tenía que morir. Como acababa de decir Engelhard, tarde o temprano nos sucede a todos. Cuando estaba en el servicio activo, me había enfrentado a la muerte más de una vez. En varias ocasiones había creído que iba a morir. Había visto cómo mataban a mis compañeros. Sin embargo, nunca me había imaginado morir así, atado a una silla, lejos de casa, lejos de mi familia o mis compañeros de armas. Pero no podía quejarme. Había vivido más de dos maravillosos años con Livy y mi amada hija, Larissa. Ojalá hubiera tenido más tiempo para estar con ellas, para ver a mi hija convertirse en una adolescente, una jovencita tan hermosa como su madre, pero no iba a ser así. Me concentré en ellas dos, los amores de mi vida. Mi último pensamiento fue para ellas. Quería que su imagen fuera la última imagen consciente de mi vida. Cerré los ojos y descansé.

CAPÍTULO 34

El encuentro

Escuché una voz fuerte en la habitación.

–Vaya, ¿qué tenemos aquí?

Abrí los ojos. No había oído ningún disparo, pero obviamente, si estaba muerto, tampoco recordaría haberlo escuchado, ¿no? Me había concentrado tan intensamente en las imágenes de Livy y Larissa que estaba un poco desorientado, pero no tanto como para no reconocer la voz de Anton Deville. ¿Qué demonios? ¿Cómo podía estar allí? ¿Cómo había llegado? No hizo ningún ruido al entrar en la casa, a menos que también estuviera en el otro mundo. Engelhard y Helen me parecieron muy reales. Helen tenía una expresión de asombro, pero John estaba absolutamente aterrorizado. Sus ojos expresaban horror y pavor ante el recién llegado. El arma se le cayó de la mano. El sonido nítido de la pistola al chocar contra el piso contrastaba notoriamente con una habitación que se había quedado en un silencio sepulcral y donde los personajes eran como figuras estáticas dentro de un cuadro congelado. Deville iba vestido, como siempre que lo había visto, con un traje negro oscuro con chaleco, sin olvidar su bastón. Engelhard fue el primero en salir de la parálisis en la que nos encontrábamos. Soltó un grito angustiado.

–¡Noooo…! No puedes verme. Tengo el alba.

Ahora lo entendía todo: el alba que ocultaba a quien lo llevaba puesto de los ojos de Supay, la encarnación inca del diablo: Deville, en nuestro caso. Si pronunciaba su nombre acentuando la primera sílaba, se convertía en *Devil*, el diablo, o el «portador de luz» como mostraba su tarjeta de presentación. Evidentemente, Engelhard había llegado a un trato con él hacía mucho, mucho tiempo. Ahora había llegado el momento de cumplir su parte del contrato y Engelhard estaba tratando de hacer trampa. Por eso el alba se había convertido en algo tan importante para él.

Deville se rio y sentí escalofríos. Tuve la sensación de que unos dedos helados me agarraban la columna vertebral. Su risa era increíblemente siniestra.

–En realidad, no puedo –respondió Deville–, pero sí puedo ver al señor Leary. Le pedí que te diera caza y lo seguí.

John Engelhard temblaba descontroladamente. Por primera vez, noté que tenía una tela blanca envuelta alrededor de su cintura que parecía un grueso fajín.

—Ahora, si me lo permites, esto me pertenece. —Deville se acercó a Engelhard y tiró de la tela blanca de su cintura. Lo dobló con cuidado y se lo guardó en uno de sus bolsillos.

–¿Cómo ha llegado hasta aquí? –pregunté.

–Por favor, señor Leary, no haga preguntas estúpidas. Es usted más inteligente. —Se giró hacia Engelhard y volvió a hablarle—. Eso no ha estado bien, John. No has sido honrado conmigo. Teníamos un trato. Hicimos un pacto. Yo cumplí mi parte, pero tú trataste de engañarme, de quitarme lo que me correspondía. No podía tolerarlo. Estoy un poco enojado contigo por todo el trabajo y los problemas que me diste para encontrarte.

–Por favor, por favor, mi tiempo aún no ha expirado. No es justo –suplicó Engelhard.

–Sí, ha expirado –le contradijo Deville–. ¡Los humanos son tan patéticos! No tienen absolutamente ninguna noción de la naturaleza del tiempo. A algunos de los humanos más brillantes se les han ocurrido varias teorías, casi todas idiotas. Algunas de esas ideas, sin embargo, apuntan en la dirección correcta, aunque nunca se acercan a la verdad: la flecha del tiempo, la entropía creciente del universo, planos paralelos en coexistencia. Todos son muy coloridos e interesantes, pero no son reales. Aun así, muchos están muy dispuestos a entregar sus almas a cambio de *más tiempo* en esta existencia. Es absurdo. ¡Si supieran! ¿Qué son los siglos? Nada comparado con la eternidad, menos que un abrir y cerrar de ojos, mucho más breve que un latido. Pero fue tu elección, John, y ahora he venido a cobrar lo que se me debe.

Engelhard empezó a suplicar de nuevo. Sabía que era un asesino y estaba a punto de matarme, pero no pude evitar compadecerlo en su difícil situación y su evidente desesperación.

Deville habló con Helen usando una voz suave y un tono bajo pero firme, pronunciando las palabras con precisión.

—Recoge el arma del piso, querida, y dispara a John. Hazlo ahora.

Helen se movía como sonámbula, presa de una especie de locura distante. Grité su nombre varias veces, chillando que se detuviera, pero fue en vano. Se acercó a John Engelhard, recogió la pistola del suelo, la colocó contra la cabeza de John y apretó el gatillo.

Nunca había visto nada igual. Fue increíble. John no hizo nada para defenderse y aceptó estoicamente su propio asesinato. Yo estaba en estado de shock. Cuando me recuperé, le dije a Deville:

—Eso ha sido cruel y muy estúpido. Estoy impresionado con su demostración de control mental, hipnotismo o lo que fuera la técnica que ha usado para obligar a Helen a asesinar a Engelhard. No importa si se lo merecía o no, es un crimen y todos estamos implicados. Tendremos que permanecer en Italia durante meses, o tal vez años si nos declaran culpables y nos condenan.

Deville mantuvo una actitud indiferente.

–No se preocupe, señor Leary. Helen confesará que lo hizo todo ella sola. ¿No es así, querida? –Se dirigió a ella–. Recuerda que no eres mía. Al menos todavía no. Él sí –afirmó señalando el cuerpo de Engelhard–. Lo que acabas de hacer no cuenta. No fue un acto de tu libre albedrío. –Sacudió la cabeza–. Una de *sus* reglas. Es muy molesto. De todos modos, pórtate bien y no regresaré para llevarte conmigo. Además, en este país los tribunales son muy indulgentes con los crímenes pasionales. No tendrás que cumplir más que unos cuantos años en la cárcel, probablemente menos de tres. Y te lo mereces por tu complicidad con John.

Se volvió hacia mí.

–¿No desea levantarse y estirar las piernas, Alan? Su postura en esa silla parece terriblemente incómoda.

–No puedo... ¡Qué...!

Las cuerdas que me ataban se habían aflojado, liberándome las manos y los tobillos. Me levanté, masajeándome las muñecas para tratar de restablecer el flujo sanguíneo en mis manos.

–¿Cómo demonios lo ha hecho? De acuerdo, olvídelo. No quiero saberlo.

Deville sonrió.

—Es usted un hombre sabio.

–¿Puedo preguntarle una cosa para satisfacer mi curiosidad?

—Depende de lo que desee saber.

–Nada muy importante, creo. ¿A qué se debía todo ese entusiasmo por un alba o túnica?

–Ah, bueno, el alba le pertenecía a Él. Me lo dio cuando éramos amigos, hace eones. Después, comenzamos a estar en desacuerdo y Él me desterró lejos de Su lado. Nos distanciamos, pero guardé el alba como recuerdo de, se podría decir, tiempos más felices. Lo perdí, no recuerdo cómo. ¡Todo fue hace tanto tiempo! El alba tiene la propiedad de hacer invisible a su dueño. Uno de sus amigos, un ángel, como los llaman los humanos, tuvo el alba durante una breve temporada. El muy tonto tenía esta idea absurda de ayudar a las personas primitivas a mejorar. ¿No es increíble el comportamiento de ciertos seres? –Sacudió la cabeza de nuevo con disgusto–. Naturalmente, me ocupé de ese imbécil del ángel, pero no antes de que tuviera tiempo de esconder el alba. El resto ya lo sabe. Un empleado de Engelhard la encontró por casualidad. Ese tramposo que yace ahí pensó que podía vencerme.

–¿Cuantos años tenía? No dejaba de decir que llevaba vivo mucho tiempo.

—Tiene curiosidad, ¿no es cierto? Bueno, usted es detective. Le daré ese gusto. Engelhard tenía quinientos años, unos pocos años arriba o abajo. La oferta que le hice era mantenerlo en esta existencia durante cinco siglos. Durante ese tiempo, podría tener todo lo que quisiera: dinero, mujeres, poder…Sin embargo, al final del período de tiempo acordado, debía venir a verme. Yo sería el dueño de su alma. Fue un buen trato, ¿no le parece?

–Por supuesto que no –contesté.

–¿Por qué? ¿No le gustaría vivir quinientos años, junto con la esposa a la que tanto ama y la hija a la que adora?

—No a cambio de mi alma.

–Olvide lo que he dicho. Esa es otra de Sus molestas reglas. No se me permite tentar a nadie que no haya mostrado interés por lo que ofrezco. Qué tonto, ¿no? Sin embargo, si alguna vez cambia de opinión…

–No tiene ni la más mínima posibilidad... Vuelva al lugar de donde vino.

Deville sonrió.

–¿Va a dejar a esa pobre dama ahí de pie en ese estado de estupor? –pregunté.

–Lo arreglaré –dijo Deville, chasqueando los dedos.

Helen se recuperó al instante. Suspiró profundamente, como si despertara de un largo sueño. De pronto, pareció comprender de lo que había hecho y comenzó a llorar desesperadamente.

–¿Por qué no va a buscar un vaso de agua para la pobre Helen? Parece que lo necesita –me dijo Deville.

Atravesé la puerta que había visto en la pared del fondo de la habitación para ir a buscar el vaso de agua. Regresé y se lo ofrecí a Helen. Todavía estaba demasiado afligida para aceptarlo. La abracé y traté de consolarla.

–Ya pasó, Helen. Por favor, no llore. No fue culpa suya. Ese hombre malvado la obligó a hacerlo –susurré—. Sé que amaba a John y que cualquier cosa que diga no le servirá de consuelo por su muerte, pero aún es una mujer joven, hermosa e inteligente. Encontrará a una persona decente que la amará y la hará feliz. Ni siquiera creo que vaya a la cárcel. Aunque lo amara, sabe que John cometió delitos graves. Cuando los italianos se enteren de su pasado, no la tratarán con mucha severidad.

Poco a poco, empezó a calmarse y a dejar de llorar. Le ofrecí el agua de nuevo y esta vez la aceptó.

—Muy conmovedor —dijo Deville—. Debería irse, Alan. La policía italiana ya se ha enterado de sus hazañas en casa de Benedetti. No creo que estén encantados con usted. Váyase. Yo me ocuparé de Helen. No tema, seré amable con ella. Tengo que llamar a los *carabinieri* y no querrá que le encuentren aquí. Sé lo ansioso que está por volver con su familia.

–¿Y usted? También tendría que irse —le dije a Deville.

–Eso no es un problema, Alan. La policía tampoco me encontrará aquí. Tengo mi propio medio de transporte. Ah, y Alan, su empresa será compensada en su totalidad, en cumplimiento de nuestro contrato, y agregaré una buena bonificación por su excelente trabajo.

Regresé a mi automóvil. Máximo seguía esperando pacientemente.

–Siento que me tomara tanto tiempo, Máximo.

–No ha estado fuera mucho. No llevé la cuenta, pero no pueden haber sido más de veinte minutos.

–¿Qué? No, debo haber estado ahí dentro mucho más tiempo.

–En absoluto –insistió Máximo.

Estaba confuso. Después del discurso de Deville sobre la verdadera naturaleza del tiempo, me resultaba fácil creer en cualquier cosa absurda como, por ejemplo, que el tiempo pasara de manera diferente para dos personas separadas por una distancia tan corta.

–Muy bien, Máximo. ¿Podemos irnos ya?

–¿A dónde, Alan?

–Aeropuerto de Fiumicino. Y Máximo, quiero volar en un avión, no en este vehículo. Esta vez puede tomárselo con calma.

CAPÍTULO 35

A CASA

Debido a la extraña distorsión temporal que había experimentado en la Toscana, llegué al aeropuerto con tiempo suficiente para comprar un pasaje en un vuelo a Nueva York con escala en Londres. El vuelo salió a las siete de la tarde. Conté cinco billetes de cien dólares de mi billetera y le pagué a Máximo, que estaba exultante con nuestro arreglo. Se aseguró de darme su tarjeta de visita y me hizo prometer que lo llamaría cuando estuviera en Italia y necesitara un automóvil con chófer.

Decidí pasar el control de seguridad de inmediato y esperar en la sala de clase *business*. Le debía a Emmet un informe sobre lo ocurrido. Había sido muy amable y servicial. No podía salir del país sin al menos darle las gracias. Se sorprendió cuando lo llamé desde allí.

—Dios mío, compañero, ¿qué te pasó? ¿Dónde te escondes? Llamé a tu hotel y me dijeron que te habías marchado. Ese policía, Carlo, te está buscando como un desesperado. De hecho, toda la policía de Roma te anda buscando. Todos, incluido yo, pensamos que te habían matado. Bueno, hasta que decidimos visitar a nuestro amigo Benedetti. Entonces Carlo se enfadó mucho contigo. Cree que te sobrepasaste, que abusaste de su confianza. No está contento, te lo puedo asegurar.

—Lamento oír eso, Emmet. ¿Qué dijo Benedetti?

—No dijo nada. No te acusó, si eso es lo que estás preguntando. La dama, sin embargo, nos dio una descripción muy precisa del estadounidense loco que la apuntó con un arma. Como puedes adivinar, su descripción se ajusta a ti como un guante.

—A ella no la lastimé. Solo la encerré en el baño.

–No importa. Estaba conmocionada. Benedetti, sin embargo, va a pasar una semana en el hospital para que le arreglen la nariz y un agujero en el muslo. Sus dos hombres de seguridad recibieron atención médica para tratar sus conmociones cerebrales graves. Hiciste un trabajo minucioso con ellos. ¿Te importaría decirme por qué?

–¿Estamos hablando como compañeros de armas o como un sospechoso a un policía?

Emmet suspiró.

—Lo primero, amigo. Como compañeros.

–De acuerdo, esto es lo que pasó.

Le hice una descripción completa de todo lo que había hecho y de cómo había encontrado el escondite de John Engelhard.

–Nos engañó a todos, Emmet. Plantó las huellas dactilares, la de la pala y las del automóvil abandonado. El último cuerpo encontrado fuera del campamento era el de Fernando Peralta.

Le relaté a Emmet mi encuentro con Engelhard en la Toscana y cómo había confesado los crímenes. Omití la participación de Deville y los extraños acontecimientos que sucedieron allí. No quería que Emmet me considerara un loco. Yo también tenía grandes problemas para comprender lo que había vivido en la finca. Sí le conté lo de Helen y su complicidad en toda la historia. Le mentí, le dije que ella había matado a Engelhard porque, después de su participación y ayuda, él iba a abandonarla. Incluí el hecho de que ella me había salvado la vida. Si Helen no hubiera matado a Engelhard, seguramente él me habría matado a tiros.

–¿Por qué cometió esos crímenes? Es increíble que un hombre tan rico matara a tantas personas para robar objetos que valen una décima parte de su fortuna.

—La mente humana es complicada –reflexioné–. Además, una parte de su vida anterior sigue oculta. Su identidad era falsa. Sé que fue terrorista durante algún tiempo y luchó en el Perú. ¿Quién sabe? Tal vez era uno de esos adictos a la aventura extrema.

–¿Qué vas a hacer ahora, Alan? ¿Vas a presentarte a la Polizia di Stato y dar cuenta de tu implicación en este asunto? A Carlo le gustaría hablar contigo.

—Ni en sueños, Emmet. Quiero irme a casa. Llevo persiguiendo a ese hombre durante más de un mes, saltando de un lugar a otro en América

El Manto del Dios

del Sur y en Italia. Necesito irme a casa, con mi familia. Si me presento a la policía, es casi seguro que Carlo me retendrá durante días, incluso semanas. No puedo permitírmelo.

–Así que vas a escabullirte.

—Si esa es la jerga británica para despegar de aquí, la respuesta es rotundamente sí.

—Debo advertirte que probablemente tengas problemas para embarcar. No estoy completamente seguro de que Carlo no haya llegado al extremo de emitir una orden a los aeropuertos para impedir que abandones el país. Hasta donde yo sé, es posible que lo haya hecho.

–Tendré que arriesgarme.

–Tal vez te citen como testigo si Helen acaba juzgada en este país.

–Y mis abogados pleitearán para evitarlo. Por eso te pregunté al comienzo de esta conversación bajo qué condiciones estábamos hablando. No hay nada que conecte mi presencia en el lugar del asesinato de Engelhard. Si las cosas se complican, tendré que negar categóricamente que estuve allí. Lo lamentaría profundamente si Carlo se enojara conmigo por no hablar con él ahora. Creo que ya le he hecho una especie de favor.

–¿Cómo es eso, Alan?

–Ahora sabe, sin la menor duda, que Benedetti pasó de contrabando los objetos de oro y ayudó a John Engelhard a entrar en el país. Además, también sabe que Benedetti se ha quedado con el oro. Si yo fuera él, trataría de ocultar la muerte de Engelhard por un tiempo suficiente para convencer a Benedetti de que Engelhard ha sido arrestado y está cantando para obtener una sentencia menor. Le diría a Benedetti que la policía lo sabe todo y que su única posibilidad de evitar una larga condena en prisión es confesar y revelar dónde está el oro.

–Francamente, no espero que se trague esa historia, compañero, pero te deseo suerte. Me hubiera gustado conocerte mejor. ¿Quién sabe? Tal vez visite los Estados Unidos.

—Me encantaría verte allí, Emmet. Has sido un gran amigo y una gran ayuda para mí. Siempre estaré en deuda contigo. Espero tener la oportunidad de devolverte el favor.

–Ni lo menciones, compañero. Fue un placer. Por favor, saluda de mi parte a los dos SEAL al otro lado del charco. Diles que vengan a visitarme.

Les mostraré cómo se emborracha uno con una buena cerveza. No con ese jugo de frutas frío que beben allí.

–Yo me encargo, Emmet. Se lo diré.

—Hasta la vista, amigo. Vuelve alguna vez.

Me sentía como un criminal que se estaba evadiendo, y temí no poder abordar el avión. Sería lamentable que me impidieran embarcar. No había nada que pudiera hacer más que esperar que Carlo no hubiera emitido la orden. No tenía sentido preocuparse, pero no podía dejar de hacerlo.

Decidí llamar a casa. Tuve mala suerte, y Livy todavía estaba en la universidad, pero hablé con Claudia y logré decirle algunas palabras a Larissa. Una vida familiar feliz también tiene sus inconvenientes. Extrañaba muchísimo a mi esposa y a mi hija. Traté de aplacar el sentimiento. En mi profesión, donde a menudo me veía obligado a viajar, no era prudente ser demasiado sentimental.

Por fin anunciaron mi vuelo. Pasé la última inspección de seguridad, pasaporte en mano, y contesté a las preguntas estúpidas habituales: *¿Ha preparado usted mismo su maleta? ¿Recibió algún paquete de última hora?* Esperaba sentir una mano en el hombro en cualquier momento, acompañada de una invitación para seguir a un policía fuera de la sala de embarque, pero no sucedió nada. Entré en el avión, coloqué mi maleta en el compartimento superior y me acurruqué en el asiento que tenía asignado. Esperé con impaciencia a que el avión comenzara a moverse y no me sentí totalmente a gusto hasta que despegó. Entonces por fin pude relajarme. Nadie me había detenido. Me iba a casa.

CAPÍTULO 36

EPÍLOGO

Había transcurrido un mes desde mi regreso de Roma. Escribí una larga carta de disculpa al inspector Carlo, pidiéndole que me perdonara por haberme ido sin avisarlo. Tuve que editar la historia de la Toscana. Como en el caso de Emmet, no podía hablarle de Anton Deville. En el mejor de los casos, me tomaría por un mentiroso. La alternativa era mucho peor. Podía considerarme un loco. Si alguna vez tuviera que volver a ponerme en contacto con él por un caso diferente, no me tomaría en serio. Al omitir los detalles más extraños, al menos podría perdonarme mis malos modales y darme un respiro. No podía adivinar cuándo me vería obligado a regresar a Roma para investigar otro caso. Es buena política dejar las puertas abiertas. En mi carta, traté de ser lo más amable posible con Helen Crawford. Sin dar una explicación completa, mencioné que se había visto envuelta en una situación que no había creado ella. Lamentablemente, se implicó emocionalmente con John Engelhard y todos sus problemas empezaron ahí. Esperaba que Helen pudiera obtener una sentencia ligera por los cargos que se le imputaban. Después de todo eso, supe que la iban a juzgar en Italia.

Tenía pensado volver a visitar a mis amigos Paul y Hendricks. Le pedí a Ian que organizara una reunión en su casa y volvimos a White Plains un sábado por la tarde. Fue una reunión mucho más pequeña que la barbacoa anterior, solo los cuatro amigos y sus esposas. Esta vez llevamos también a Larissa, para deleite de Agnes y las otras dos damas. Paul y Hendricks me habían presentado a Emmet. Tenía la obligación de contarles mi aventura, omitiendo una vez más los episodios menos convencionales. Les transmití el mensaje de Emmet y sus recelos con respecto a la cerveza estadounidense.

Hendricks sonrió.

—Ese tonto de Limey. Tendremos que aclararlo algún día.

—Sí, le enseñaremos una lección —agregó Paul en broma.

Las esposas habían formado un círculo propio que incluía a los niños y las dejamos intercambiando las charlas ociosas e insustanciales habituales en estas reuniones de amigos varones. Como de costumbre, Livy brilló entre las demás esposas. No solo era la más guapa, sino también inteligente y buena conversadora. Me sorprendía su habilidad para los idiomas. Era cierto que llevaba más de dos años viviendo en esta ciudad y ya tenía un muy buen dominio del inglés cuando la conocí. Aun así, hablaba con fluidez y un acento apenas perceptible. Pasamos una agradable tarde en casa de los McDowell. Sin embargo, llegó el momento de marcharnos. Les di las gracias a ambos y abracé a mis viejos amigos. Quería llegar a casa temprano por Larissa, y todavía teníamos un largo camino por delante.

En el trabajo, las cosas regresaron a la normalidad. Nos ganábamos el pan proporcionando servicios de seguridad. En realidad, era un trabajo aburrido; sin embargo, oportunidades como la que había completado recientemente no nos caían del cielo todos los días. Podían pasar años sin que apareciera nada remotamente parecido a mi última aventura.

Transcurrieron dos meses. Olivia había vuelto a sus clases e intentaba salir de casa temprano en la mañana para tomar un metro menos concurrido. Yo no tenía necesidad de llegar pronto a la oficina. Sin embargo, adquirí la costumbre de irme de casa con ella y tomar el mismo metro. Me apeaba en la parada de la calle Cincuenta y Uno y ella seguía rumbo al sur, en dirección a la Universidad de Nueva York.

Normalmente, Livy regresaba de la universidad a primera hora de la tarde. La mayoría de sus clases eran por la mañana. Establecí el hábito de salir de mi oficina unas horas antes para pasar más tiempo con mi familia. Desde que regresé, no podía evitar un ligero sentimiento de angustia y necesitaba el consuelo y el apoyo que me brindaban en casa.

No podía librarme de la imagen de un Engelhard suplicante, con los ojos llenos de terror. ¿Pudo él, en sus últimos minutos en este mundo, haber tenido una visión de los horrores a los que se tendría que enfrentar en el otro lado? Nunca había prestado demasiada atención a la religión.

No tengo nada en contra de las personas que son religiosas, pero no era para mí. Siempre he sido un poco materialista. Este asunto de Engelhard y Deville había sacudido mis convicciones hasta la médula. Estaba afectando a mi vida familiar y a mí personalmente.

La alegría de descubrir que Livy estaba embarazada de nuestro segundo bebé no fue suficiente para compensar mi tristeza. Livy estaba embarazada de unas seis u ocho semanas. No hacía falta ser astrofísico para determinar con precisión cuándo y dónde había quedado embarazada. Fue en Chivay, en los Andes peruanos. Yo estaba muerto de cansancio y todavía sufría los efectos de la gran altitud. Livy, sin embargo, no dejó pasar el momento. Ahora recuerdo con buen humor el evidente enfado de nuestros compañeros de viaje. Estaban claramente enojados con nosotros por hacerlos esperar en la mañana, retrasando el regreso a Arequipa de todo el grupo. Bueno, una vez que empiezas, es difícil parar. Todavía era demasiado pronto para saber el sexo del bebé. No importaba: fuera un niño u otra niña, lo amaría igual.

Decidimos pasar una tarde de domingo en Central Park. El día era hermoso, con el cielo despejado y brillante; no era un día frío, pero tampoco cálido. A Larissa le encantaba jugar en el césped y visitar el zoológico. Disfrutábamos de estas ocasiones despreocupadas que pasábamos juntos y, siempre que teníamos la oportunidad, la aprovechábamos para estar allí unas horas. Livy entró en la sala de estar, sosteniendo la mano de Larissa.

—Estamos listas. ¿Nos vamos, Alan?

Las contemplé.

—Mi mujer y mi hija son preciosas. ¿Alguna vez te has imaginado a Larissa cuando se convierta en adolescente, Livy? ¿A cuántos volverá locos? Apuesto a que dejará un reguero de corazones rotos. Pobres muchachos.

Livy sonrió.

—No lo creo. Va a ser una jovencita muy responsable, ¿no es así, Larissa?

—Sí, mami. ¿Podemos ir, papá? Quiero ver los patitos.

Decidimos caminar, pero llevamos la sillita de paseo para llevar a Larissa cuando se cansara. Cruzamos la Quinta Avenida frente al Museo Metropolitano y caminamos hacia el sur para llegar al zoológico. La acera estaba llena de gente como nosotros, deseosa de aprovechar el buen tiempo. Por el camino, me encontré con algunos conocidos y nos saludamos brevemente. El zoológico estaba demasiado lleno, y lo desechamos en favor de un lugar menos concurrido donde pudiéramos dejar que Larissa jugara mientras nosotros la vigilábamos.

–Dime qué te preocupa, Alan. Has estado diferente últimamente. Te conozco. Algo no va bien. ¿No te sentirías mejor si me lo dijeras? –preguntó Livy.

–Sí –dije pensativamente–. Creo que me ayudaría.

–Entonces adelante. Confías en mí, ¿no es cierto?

–¿Crees que es posible que una persona viva quinientos años, cariño?

—En las películas sí, pero no en la vida real. Eso sería imposible, creo.

–¿Y si te dijera que he conocido a una persona así, alguien que hizo un pacto con el diablo? Viviría quinientos años, durante los cuales sería extremadamente rico, poderoso y exitoso en todos los campos. Solo que tenía trampa. Al final de ese periodo, tendría que entregar su alma al diablo.

–¿Esto es real? Alan...

–De hecho, muy real. ¿Recuerdas la conversación que tuvimos en el apartamento de mi hermana, justo después del inicio de la investigación? El tipo ese tan extraño que nos contrató, Deville, me dio su tarjeta de presentación, supuestamente de una compañía llamada Light-Bringing Associates. Mi cuñado fue la única persona que vio lo que escondía esa farsa. Lo atribuyó a una broma de mal gusto. El portador de la luz, en latín *lux fer*, dio lugar al actual nombre de Lucifer. Bueno, pues no era una broma. Deville es Lucifer.

–No puedo creer lo que estás diciendo, Alan.

–Intenta pronunciar Deville con el acento en la primera sílaba.

–Dév ... ah, ya veo. Que horrible.

—No te lo he contado todo. Mi último día en Italia fue una pesadilla. No tenía motivos para sentir lástima por un asesino que había vendido su alma al diablo como Engelhard, pero solo ver el miedo y la agonía reflejados durante sus últimos momentos de vida fue algo aterrador. El tipo había intentado engañar al diablo. Se suponía que esta túnica inca, el alba, lo iba a proteger del diablo, manteniéndolo invisible a sus ojos. Estoy seguro de que al escuchar una historia como esa, tú, al igual que yo, no la habrías dado ninguna importancia y la habrías considerado solo una fábula tonta. Pero créeme. Es verdad. Engelhard mató a varias personas y se tomó muchísimas molestias para poder conseguir el alba. Tenía la intención de huir de Deville gracias a esa túnica. Casi lo consiguió. Su perdición fue mi perseverancia a la hora de seguirle la pista. Se había vuelto invisible, pero Deville solo tuvo que seguirme a mí hasta que yo lo encontrara.

–Esta debe ser la historia más aterradora que he escuchado jamás.

—Imagina el horror de la escena, de estar en presencia de ese ser maligno. Incluso me ofreció un acuerdo similar.

–Jesús, Alan.

–Exactamente. Obviamente lo rechacé. Pero desde ese encuentro, no he podido dormir bien. Sigo teniendo pesadillas en las que me veo arrastrado a los infiernos con Engelhard.

Me hizo sentir mejor poder confiar en alguien, revelar los hechos que me había estado guardando. Debí hacerlo antes. Me sentí aliviado, como si me quitaran un peso de encima.

Livy estaba estupefacta.

–No sé qué decir, amor. Si hubiera escuchado esta historia de otra persona, no lo habría creído. Es aterrador ser testigo de un poder tan oscuro, confirmar su existencia. Ven aquí, amor. —Livy me abrazó—. Quiero estar contigo para siempre, Alan, mi amor. No me dejes nunca. Creo en la existencia de un alma en una vida más allá de esta. A donde quiera que vaya desde aquí, no quiero ir sin ti.

Nos besamos.

—Yo pienso lo mismo, Livy. Te quiero para siempre. Lo que sucedió en Italia ha cambiado mi forma de ver las cosas. Me han preocupado demasiado las cosas materiales. Quizás debería prestar más atención a la religión. Tú podrías ayudarme con eso.

–Me encantaría, Alan. Eso me uniría incluso más a ti, si es que es posible.

—Entonces, si también a ti te hace más feliz, deberíamos intentarlo –repuse.

Nos abrazamos un buen rato, mirando a nuestra hija que estaba distraída con sus juguetes. Me imaginaba una vida larga y feliz con mi esposa, envejeciendo juntos, educando a nuestros hijos de acuerdo con nuestros valores, contemplando su progreso a medida que crecían. Seguramente, si nuestro amor era lo bastante fuerte, perduraría más allá de esta vida.

UNAS PALABRAS SOBRE EL AUTOR

El Dr. Luis Rousset se graduó en la Universidad de Stanford en 1971, obteniendo un doctorado en Ingeniería Mineral. Durante su carrera, realizó trabajo de campo a lo largo y ancho de Sudamérica, explorando y ofreciendo asesoría a diversas operaciones mineras. También estuvo en los consejos de dirección de varias empresas de prestigio, como BP Mining Brasil. En la actualidad es miembro del consejo asesor de una empresa minera de cobre en Brasil. El Dr. Rousset y su esposa tienen dos hijas nacidas en los Estados Unidos, que actualmente viven en la ciudad de Nueva York y Boca Ratón, Florida, respectivamente. El Dr. Rousset y su esposa comparten su tiempo entre su casa en Río de Janeiro y su apartamento en Manhattan.

Acostumbrado a los documentos técnicos y científicos, en los últimos años comenzó a escribir obras de ficción, exponiendo a sus lectores a algunos de los entornos más agrestes que ha conocido durante su vida profesional, lugares de difícil acceso que no son habitualmente visitados por los turistas.

El Alba es su segunda obra, ambientada en las alturas de la cordillera de los Andes peruanos, entre otros lugares. Es una secuela de la novela *Make It Short, Make It Simple*, en la que Olivia y Alan se encuentran por primera vez y superan numerosas dificultades para permanecer juntos.

9 781665 532860